泉詩唫

平诗歌研究

于琮 著

中国文联出版社

图书在版编目（ＣＩＰ）数据

林泉诗吟：王苹诗歌研究 / 于琮著 . -- 北京：中国
文联出版社，2024.4
ISBN 978-7-5190-5304-8

Ⅰ.①林… Ⅱ.①于… Ⅲ.①王苹－诗歌研究 Ⅳ.
① I207.22

中国国家版本馆 CIP 数据核字 (2024) 第 005053 号

著　　者　于　琮
封底篆刻　刘海峰
责任编辑　贺　希　王九玲
责任校对　秀点校对
装帧设计　贾闪闪

出版发行　中国文联出版社有限公司
社　　址　北京市朝阳区农展馆南里 10 号　邮　　编 100125
电　　话　010-85923091（总编室）　　　010-85923025（发行部）
经　　销　全国新华书店等
印　　刷　廊坊佰利得印刷有限公司

开　　本　710 毫米 ×1000 毫米　　　1/16
印　　张　14.5
字　　数　235 千字
版　　次　2024 年 4 月第 1 版第 1 次印刷
定　　价　88.00 元

序一

明清时期，济南为诗歌重镇。明代"前七子"和"弘治四杰"之一的边贡和"后七子"领袖李攀龙，在家乡一带领起济南诗派，影响至清初百年有余。曾寓居济南的王士禛、田雯，在康熙诗坛联镳竞爽，各领风骚，而王士禛更以神韵诗派的领袖彪炳当代，成为一代宗师。王苹早年受到田雯的赏识，后又得到王士禛的赞评，由此驰名诗坛，成为清代济南诗人中的佼佼者。

王苹以诗名受到王士禛的赞评而享誉诗坛，于是，人们就将他归于"王派诗人"。而就其现存诗歌来看，他虽服膺田雯，宗尚王士禛，却能探求古代诗歌堂奥，转益多师，风骨、神采自具，独自成家。

其实，每个诗人的成长，及其对诗歌艺术的追求，都有其独特之处。将其置于他生活的时空环境之中，探索其成长过程，研究其诗歌艺术的传承与成就，是很有意义的。对于康熙诗坛的大家，如王士禛、田雯、赵执信等，很多学者都有较深入的研究，而对济南诗人王苹及其诗歌却没有给予应有的关注。2009年，济南出版社印行有李永祥教授选注的《王苹诗文选》，徐北文先生所写《前言》中，对王苹的评介，可以看作迄今对王苹研究的起步。今于琼博士的《林泉诗吟——王苹诗歌研究》，是对王苹及其诗歌的全面、系统研究，为开辟草莱之作，殊为难能可贵。

家世对于一个人的禀赋及其幼年所受的教育，对其性格、人品，乃至人生价值取向，都会产生重要影响。于琼博士在考察王苹的家世时，注意到其先世为人处世的表现，借以说明其家学渊源、家庭教育对其精神品格的形成的影响，同时，注意到王苹的由南入北，对其成长过程也具有特殊意义。

王苹的生平经历并不复杂，于琼博士突出其诗歌饮誉、仕途蹭蹬，而以"儒行与禅心""悲歌慷慨，郁陶莫释之音"论述其行迹与诗歌创作之关系，可令读者深入解读王苹诗歌意蕴及其社会价值。

本书第五章和第六章，论述了王苹诗歌艺术成就及其诗学传承，论及了其与"后七子"领袖李攀龙以及"济南诗派"的关系，在论及与田雯、王士禛诗论的关系时，强调其"综合百家之长"而"形成自己独特的诗歌风貌"，准确地把握了王苹诗歌艺术的诗史地位，有自己独到的见解。

王苹购得明内阁大学士殷士儋万竹园别墅，朝夕居处其间，山色柳韵，鱼戏燕飞，竹间吟唱，月下听泉，探寻济南诗歌前辈的诗心诗境。于琮博士在论述王苹成长及其诗歌创作时，注意到王苹居处及济南优美的泉林对其审美情趣及其诗歌清淡冲远风格的形成的影响，十分可贵。

总之，《林泉诗吟——王苹诗歌研究》一书，为著名诗人王苹研究的首创之作，论述系统、全面，有许多新颖独到的见解。希望于琮博士对王苹的研究能引起清代济南诗人研究者的关注，使这一领域的研究得到重视并不断深入。于琮博士嘱为序，情不可却，略述如上，聊以应命。

李伯齐

2023 年 3 月于历下乐陶斋

序二　审美视角下的王苹诗歌研究

　　与于琼博士相识于2022年7月《济南泉水诗全编》研讨会上。当其时也，于琼女史作专题发言，并口占一绝：

　　泉水年年抱石流，

　　尘心清影几峰秋。

　　林中黄叶入幽径，

　　文曜丽天朗鉴收。

　　诗作妙用济南清代诗人王苹"黄叶林间自著书"典故，称道其以"幽径"开文化"朗鉴"之至美情怀。写来清新优雅，赢得与会者一片啧啧，包括诸多诗老如吕家乡先生等，亦多有"清雅""才女"之叹焉！

　　会后知道，于琼先是在山东大学跟随王小舒先生读硕士，研治明清文学，后深造于扬州师院获文艺学博士，深具学养与学术能力。她致力于清代诗人研究，尤钟情于王苹研究，乃晴耕雨读，著就《林泉诗吟——王苹诗歌研究》一书。如今本书即将付梓，请序于我。

　　因忙于《济南泉水诗全编》最后一卷的编校出版，我颇有点儿为难。

　　然而，作为一位多年从事济南历史文化研究的人士，我深知王苹对于济南这座城市的价值，而对王苹研究的现状却实在有些差强人意，迄今最为缺乏的，便是对于其诗歌深入而系统的把握与研究之论文论著。因而，尽管近年来事务繁忙，我在一番犹豫之后，还是愉快地应允下来。

　　起初，原想选取书中一部分重要章节阅读，然而，最终，还是用一周的时间，通读了此书，读后，感喟良多。

　　于琼博士以其对泉城济南的深爱，凝聚文字，用力为深，展示了良好的学术潜质和书写功力。她以王苹诗歌为中心，从家世生平、草堂文化、儒行禅心、主旨情感、审美趋向和传承弘扬多角度展开，勾勒出一个可信、可触、可感的王苹世界，特别是其肌理细微处的解析与判断，多有独到不凡之识见。

　　作者理性而缜密，但又能以诗人之心观照文本，于其中读出三百年前诗人的生命况味，心存对于济南先贤的理解尊重，捕捉纷至沓来的艺术感动，我认为这是很难得的。好的诗歌，从来不只是历史的产物，也注定会有此在的呼应。此心当共诗人语，黄叶林泉不尽情。殆此之谓也。

　　王苹《二十四泉草堂集》，所涉人物、事件众多纷繁，想要一一探索清楚，殊非易事。然而，不唯如此，于琼还以女性的缜密心思，对于诗作中所涉风物做了统计学意义上的考察解读，如于琼称王苹："诗中自始至终都萦绕着枯寂的青灯佛影。粗略统计，有一百多篇。""在王苹的二百余首田园诗中，其直接提及陶渊明，或化用陶诗典故、意象、诗句的诗歌达百首之多。"又称诗中："泉""溪""池""水"的意象，159处；"竹"的意象，88处。

　　这要耗费诸多的精力与心血。不过，由此打下的资料、文献基础是扎实的、可靠的。唯其如此，我们方能建立起学问与学者的知识与自信。

　　作为学术著作，《林泉诗吟——王苹诗歌研究》的语言却有着难得的凝练与简洁，而且言简义丰，余韵悠悠。如她这样描绘王苹的人生轨迹，因了田雯、王士禛等名公巨卿的荐举与激赏，王苹不到而立之年便已名满天下，然而——"此后的30多年，王苹在仕途之路上起起伏伏，如同秋日翻飞的'黄叶'，背负着落魄和羞耻，飘零天涯"。

　　好一个苦命的"王黄叶"！然寥寥数语，才华在焉。这是对于王苹坎壈一生的精准且饱含诗意的概括，只因有诗意在，更予人以鲜明、深刻之印象也。

　　又如：

　　"苏（轼）诗感情隐而未发，王（苹）诗生生地剖开了伤口给人看。"

　　淋漓挥洒，苦情满纸，却又是精当传神地表达出王苹诗歌慷慨悲歌、一往萧槭的审美风致。堪称：生花妙笔！

　　在我看来，作为济南诗派后期的核心成员，王苹诗文创作的风格与实绩、价值是完全应该再挖掘，再书写的。这不单是同时代王士禛、田雯等前贤大家对他的评价与褒扬，更是因为置放于当今新的文化视野下，是讲好泉水故事、激扬乡土情感、增强济南城市文化软实力的需要。

新时代的文学、文化研究，在可能的范围内，若既能溯本求源、钩沉立论，也能经世致用，落地有声，如此，则新的城市文化增长点在焉。

因此，我要说，《林泉诗吟——王苹诗歌研究》一书，在当下王苹诗歌较少系统、深入研究的时刻出版面世，正逢其时，这是迄今唯一一部以专著形式出现的王苹诗歌研究文本，本书以其所达到的思想与学术水平，不唯是王苹及其诗歌研究，同时也是济南历史文化与清诗研究的一项重要收获。

王苹，是我心仪的济南先贤。几十年前，济南的前辈学者徐北文、李永祥诸位先生便敏感地意识到王苹于济南这座城市重要且不朽的价值，因而，爬梳剔抉，迎难而上，多有研究成果，从而奠定了一定的学术基础。十年前，我早有从审美的视角入手，对王苹及其诗歌进行深入研究的想法。今读于琼书，也同时激发出我对于王苹诗歌一些新的思考，于是，也便促成了下面这篇文章的写作。感谢于琼，为你作序同时成为启发灵感、成就写作的良好机缘。

第一，"黄叶林间自著书"：王苹的审美人生追求

王士禛《池北偶谈·谈艺之九·王苹》："历城秀才王苹，字秋史，少年能诗，颇清拔绝俗。尝有'乱泉声里谁通屐，黄叶林间自著书''黄叶下时牛背晚，青山缺处酒人行'之句。苹师田中丞潄亭雯，而友吴征士天章雯。丙寅秋，寄诗于予，予偶以书寓巡抚张中丞南溟鹏，言苹之才，中丞特召见，引之客座，且赠金焉。苹之才，中丞之谊，皆尘中所少，故记之。"

这是一段人们特别是王苹研究者颇为熟悉的文字，然而，其内涵却少人发掘并为人们所忽视。这就是王士禛所称道的，仅仅是王苹两首清新脱俗、颇有"神韵"意味的田园诗吗？不是的。

我们且看其中之一《南园》：

何处箖箊有敝庐，空存老树与清渠。

乱泉声里谁通屐，黄叶林间自著书。

草色又新秋去后，菊花争放雁来初。

菘畦舍北余多少，取次呼童一荷锄。

老树、清渠、乱泉、黄叶、青草、菊花、秋雁……这是王苹二十四泉草堂的独特景致，由此可知，草堂环境极其幽雅静美，且绿树成荫，百鸟啁啾，亦因此诗，王苹获得王士禛所称"王黄叶"之美名，在诗坛名声大振。

为了加深理解，我们再借助一番王苹散文的逼真描绘。

其一，"仰而望山，俯而听泉，掇幽芳而荫乔木，风霜冰雪，刻露清秀，四时之景，无不可爱者"（《王氏南园记》）。

其二，"园自文庄公后，数易其主。废为菜圃已六七十年，而泉流如故。涛喷珠跃，金霏碧驶……泉上老树巨石，离奇映带，水声禽语，幽幽应和。凡与吾耳目谋者，皆如子厚所记《钴𬭁》《石渠》之胜焉"（《二十四泉草堂图记》）。

其三，"及秋冬之际，落叶满门，泉声在侧，纸窗土锉，一灯荧荧，洛诵之声，每于屋隙达诸林表，不啻子瞻之'时于此间，得少佳趣'者"（《今雨书屋记》）。

笔者不厌其烦地引用王苹的文字，乃在于，没有人能够如此逼真且诗意氤氲地写出王苹居家的美感与幸福感。

这些文字，正与诗人"黄叶林间自著书"的诗句相互印证、相互照应，字里行间，洋溢着诗人何等风雅、何等飞扬的生命意气和人生状态。

青青翠竹环抱，涓涓清泉长流，黄叶林间，诗人吟啸赋诗，著书立说，此不唯是王苹"敝庐"之无限乐趣也。

人生在世，由于生存环境与价值观的不同，人们所选择的生存方式也就不同，西方哲学家尼采认为，人生有三种基本的生存范式或曰生存样态，一是科学的，二是伦理的，三是审美的，而这其中最为高级的，则是审美人生。

而"黄叶林间自著书"，无疑是王苹所选择的审美人生，是王苹最为向往的生存方式与价值理想。

尤其是，在王士禛为其命名"王黄叶"的"神韵"诗学的提携与鼓舞之下，年轻的王苹更加踌躇满志。以清远之神韵风味，吟诗著书，讴歌田园，以达于诗作的传之后世与歌者的青史留名，这才是王苹审美人生的终极目标。作为价值依托，它支撑起王苹早年人生理想的大厦。

于琮《林泉诗吟——王苹诗歌研究》第一章"王苹的家世生平"，揭示了王苹文化自觉、文化视野的家世根源。由此可知，文化、诗歌，作为其强大的精神支撑，绝非偶然。

还有，他的恩师田雯的"诗学"理论，其开宗明义第一句话，便是"诗之大"——"读卜商毛诗序，知古今来文章之大莫善于诗"（《古欢堂集·杂著·论诗》）。

这些，都不能不给王苹以铭刻在心的深刻影响。

审美人生，是超越平庸。

于诗人而言，则体现着对于诗的审美本质的理解与把握。

我们且看王苹与陶渊明。

据于琮统计，"在王苹的二百余首田园诗中，其直接提及陶渊明，或化用陶诗典故、意象、诗句的诗歌达百首之多"。

关键在于，作为"古今隐逸诗人之宗"（钟嵘《诗品》）的陶渊明及其田园诗，以其任性求真、超然出世的自由吟唱，给予后世诗人极大启发与刺激：第一，乃是田园诗竟然可以如此之美。第二，陶诗体现着"经典永流传"，它开创了一条由讴歌田园而通向艺术、生命的不朽之路。

而后者，无疑对诗人们有着更为巨大的影响力与感召力。

再看王苹生活的时代，他谈到的几位"偶像"与好友。

其一，吴嘉纪。王苹有诗《读吴野人集》：

海上吟诗到白头，菱花满地几沙鸥。

一生不出东淘路，自有才名十五州。

吴嘉纪（1618—1685），字宾贤，号野人。泰州布衣。著有《陋轩诗》。据王士禛《居易录》："泰州布衣吴嘉纪，居东淘。苦吟不交当世。予见其为五言诗，清冷古澹，雪夜被酒，为其诗序，驰使三百里致之，嘉纪大喜过望，买舟至广陵谒谢。遂定交。"

谁知，吴野人来广陵后，遂与四方之士交游唱和，渐失本色，诗亦渐落。王士禛曾笑谓人曰："一个冰冷的吴野人，被君辈弄作火热，可惜！"（见《渔洋山人感旧录卷七吴嘉纪》）

其二，吴雯。王苹好友。王苹《题〈渔洋诗话〉卷尾二绝句》其一：

中条竹隐吴征士，名在词场四十年。

卷里不如青县壁，桃花万里早流传。

充满着对于吴雯"竹隐"生活，特别是其诗作成就的向往。

另外，王苹虽然生在清初，却无疑受到明末爱国的遗民诗人、学者的深刻影响。如顾炎武，如济南家乡的怀晋、张尔岐等，他们中的许多人，在经历了国破家亡、反清复明无望而徘徊失路，甚至生不如死的痛苦挣扎之后，转而以文化、艺术为依归，寻找一条远离并超越黑暗政治，又能充分体现个人价值的生存之路，致力于薪火相传的中华文化与艺术事业。如在清兵入关后"哭辞孔子庙"、隐居济南南部山区[（金+广）"音巩"]村的怀晋，其后走出深山，在历城设馆授徒，研治《易经》，成就辉煌。王苹曾忆及自己年少时所见怀晋等人之灼灼风采：

"衰衣大带，矩行规言，所至人皆让行避席，以为有盛世长者之风。"

字里行间，充满高山仰止之情。

另，王苹所结交的天下朋友，如反清复明的爱国志士阮旻锡（超全），明亡不仕、终身为布衣的杜首昌（字湘草）等，此类人物不少，他们来到济南，王苹以东道主身份，亲为接待，并充任导游。由此，似可以窥见王苹的政治倾向。

然而，由于个性与各种社会原因，王苹却未能走上（或者说，未能完全走上）王士禛所指示的、自身也倾心的"神韵派"诗路。

首先是经济原因。

人生在世，生存是第一位的，人先要活下来，然后才有其他。这便是我们在王苹的诗歌里，多见"负米""种菜"等字眼的原因。

王苹一生坎坷不遇。从康熙二十二年（1683），直至康熙四十一年（1702）顺天乡试中举，王苹历经6次乡试、20个春秋，至44岁始得一第，其间为供养老母（王苹有生母顾氏、嫡母朱氏，均活到80余岁。王苹之孝当世闻名）、家庭生计，所遭受的困苦窘迫与精神折磨，无法为外人道。而康熙四十五年（1706）他48岁，经两次会试中进士后，却又连年谋官无成，直至53岁谒选改官学职，得授天涯海角之登州成山卫教授，不唯"广文先生官独冷"，更因天高地远、无以奉母而辞官。

纵观王苹一生，他长年为生计奔波、挣扎，饥寒交迫，疾病缠身，无钱医治，少人理解，有时甚至万念俱灰，他不得已以多种方式谋生，包括设馆授徒、种菜务农等，多以微薄的束脩维持生计。因而，他不能宁静、不能淡泊，甚至不能"黄叶林间自著书"了，为糊口计，他要四海奔波。这是其一。

其二，坠入科考"陷阱"，难以自拔。王苹一生，隐逸之心与仕进之行并举。诚如于琮分析：王苹："坚持科考仕进，其一是为口腹所役，其二更是为不负父母之望，家族之托。""天性好静的他不止一次心生归隐之意，但理智告诉他，他不能逃离。"

王苹有句："小人有母庸称老，伧夫于诗妄欲传。"（《除夕二首·其二》）"多病居山好，长贫说隐难。"（《百丈口即目》）正其进退维谷两难处境的真实写照。

"一日看除目，终年损道心。"这是唐代诗人姚合《武功县中作》的诗句，其发人深省的精策作用足以穿越千年历史。除目：旧时除授任命官吏的文书。可那是断断不能看的呀！一旦寓目，你便终年不得平静。而科考，在某种意义上，正是统治者所利用的以名、权、利笼络、蛊惑士人的最大的"除目"。

清代，皇权的专制，对于文化与诗歌领域的控制空前峻烈而残酷。统治者笼络与压制并举的文化政策，主要便是通过科举取士制度实现的。哀哉王苹，堕入其中多半生，早已是生命耗尽，诗之雅人风致亦大不如前。

王苹在康熙四十六年丁亥（1707）所作的《蓼谷戊亥稿序》中称：

"盖余学诗已三十二年矣，夙昔僻固狭陋，绝少倡和投赠之举，诗虽不工，去俗甚远。《公车集》则丙戌得第后，一切感知结友、登临道途之作皆载焉，诗以事迁，去俗始近。丁亥留滞京师，羁栖非所。仰遽弃之青云，睹挪榆之白日，凡有属作，辄奋笔为之，生于愤，成于激，其旨已非和平，故诗多而不工，去俗弥近。……"

他以"去俗"的远近来表达自己诗风的变化，"去俗"越近，自然距离"神韵"越远。

是的，他发现自己离神韵、离王士禛，反而越来越远了！

王苹在《读〈南海集〉感怀新城公三首》其三中吟唱道：

可笑王黄叶，孤怀二十年。

得名自公始，失路复谁怜？

《寒夜读〈池北偶谈〉感题卷首》：

残客残书漫作缘，霜晨头白软红边。

才名零落王黄叶，孤负尚书二十年。

这里的关键是：宣示自己走神韵路线的理想之破灭。

又有：

剧怜贫贱身将老，苦爱渔樵愿亦违。（《雪中十首·其一》）

因为经历、地位，特别是个性的不同，王苹终究成不了温柔敦厚、吐属清远的另一个王士禛，自然，也当不成隐居田园的陶渊明。

心在何处可安？

诗歌，对王苹而言，不唯是一种艺术形式，它是王苹的生存方式，以此，有两点人生与艺术的原则，王苹始终恪守着。

一是，对于田园的挚爱与咏歌不变。

王苹尝在《张氏产芝记》中对好友黄文渊说："吾辈营营碌碌，毕力制科，视翁何如？安得有地一区，若翁之水竹妍雅，以灌园奉母读书其中，终老不出乎？"

王苹写于58岁的《自嘲》诗：

那能官职如殷尹，纵有诗名岂李边。

七十二泉须笑我，湖山管领竟华颠。

他于田园觅得澄澈的人生之趣。自嘲乃是超越。

二是，献身诗歌的初衷不变。

王苹《丙寅生日》："交绝自无钩党累，诗多甘作不祥人。"清代，文字狱尤甚，正直的文人大多提心吊胆，惨淡度日，一句"交绝自无钩党累"，不知蕴含着多少文士的苦难、恐惧与辛酸，然而，为了作诗，王苹却甘愿作"不祥之人"，这是王苹最后的底线，必须作诗，为作诗不顾一切。

文学与诗，是王苹赖以安身立命的永恒"港湾"。

第二，慷慨悲歌、激楚苍凉：王苹诗歌的审美风格

正所谓：塞翁失马，焉知非福。正所谓：失之东隅，收之桑榆。

王苹未能追随"神韵派"诗学之路，其实并非坏事，一方面，这使他避免成为一个小号的"王士禛"，另一方面，也是更重要的，王苹于二十四泉上自道其艰难、窘态与襟怀，真正淬炼了自己独有的声口、面目与风骨。

问题在于如何理解王苹诗作的审美风格？学界至今尚有不同见解。

翻开一部《二十四泉草堂集》，加以逐篇的悉心研读，特别是从他众多的"不平则鸣"的咏怀诗、田园诗里（这是王苹诗作数量最大、质量最高的一部分），我们便能发现王苹诗歌的主导倾向。

正如其恩师田雯所言：

秋史之为诗，悲歌慷慨，郁陶莫释，一往苍凉萧槭，侘傺无憀之音，仿佛似之。识者叹为骚体之遗，才人之高致矣。（《〈二十四泉草堂〉集序》）

此为不刊之论。

我以此将王苹诗作的审美风格概括为八个字：慷慨悲歌，激楚苍凉。

在笔者看来，如"神韵"诗，也不过诗美之一途。

而且，并非只是遵循"温柔敦厚"的诗教才能出好诗，不是的，一部部中外诗史上所见，慷慨悲歌甚至"金刚怒目"更能出好诗，甚至是天下一流的好诗。

恰恰因为仕途不利、命途多舛，恰恰因为诗人的不入俗流的狂狷性格，诗人的绝大多数篇章，不是"太平盛世"的田园清韵，而大多是吟唱个人的坎壈悲辛，是"不平则鸣"的寒士苦吟，是对于贫病的慨叹、体验与切肤之痛的感受。亦因

此，它有了丰厚的社会人生与人类情感内涵，更具荡人心魄的感染力。

而且这种苦吟，是与二十四泉草堂美丽的家园风物、诗人超越的文化情怀及雅人高致融为一体的，因之，其艺术清韵与思理筋骨之美常令后人击掌叫绝。

我们且看王苹的《园居四绝句》其三：

买来邻酒空泉路，倒向秋风破瓦尊。

烂醉一场红叶下，横吹铁笛闹荒村。

苍茫的秋风荒村之下，铁笛横吹、醉意蹒跚的诗人，却有一股豪迈、凄厉之气充盈天地之间，我们几乎分不清这种感受是来自环境，还是诗人本身，因为他们已经水乳交融为一体。

值得一提的是诗人锤炼字句的能力。诗中的"空""破""烂""闹""荒"等，将秋天萧瑟空旷之气氛，诗人悲歌慷慨、郁陶莫释之气质，展露无疑。长歌当哭，悲慨沉郁，诗人的内在情感，甚至好酒狂傲的个性，均如同清泉倾泻，一无保留，一无掩饰，从而，此诗也便具有了"谁也不是，我只是我"的独特性。这方是审美的极高境界。

王苹《万生国宾，年三十又三，未补诸生以殁，感赋二绝》其一：

门外春畦手自锄，灯前秋卷竟何如？

青衫裹骨竟无分，从此乡人不读书。

酷爱读书的万国宾，年龄33岁，却连诸生（秀才）都没混上，便溘然长逝。诗人哀叹，万生家门外的畦田还是他春天里耕作的，到了秋天他家灯前的书籍怎么就无人阅读了呢？青衫，古代学子所穿之服。"青衫裹骨"已够凄惨，明诗人释函可有句："青衫裹骨归荒冢，黄口依人失故庐"（《得浴予叔书》），殊不知，还有更为凄惨的，乃是终其一生的努力，连"青衫裹骨"的份儿都无有。如果读书人面临这样的悲惨命运，今后谁还会读书，结末一句"从此乡人不读书"，力重千钧，痛快淋漓，不唯展现天下寒士痛苦失路的绝望状态，且有对于当政者的严厉抨击与警示。

忧愁苦痛酝酿诗歌佳作。

基于王苹追求精神自由的独立个性、不喜逢迎的孤傲与气节，他惯于以"齐伧""伧夫""穷民""村夫子"自居，而他的咏怀诗，表达其奔波仕途的多舛的际遇，大多痛快淋漓，直抒胸臆，不作隐藏，激昂跌荡，长歌当哭，如同于琮所言，是"生生地剖开了伤口给人看"，因而势大力沉，具有感人肺腑的艺术力量。

邓之诚《清诗纪事初编》称王苹："盖屡不得志于有司，又患狂疾，患耳聋，遂多凄楚无谬之音。然才情之富，语言之工，并世罕侪。"

"才情之富，语言之工"，到了"并世罕侪"的程度，何等高的评价。而它又出自严谨的史学大师之口，让人不能不信服。

王苹对于文字似乎有着天生的诗人的敏感。他在25岁时初学骈俪文，便创造出"泉气粘天，光浮眉晕"的名句，被田雯誉为"聪明绝世"（见《书张鹿床先生〈济南诗略〉后》）。试想，这一个"粘"字与一个"浮"字，何尝是客观事物固有的性质，那都是人的感觉赋予的。由现实世界进入感觉与意象的境界，此诗之为诗之缘由也。

王苹最为动人的，是在困窘之中时有超越之思，如《岁暮遣怀十首》其九：

两版长关源上路，一房恰受竹间晖。

残年萧瑟无归着，笑任空厨妇孺非。

任由他人说长短，我自岿然不动。于艰难竭蹶之中，诗人完成一种人生超越，即为自己而活，坚守着自己最后说"不"的权利，这才是人生与艺术的自由境界、最佳感觉。

第三，"实苞唐宋"：王苹的诗学承传及审美特点

以上，笔者概述了王苹诗歌的主体审美风格，但仍不足以概括（笔者心目中）王苹诗歌的审美全貌。为叙事的方便，我们将在王苹的诗学承传之后，再谈及这个话题，即王苹诗歌的几个审美特点。

乾隆间山东按察使沈廷芳尝作《教授王先生苹传》，其中谈及王苹的诗风及诗学承传道："顾终以坎壈，而诗益肮脏有奇气。……其诗本性灵而慷慨悲歌一往萧槭，继归于大雅。晚年更造平淡，实苞唐宋也。"（见《碑传集》卷一百三十九）

前面实际综合了王士禛与田雯对于王苹诗的评价，无甚新意。其独特见解在最后，即称道王苹"实苞唐宋也"。

这评价十分中肯，它同时讲明了王苹的诗学承传。

王苹《上王新城书》：

> 昔遇莲洋于雷首，久识宗风；
>
> 近师德水于鬲津，从知公法。

在这封致王士禛的信里，王苹直言不讳称自己的诗法，是从恩师田雯（称"德水先生"）那里学到的，而作为一代宗师王士禛的诗风，则是间接地从王士禛弟子、王苹好友吴雯（号莲洋）那里认识到的。

孰远孰近，一阅便知。

王苹对恩师田雯的知遇之恩，终生念念在心，其用情之深，出乎今人想象。王苹有诗："挑灯翻帙读山姜，音旨关怀道阻长。……一卷横陈木榻冷，师门万里泪沾裳。"（《秋夕感怀六首》之四）

那么，田雯的诗学诗法又如何呢？

两宋以降，中国诗坛一直在祧唐还是宗宋的课题上争执不休。清代康熙年间，政局逐渐稳定，追求盛唐之音的王士禛的"神韵说"应运而生，然王士禛有着宽容纯雅的个性，并不排斥宋调。此时，作为宋诗派代表的田雯横空出世，以"主真求变""趋新求奇""祖杜宗黄"的诗学诗论，树起宋诗派的旗帜。对此，《四库全书总目提要》有这种说法道其原委：

> 当康熙中年，王士禛负海内重名，文士无不依附门墙，求假借其余论，唯雯与任邱庞垲不相辨难，亦不相结纳……雯则天资高迈，记诵亦博，负其纵横排奡之气，欲以奇丽驾士禛上。故诗文皆组织繁富，锻炼刻苦，不肯规规作常语。

王苹曾在《薛再生诗序》中指出田雯诗学特征与自身的承继，他说，"德州公称诗以杜、韩、苏、黄、陆为宗，而佐以中唐元、白诸家。余学诗于公者十年，竭其才力，不能无忝于其教，至神明变化之说，益不敢出"。

这就是说，田雯诗学并不排斥唐诗，且以唐之杜甫、韩愈，宋之苏轼、黄庭坚、陆游为宗，并辅以中唐元稹、白居易诸家。

而田雯之孙"小山姜"田同之在其《西圃诗话》中，更有公允论述："今之皮相者，强分唐宋，如观渔洋司寇诗则曰唐，且指王孟以实之。观先司农诗则曰宋，且指苏、陆以实之。殊不知《山姜》一集，原本少陵，以才雄笔大，自三唐以及两宋，无所不包，千变万化，终自成一家言。"

何谓唐诗派，何谓宋诗派，钱锺书曾在《谈艺录》中论说唐诗、宋诗的不同诗学风格：唐诗多以丰神情韵擅长，宋诗多以筋骨思理见胜。

窃以为，田雯之诗学，实则弥补了诗歌历史上对于宋诗的些许忽略，更强调注重继承吸收宋诗这份宝贵遗产，而他尤其看重的，是黄庭坚。钱锺书《谈艺录》称："清初渔洋之外，山左尚有一名家，极尊宋诗，而尤推山谷者，则田山姜是也。"

田雯何以对黄庭坚有如此之情感，乃其强调艺术创新之诗论，与其建构更具活力之诗学体系与派别的需要。

唐诗实在太完美了，在如此的"庞然大物"面前，宋诗要发展，十分不易。质言之，则必须在继承唐诗精华的同时，又能走出唐诗的窠臼与套路，另起炉灶。宋代诗人不乏创造一代诗风的天才，最优秀的代表，则是苏轼与黄庭坚。前人论宋诗，每以苏黄并称。苏诗气象阔大，如长江大河，风起涛涌，自成奇观。黄诗气象森严，如危峰千尺，拔地而起，使人望而生畏。

黄庭坚开创"江西诗派"，以"文章最忌随人后"为鹄的，道尽艺术本质在于创新，且手段不妨多种："诗词高胜，要从学问中来""以俗为雅""以故为新""点铁成金""以腐朽为神奇"等，皆其不朽艺术主张。

然而，宋代诗人，甚至最为争新出奇的江西诗派如黄庭坚等，都是尊奉唐诗的。他们均以"学杜"为号召，尊杜甫为"一祖"，并努力在诗法上向杜甫、韩愈以来的诗人学习（详见游国恩等主编《中国文学史》，人民文学出版社1964年版）。

这样的一种宽容大度、广收博取，才是诗歌艺术不断发展的动力。

以往，中国不少文学史版本上，都有对于文学中所谓形式主义的批评。如对于江西诗派的大家陈师道，说"他的诗锤炼幽深，他诗中的用意有时要反复推究，才能明了，其实只是把古人正面说的话，变一个方式，从侧面或反面来说"（详见游国恩等主编《中国文学史》，人民文学出版社1964年版）。

笔者认为，这恰恰是陈师道诗学的最大优长之所在。这才是真正进入了诗歌艺术自身的审美规律的探讨，它将诗歌艺术"说什么"，终于深入"怎么说"的境界，最为难能，最为可贵。从艺术的内部审美特征入手，在"左"的思潮影响下，往往被视为形式主义，其实，艺术要创新，要发展，所谓形式美、唯美的追求，恰恰是必须的。

美国当代美学家华莱士·马丁在《当代叙事学》一书中指出："技巧从来就不是叙述的辅助方面；不是别的，而是方法，创造了意义的可能性。"

那么，谨遵师教、"实苞唐宋"的王苹，在田雯的诗学特别是宋诗中，实际吸收到的是什么呢？也可以说，在王苹诗歌的总体风格之余，还有哪些为我们所忽略的审美特点呢？

一是，为诗"兼才、学、识三者而后工"。

田雯说："为诗如作史，必兼才、学、识三者而后工。"这是典型的宋诗观。

而对此三者，王苹一点儿也不欠缺。

王士禛称："王子秋史自其少已负奔轶之才，嗜古好奇。"（《蚕尾续文集卷一·二十四泉草堂诗序》）

由此可见，王苹自幼便是天才少年，富有学养，其古文有根底，尤与田雯天然相同者则为：好奇。此为天生诗人之特征。

乾隆年间，学者李文藻作《蓼谷文集序》："盖先生以诗受知新城、德州两公，名播于天下，而知其能文者固少也。其文雅洁有法度，四六尤新警纵横，皆不亚于其诗。"

如果说，诗中多见人之才情，那么文章之中，则多见"学"与"识"。王苹之文"不亚于其诗"，足见其文化修养之厚重。在王苹的诗作中，所涉历史典故极多，且随手拈来，新意迭出。

二是，在艺术形式上着力，追求永恒、超越的诗美。

诗人吴雯与张鹿床对王苹影响极深，二人都不注重儒家的所谓"言志""载道"等诗教，而以呈现心理审美体验的诗美为主。

在清初残暴的文字狱下，王苹一方面小心翼翼地避开文网，所谓"交绝自无钩党累"，一方面展开对于诗歌审美形式的探索。如他描绘世态炎凉、人心叵测之诗句："猴在棘端矜狡狯，狐行冰上卖呆痴"等，对于世态世味的刻画，堪称一绝，其难度与妙处在于是假借"猴"与"狐"的意象完成的。

王苹还有一诗，谈田雯与自己所收唐宋诗的影响，诗题《客中题德州公集后四首》，我们且看其二：

杜韩俎豆自堂堂，坡谷风流复擅场。

解得中间神韵在，后生方许读山姜。

唐之杜甫、韩愈，堂堂之阵，气势宏伟，庄严大气；宋之苏轼、黄庭坚，风流儒雅，新警纵横。此为田雯，自然也是王苹从中效法，所吸收之最佳营养也。如同田雯，王苹善于吸收百家之长。他还如同田雯一般，所受注重形式美的宋诗尤其是黄山谷诗影响最大，从而形成了对于诗的审美本质的深切理解与把握。王苹诗歌受田雯诗学的直接影响是最大的。在王苹设馆授徒的生涯中，他所教授的不独是科举应试的"时艺"，还有诗艺诗学。清初进士、官至吏部郎中的曲阜名士颜光敏（字修来）之孙颜懋侨（字幼容），便自幼从王苹学诗，且"以诗名当世者三十年"，王苹辞世，他作《哭王秋史先生》，历数王苹一生坎坷经历，凄婉动人（清孔广栻辑《海岱人文》三十三种四十五卷之《雪浪山房稿》附：幼容先生传）。

三是，王苹诗歌"泉喻"之内涵。

王士禛、田雯谈及王苹诗歌，均以泉喻。这不是一个偶然现象，而是王苹诗作的一大审美特点。

如王士禛称："秋史之诗，骯脏有奇气，不屑一语雷同，而趣味澄夐，如清泚之贯达，与其人绝相似。虽忌者不能不心折其工也。"（《蚕尾续文集卷一·二十四泉草堂诗序》）

田雯称：

余论生之诗，仍以泉喻可乎？夫泚然以斋者，泉之源也；淰淰而瀮瀮者，泉之波也。当夫风雨喷薄，水石湍激之会，于猿啼枫落时闻之，不啻雍门之琴、荆山之泣，有助人凄其而不能自已者。生之为诗，悲歌慷慨，郁陶莫释，一往苍凉萧槭，侘傺无憀之音，仿佛似之。识者叹为骚体之遗，才人之高致矣。一变而叶于金石，归之大雅，犹夫泉之垂溜天绅，众山皆响，汇为风潭万顷，而汗澜卓踔以放乎江河，讵可量哉！（《古欢堂集·二十四泉草堂诗序》）

王苹生活在名泉众多的济南望水泉上，朝看泉之流，暮听泉之声，人格与诗品都会打上泉的烙印。据于琮统计，《二十四泉草堂集》中，出现"泉""溪""池""水"的意象，共有159处。此为十足明证。

总括王士禛与田雯的以上论述，我们可以得出王苹人诗"泉喻"的如下特点：

其一，文思泉涌。喻王苹之诗思诗才如喷泉涌流，源源不断。如"如清泚之贯达，与其人绝相似"，又如"夫泚然以斋者，泉之源也"等。

其二，清新澄澈，奇姿异趣。如"秋史之诗，肮脏有奇气，不屑一语雷同，而趣味澄夐……虽忌者不能不心折其工也"等。王苹好友张鹿床在《序》中，曾以一个"异"字概括王苹其人、其诗的与众不同，深具眼光。清丽动人，清寒奇崛，是济南泉水，也是王苹诗作的特长。

其三，"雍门之琴、荆山之泣"。乃泉声水势作用于人的感官所至，以喻王苹诗歌"悲歌慷慨""一往苍凉萧槭"之美学风貌。

其四，"骚体之遗，才人之高致"。谓王苹"不平则鸣"的寒士苦吟，与屈原泽畔行吟，与《离骚》高雅动人的抒情，一脉相承，故称"归之大雅"。而"放乎江河"，则信乎王苹诗作之流远于后世也。

第四，王苹之于济南的价值、意义

一是，清代济南本土的两面文化旗帜之一。

清光绪四年（1878）孟夏，济南名士王锺霖在其编辑的《国朝历下诗钞序》中，万分哀伤地说："边、李往矣，黄叶朗园，泉流不返。望西州而兴叹，怀北渚以迟归；四顾苍茫，一编急就……"

清嘉庆年间，济南知府王朝恩有《济南绝句》十二首，其十一咏王秋史：

廿四泉边名士尊，纷纷冠盖集邱樊。

可怜一代中郎笔，赢得文孙作虎贲。

（清嘉庆十七年刻本《传砚斋诗质》卷四）

此诗诗后有注云："王秋史苹为渔洋高弟，一时朝贵倾襟与交。有二十四泉草堂诗，今其孙隶营籍。"哀哉！

无独有偶，清光绪三年（1877），济南大儒周永年之周氏朗园，有其后人卖与时任山东盐运使的李宗岱。

钟爱家乡的王锺霖故有此叹，乃是因为王苹、周永年正是清代济南本土上的两位无与伦比的文化巨匠、文化旗帜，其象征意义远大于实际存在。甚至，连周永年当年隐居读书的佛峪，自乾隆末年便被称作"大儒读书处"（见刘大绅诗《佛峪》："吁嗟此山中，大儒读书处。"），而王苹与二十四泉草堂，更是非同了得。

二是，建构二十四泉草堂文化，使其成为济南的文化符号。

15年前，笔者与女儿侯环便曾提出了济南二十四泉草堂文化的概念，以及构建二十四泉草堂文化的建议与设想，今与于琮的论述可谓不谋而合。对此，今兹简述如下：由王苹的二十四泉草堂（宅）、《二十四泉草堂集》（书）、《二十四泉草堂图》（图）以及当时及以后的吟唱二十四泉草堂的诗文作品（诗文），这四个层面的丰富人文内涵，实际早已形成济南的二十四泉草堂文化，它是济南泉水文化也是济南历史文化的一个重要分支。今后理所当然地应该要强化对这一领域的深入研究与宣传，使其成为文化济南的又一文化符号。

清初，王苹好友、著名布衣诗人杜首昌（字湘草）诗云："霞外幽人郭外家，清泉声里阅年华。"（《过秋史二十四泉草堂》），此诗精妙地道出了王苹与雅居的一体效应。数百年来，王苹、王黄叶、王秋史与二十四泉草堂，早已成了一个不可分割的整体，人们谈王苹，写王苹，也必是谈草堂，写草堂。二十四泉草堂，早已成为王苹的精神寄托与精神化身，就如同李攀龙之于白雪楼一样。

"幽人"与"家"是不可分的。而且，这幽人不是一般的"幽人"，而是"霞外"，此更见得王秋史品格之清峻高洁。这"郭外家"是在"清泉声里",任"山愁雪压",任"径苦霜封","幽人"依然耽吟诗句,煮酒赏景,我行我素。你看,傲岸不羁的人物是怎样与"家"融为一体的,你分不出布衣诗人是写景还是写人,是写王秋史还是写草堂,因为它们在精神实质上是一致的,都是一样的清冷、高洁、文气郁然而不同流俗的。

据笔者几十年在清代别集中的寻找,以二十四泉草堂为题的泉水诗计有百余首之多,《二十四泉草堂图》(三幅)题诗与题记之作者,能够在今日查到的,一个不全的名单,便有23位清代著名文士。其作品达到28首(篇)。

笔者曾经许多次地想过:当年济南先贤王苹的《二十四泉草堂图》,即便只有一幅能够保留下来,单凭图上那些国内一流二流诗人的题诗,也会成为举世罕见的国之瑰宝的。

我和于琮博士在研讨会和文化活动中结识,此后见面也多以济南乡土文化、泉水掌故等为话题。后来知晓她在吟诵、礼仪等传统文化事业推广传播上全省奔赴,用力甚勤,沉潜致远,知行合一,特别是她对于指导其研究王苹的恩师王小舒先生一腔感恩图报的真挚情怀,令我愀然为之动容。我引以为同道。

想来,若我们的泉水不断,潺潺有声,则我们的文脉不绝,永续为长。而一代代的城市创造者以此为心志,努力不懈。当信:风雅不随芳草没,草堂仍傍碧流开。

愿以为序。

侯林

癸卯孟夏于历下风香书屋

前言

趵突泉公园西侧，望水泉畔，万竹园内，古雅静谧。这里曾栖息着一颗不羁的灵魂，茂林修竹是其安身立命之地。他，就是清初济南著名诗人王苹。

王苹（1659—1720），字秋史，别号蓼谷山人，又号二十四泉主人[1]、二十四泉居士。清初济南著名诗人。少负奔轶之才，其诗为清初文坛宗师王士禛、田雯所赏，以"王黄叶"之诗名远近乡里30余年。有《二十四泉草堂集》（诗）、《蓼村集》（文）行世。王士禛赏其诗，并奇其人："秋史之诗，肮脏有奇气，不屑一语雷同，而趣味澄夐，如清泷之贯达，与其人绝相似。虽忌者不能不心折其工也。"

王苹一生创作诗歌近3000首，晚年自行删至1026首，其品行至孝、个性狂狷、身体多病、仕途坎坷，诗歌"悲歌慷慨，郁陶莫释"，形成了"不涉理路""不著一字"的清远风格，在清初山左诗坛上别具特色。其诗对今人了解济南的乡土风貌，传承地域文化，具有独特的认识价值与审美价值。

王苹以"王黄叶"闻名天下，清代潘如有诗："秋雨泥深黄叶径，西风梦断白云乡。尚余数卷残书在，道是琅琊赋手藏。"（《过济南王秋史进士故宅》）[2]任弘远亦言："傲骨今人嫉，诗名奕代思。通家怀旧德，独立意迟迟。"（《过王秋史先辈废宅选自》）作为清初山左著名诗人，王苹身后颇为寂寞，鲜有研究者，写作之初，笔者曾去望水泉畔、万竹园内寻觅诗人踪迹，凝望着桥亭上的那副对联"竹影拂阶尘不起，月光穿池水无声"陷入了沉思：那鲜活不羁的灵魂湮没在无声的岁月中，该如何走近他？

年轻的王苹因才气被援引，被奖崇，这些都给了他前进的动力，忘却一次次的失败投入新的征程。"玉在椟中求善价，钗于奁内待时飞"，些许的狂放不羁、自悲自叹又看破世俗，少年的自命清高，老夫的沉浮世俗……纠缠于酸甜之中，以求得

---

[1] 望水泉乃元于钦之《齐乘》载金代《名泉碑》中之编次，列七十二泉之第二十四也，故以此自称。所传"七十二泉主人"之称，盖系二十四泉之误书。

[2] 侯林，王文，编校.济南泉水诗全编[M].北京：线装书局，2022：443.

味外之味，狂狷的他一生都在等待，却又始终拼命挣扎、逃禅归隐，看似就在眼前的美景总也无法变得清丽真切。这场悬念戏，结局难料，日复一日，蛛网渐生，网住了生活，留住了岁月，一页一页的诗歌结出了累累硕果。正如程千帆先生所说："每一位诗人都可以而且应当用自己独特的表现手法来获得夭矫多姿与自然合度的有机统一这种艺术特征。但同时，还应当进一步指出的是：和任何其他的艺术特征、风格、手法的获得一样，首先必须深入生活，学习生活。"[1]因此，本书运用知人论世的方法对王苹诗集作了细读分析，试图还原诗人的生活状态，对其人生经历、人格精神、诗歌的时代精神、审美情趣和诗学承传进行了较为深入的考察。既观照了王苹的诗歌创作个体，又将其置于清初诗歌发展的大背景中。希望能借此真真切切地走近诗人，同时借助王苹的诗歌了解清初士人心态，传承泉水文化与"上善若水"的君子情怀。希望这一切会随着奔腾的泉水成为永恒的历史记忆，会在一代又一代的泉城人心里传承下去。

---

[1]　程千帆.千帆诗学 [M].江苏：江苏文艺出版社，2010：199.

目录

王苹画像

第一章 王苹的家世生平

王苹，字秋史，别号蓼谷山人，又号二十四泉主人、二十四泉居士，生于顺治十六年己亥（1659），卒于康熙五十九年庚子（1720），享年62岁。祖籍浙江仁和（今浙江杭州），后迁居济南历城。少负奔轶之才，其诗为清初文坛宗师王士禛、田雯所赏，以"王黄叶"之诗名远近乡里30余年。

第一节 家世：北南遥相承，家风高紫电

王苹闻名于济南，却并不是土生土长的本地人，他14岁跟随父亲由北入南，所以，身上既有江南的文雅之气，又有齐鲁的儒学之风。

王氏家族在浙江杭州仁和，世代堪称望族。明洪武初，明信国公汤和受朱元璋委派巡视浙东，在庙山筑城建卫，因四周皆山，故名临山卫，后募民防海，成为明代浙东地区最重要的抗倭重镇之一。王氏家族便于此时迁至海上，隆庆中又复迁回浙江仁和。王苹曾祖王仕，官至文林郎，祖父王应第，终生未仕，因其子王钺而授明威将军。王应第，娶妻祁氏，有二子，名无考。侧室刘氏，有子三人，长早夭，仲为苹之父王钺，季为苹之叔父王世盛，家世考索如下：

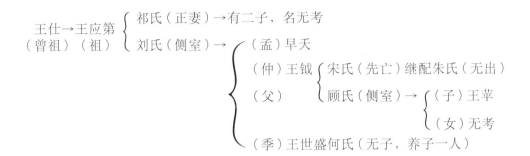

生于知礼重学之家的王苹，深受家风濡染。父亲王钺为人耿直不阿，虽为武举，却视儒学为正业；嫡母朱氏与生母顾氏的秉识大体、节孝勤俭，父母的言传身教都在小小的王苹心里播下了种子。

王钺，字德衡，兄弟三人，排行老二，19岁时其父王应第去世，依母亲刘氏读书。因家贫，所读之书也仅限于《孙武子》十三篇，后偶得陈嗥、梅圣俞之注，便专心研读，终得其精要，于顺治五年戊子（1648）中科武举，授之江南大河千户，擢升定州卫守备，又改任江宁（今南京）上元后卫。

王钺为官刚正秉直，有"提桴鼓立军门"（田雯《王将军墓志铭》）之志，于横戈铁马间常建功勋，任江南大河千户之时，治所在淮南，负责漕运之事，尤为笃定。漕政作为有清"一代大政"，征收、运输、收仓三大环节上产生的各种弊漏，治不胜治。对于"剔除漕弊"，很多官员或远观，或偏指不参，或无关痛痒概以论之，而王钺力举漕政之弊，"以一微末戎弁，慷慨说论，效杜牧之罪言，利害不顾，而卒以除漕政之大病"（田雯《王将军墓志铭》）。王钺的坚守正是《儒行》篇中孔子所称赞的德行："儒有忠信以为甲胄，礼义以为干橹；戴仁而行，抱义而处，虽有暴政，不更其所。其自立有如此者。"清初为官之士儒家仁义操守沦丧如此，竟不如一介武人，不由令人扼腕慨叹！

因廉政贤能，颇受苏松巡按御史秦世桢赏识，被推荐为定州卫守备，任职之后，百废俱举。康熙六年（1667）改任江宁上元后卫。上元为前孝陵、龙江、英武三卫故地，常年荒废，积欠赋税五千金之多，王钺历时八年请上官免镯，不得。其耿介之性为上官所衔，因诖误免职，流滞江宁六年之久，其间常受审问，王苹就出生于此时。因父亲落职，家里的气氛常常格外紧张，"每先公对簿，恭人辄屏营终日"（《家慈八十乞言启》），如此惶惑不安、如履薄冰的生活给童年的王苹留下了深深的阴影。

几经审查，康熙十一年（1672），事情终于大白，而王钺也已失去了再仕之心，本想"奉先大母返浙，而大母以济南为其桑梓之地，欲东归"，且异母之兄亦贾于济南，故奉母携家侨寓济南。此时王苹14岁，他清楚地记得，"先公事白，东归，遭家多故，里居六年即世"，在这段叙述中，我们看到，本想清净度日的王钺在历经了仕途的坎坷之后，又被族亲不和困扰，六年之后郁郁而终。

王钺兄弟四人，但之间的关系却不和睦。王钺与王世盛为刘氏所生，是庶出，另有两兄经商。钺与世盛感情深厚，曾带其至京师试于吏部，后世盛仕为山西兴县县尉，在县数年而罢，乃携家依钺兄而居于江宁，又辗转去寿春（今安徽寿县），最终随钺兄携家至济南依先大母、伯父以居。可以说，人生的风风雨雨，兄弟俩相互支撑，兄友弟恭，以至于最后同年离世。这段深厚的兄弟之谊，不能不令人赞叹，王苹曾在叔父王世盛故后撰文《故叔父将仕公墓表》，其间述及"盖公尚有两兄皆远贾于外，艰难险阻，独与先公俱"。的确如此，当年王钺顺从母意来到济南，本想投奔于在济南经商的兄弟，却不料"家事不齐，所不忍言者，即始此邪"（《故叔父将仕公墓表》），无奈之下，才于望水泉赁屋而居。

可以想象，望水泉畔的生活，王钺深陷困顿，"无名垂老客，有泪故将军"，曾经挥斥方遒而今落魄不堪，真可谓是"耦耕破砚北，冷梦大江南。淮水骄何极，齐伧懒不堪"！（《十二月十六日柬从姑父金太学远水四首》）20年后，王苹忆及家父，说不尽的无限凄凉。这些童年经历也让小王苹过早地感受到了世态炎凉，对其狂狷的性格产生了直接或间接的影响。

王钺虽为一介武人，但其于国计民生之心，其膺家国艰巨之任，其风霜高洁的品行，刚毅坚定的行为，远远高于当世之束书不观的腐儒，因此，田雯在《王将军墓志铭》中称赞："其不得以武人目公也。"不过，未能参加文举仍是王钺毕生憾事，他为官时常与卫人士提及，欲借诸生文采，消其豪气，补其不足，同时，更将光宗耀祖之望寄托于后代。但他子嗣不多，先娶宋氏，不久即亡，继配朱氏，无出，侧室顾氏，生一子一女，子即王苹。所以，他对儿子倾注全力，督其勤学，用力不可谓不深。康熙十年（1676），他曾命18岁的王苹将自己中武举时的试论策一卷（《顺治戊子科浙江乡试序齿录》）仔细抄出，并叮嘱："家世为儒，勿复以武见，孺子勉之！"当王苹抄完后，他便迅速将旧稿"掣去，不令观"，而后将其烧毁。不仅如此，每逢同举好友造访，他也会让儿子一一拜见，好友纷纷赞叹其门有望。儿子慢慢长大，他内心的愿望也似乎有了实现的可能。父亲的好友中有两位令王苹印象深刻，一位是梁公，他听到王苹的琅琅读书声时，竟然"喜而泣下"；另一位是朱公，"见苹蓬跣跳号为童子戏，怒而扑之，至苹衣裾裂乃已"，且不说朱公的行为是否得当，至少我们可以体会到这激烈的举止中所隐匿的内心痛楚，不希望儿辈再重蹈覆辙！或者说，这二公之心也是王钺之心的外化。所以，王苹在《书先君〈序齿录〉后》一文中说："二公须眉謦欬，苹犹显显心间，距今二十二年矣。"其后数十年，王苹牢记父亲之嘱，以科举为主，孜孜前进。四试锁厅未得之时，"噫！是时秋也，山斋寥阒，灯火青荧，抚金兰之遗编，对先资之卷牍，念昔先子遭家不造，不得已而以武自见也，夫岂易乎！"对父亲"不得已而以武自见"的遗憾，王苹深深地理解，而对自己的落魄，更是愧疚不已。

对王苹寄予厚望的不只是父亲，两位母亲和叔父也常常提点督促他。

王苹嫡母朱氏，是浙江上虞县处士朱崇道之女，"教苹独严""七岁入小学，不容一刻嬉于家，否则予以大杖"，嘱其"立人品，慎交游，矜名节"（《家慈八十乞言启》）。生母顾氏，节孝勤俭，为让王苹专心读书，包揽了家中大大小小的事宜，"苹恃赖慈荫，年逾五十，不知家人生产，不敢专行一事"（《家慈八十乞言启》）。王苹的叔父也常督促他："自恨幼经丧乱，未尝读书，每诫小子力学。"（《故叔父将仕公墓表》）

所以，重振家门是王苹毕生之愿，他曾多次以诗言志。36岁南游江浙曾作《广陵与从兄蔚园天池话旧》："细数宗门衰落甚，残更霜叶上寒厅。"48岁游河南大梁作《大梁遇弟晋三话旧》："珍重我曹须努力，休将将相坠家门。"《留别从第晋三叠前韵》："北南遥相承，家风高紫电。渡河三十年，宗门始会面。……临分望士龙，渠秖樱桃宴。"诗人自问，何时才能高中进士大宴宾客呢？而也正是在这一年，高中榜首，了却了沉郁心中大半辈子的宿愿。

王苹一生谨记双亲教诲，并将这种精神传递给后辈，"儿童慎勿为宗武，努力经书满腹中"（《题家书纸尾示儿泂·其一》），"过江未坠知先德，积卷能开望后生"（《溪堂夜坐听儿子读书感咏》），在对儿子的谆谆叮嘱中，我们能深深感受到"耕读传家久，诗书继世长"的文化传承。

第二节 生平：可笑王黄叶，孤怀二十年

王苹出身儒学世家，后家道中落，一生汲汲仕进，其坎坷的人生经历与一般儒生并无二致，奔波在求学、谋官之路上。

其生平以48岁（1706）中进士为界分为前后期，前期求学科考，25岁入学补诸生，其后五次乡试落第，直至44岁赴京应顺天乡试中举，其后礼部会试落第，48岁中进士，隐逸之心与仕进之情并举；后期辗转谋官，中进士后授官知县，因母老迈，53岁谒选改官学职成山卫教授，因成山卫居穷海之滨，与历城相距七百公里，莅官数月，终不敢迎养老母，遂投牒归养，55岁告归，闭门谢客，为生计虽仍有谋官之举，但早已心向归隐，于湖光山色之间诗文自娱，62岁郁郁而终。

关于王苹的生卒年，各家所记略有不同。

《清史列传·文苑传》记载："五十九年卒，年六十。"

《清代诗文集汇编》记载："生于顺治十八年己亥（一六六一），卒于康熙五十九年（一七二〇）。"

邓之诚《清诗纪事初编》记载："王苹……卒于五十九年，年六十二。"

徐北文先生在《济南诗风的演变与神韵派诗人王苹》与《王苹——其人其诗其派》二文中均载"王苹（1660—1720），字秋史。先世为浙江仁和人，生于南京，十三岁随家迁居济南，遂占籍为历城人"。

赵鹤翔先生在《二十四泉草堂主人王苹》文中记载:"清顺治十八年(1661)生,康熙五十九年(1720)卒,享年60岁。"

贾炳棣先生于《诗坛怪杰王苹》一文中载"王苹(1659—1720),字秋史……"

李永祥先生在《王苹诗文选》一书中附录的《王苹年谱》记载"生于顺治十六年(1659),卒于康熙五十九年(1720),享年62岁。"同时,对于其生年的推算依据如下:

王苹诗歌中屡有叙及年龄之处,如康熙二十八年己巳所作诗《岁除答西江王长公》"卤莽二毛人"句下自注"余明年二十二岁矣"。康熙三十一年壬申(1692)年所作《王氏南园记》一文言及时年二十四岁。而《上座主长白徐公启》及《壬午科年表序》皆云其于康熙四十一年壬午(1702)顺天乡试中举时为四十四岁。旧时多以虚龄计岁,由此推之王苹当生于本年。

因此,我们也以此生卒年为准,去追寻这位林泉诗人的生平轨迹。

前期(1659—1706)求学科考: 谁争狗监声华路,自许牛衣气概身

从出生到48岁中进士的这段日子里,王苹默默努力着,终于从一个无所依傍的外籍士子到小有诗名于济南,再到仕途之路蓬勃渐开。

清顺治十六年(1659),王苹生于江宁。时其父王钺任江宁府(今南京)上元后卫守备。他7岁入私塾,14岁随父侨寓济南,19岁时其父与其父异母兄有纠纷,故于望水泉畔租赁房屋12间定居,从此安家于泉水之侧。但他没有想到,一年之后,父亲与叔父便相继离世。此后,这个年轻的外乡人只能凭一己之力奔波于世。

王苹耽于吟诗,虽然不擅交际,但他仍愿意广交名士,希望能在诗坛展露才华,并在仕途有所作为。他本为外籍,又家贫,在山左诗坛是没有任何根基的,后来幸得恩师田雯赏拔才于25岁补诸生,得与仕宦人士过从。康熙二十三年(1684),踌躇满志的王苹参加了第一次科考,结果乡试落第,心情郁悒又极为不甘,第二年秋天,他把得意作品寄给了"望崇北斗"的王士禛,希望能开辟新路。不出所料,其"乱泉声里谁通展,黄叶林间自著书""黄叶下时牛背晚,青山缺处酒人行"之句颇受王士禛激赏,赞为"清拔绝俗",获得海内诗坛的认同,王苹也以"王黄

叶"之诗名远近乡里30余年。

孰料，此后科举蹭蹬，接连两次落第，家中又灾祸连连，"文章尚署无名客，诗卷新添过火篇。那识伧夫偏跌宕，放怀多在鹊山湖"（《雪中十首·其九》），王苹以"无名客""伧夫"自嘲，虽受奖掖但仍与功名无缘，唯有寄情山水。"过火篇"即指其赤霞山下村居遭火灾而毁，这真是屋漏偏逢连夜雨！不过，虽然落第，王苹仍然因科考成绩优秀，补为廪膳生员，月给廪米银四两，一解家中之困。

其后四年，王苹多次客游德州，与恩师田雯之弟田需论文，此间，又初入京师寻找新的门路，后随颜光敩检讨，视学浙江。又游济宁、嵫阳等地，与瓦翰林孚尹偕游西山，疏散心情。

也正是在这样漫长的等待中，王苹终于等到了属于自己的机会。明清时期，地方每隔一年或两三年会选送年资长久的廪生入国子监读书，称为"岁贡"或者"拔贡"。康熙四十一年（1702），44岁的王苹依年资贡入国子监，赴京应顺天乡试，"始以曲台礼举顺天乡试第十六"（《壬午科名表序》），漫漫仕途之路终于踏出了第一步。本以为仕途之路就此生新，不料第二年入京应礼部会试却榜上无名，"试鼓传柑采胜新，闲愁种种不关春。谁争狗监声华路，自许牛衣气概身"（《岁暮感怀杂诗十二首·其十一》）。其后两年，为能早日有着落，王苹皆年初赴京，岁暮返济，尽管希望渺茫，但仍不放弃。终至康熙四十五年（1706）春中进士。此时的王苹已年近半百，历经六次乡试，两次会试，艰难的科举之路算是看到了一丝曙光。

后期（1707—1720）辗转谋官：布衣驴背去腾腾，西抹东涂竟未曾

从48岁中进士到逝世的这段日子里，王苹辗转谋官而终无所成。

康熙四十六年（1707），王苹虽中进士，但求选庶吉士未成，按朝廷当时规定不准在本省原籍为官，而他因母亲年老又不愿意到外省就职，便留京候选，最终毫无结果，只得郁郁离京。返里时作《出都一首》："布衣驴背去腾腾，西抹东涂竟未曾。入里自嘲前进士，逢人谁问罢参僧。"多年的奔波游走，诗人自嘲为"西抹东涂"，然终是"竟未曾"，一场虚空。颔联中"前进士"与"罢参僧"一起一落，对比中颇

为悲凄。此诗本为笑语，孰料一语成谶，其后四年竟连年谋官无成。

这其中缘由，一是老母止其谒选，"身病关慈母，家贫仗老农。殷勤戒叱驭，只许学茅容"（《竖子持家书至》），诗中他以杀鸡供母的茅容自勉；二是仕途之苦令其心灰意冷向往归隐，"万里功名会，平生山水期。蹉跎费持择，去读庙居诗"（《客中述怀示从侄香祖上舍十首·其一》），他借韩偓的庙居诗表现强烈的归隐之意。心情矛盾的王苹滞留京城，希望能寻得其他机会，无奈"才名零落王黄叶，孤负尚书二十年"（《寒夜读〈池北偶谈〉感题卷首》），面对如此世道，诗人不禁叩问苍天"老夫合占恶科名"（《六月初三日即目》）。

但是，慨叹归慨叹，第二年开春，他依然整理行装再赴京城。一次次的离别，一次次的候选，一次次的失落，循环往复了20多年："兀兀家居向春暮，老亲又为检征衣。……年来误落求名劫，准拟泉声笑息机。"（《将远行感咏》）行走羁旅的日子里他也时时问自己："老有心情似牧之，江湖载酒复何时。"（《题〈渔洋诗话〉卷尾二绝句·其二》）不过，"思归就菊花，料理素书读"（《重阳日思归理溪堂读书》）才是诗人心中所祈，怀着这样的夙愿，52岁时在京城自选30年诗歌，结集成册，"名家本无分，藏山姑且缓"（《客中选订三十年诗稿，属客抄成，感赋，十叠粲字韵》），以期诗名流芳百世。这本是诗人仕途无望时的无为之举，但却给我们留下了丰厚的珍宝，透过诗篇，我们得以追溯那个时代的文人生活，得以回望那个时代的济南风土，诗人所言"藏山姑且缓"，果真如此。

康熙五十年（1711），53岁的王苹登第已五年，谋官不成，只得谒选改官学职，得授登州成山卫教授。这一任职乃无奈之举，可又能如何？七月离京返济，作《辛卯七月将归东州述怀留别都门诸同学四首》一诗，用以孝行称著乡里的毛义来自勉，"底用成连海上去，幸如毛义橄中人"，慨叹"只是春晖欲报难，那堪老着进贤冠。半生早计瞻乌好，今日荒途负米欢"，虽然不得志，但毕竟还是守住了儒生安身立命的"孝"之德。当然，也难免自嘲几句"才多钟鼎须无忝，官近渔樵便得归。珍重河梁休怅别，苍凉笑指雁初飞"，堂堂一个诗名享誉海内的"王黄叶"，知天命之年才得"初飞"，海阔天空究竟在何处？

许是心有不甘，王苹迟迟没有赴职，家居至暮秋九月中下旬才赴成山卫任所。此处值穷海之滨，距历城七百公里有余，"自笑先生休作达，荒村试去听寒涛"（《西还次潍县，遇成山学博之官，辄赋长句送之》）茍官数月，他终不敢迎养老母，又深有愧疚。海域荒城，孤身守岁，寂寞悲苦之情，溢于言表。《除夕得质夫寄诗和答》有句云："逼除雪苦更霜威，斗大荒城海四周。"遂投牒有司，不到一年便乞假归养，请受了半俸的待遇返里侍母。

归里之后的六七年期间，他仍间或营谋新职。康熙五十三年（1714）冬，赴京师，十二月二十五日自京返济，"种种颠毛满洛尘，肯将裘敝悔游秦"（《十二月廿五日抵泉上》），苏秦游秦，秦不用，金尽裘敝而归，这一典故写的正是他的困窘。其后，他似乎也碰到一些新职，但皆无意。一次是康熙五十三年（1714），山东提学使王传推荐他做白雪书院山长，即主持趵突泉东侧的白雪书院，辞之；一次是康熙五十四年（1715）岁首，他赴临朐（今属山东潍坊市），应青州知府夏凫左之邀办理县中之事，"剑南黄葛蚕厨后，何处伧夫可继之"（《题帐眉》）似有可供之职，但仍然是居留一年便归里。个中缘由，可从其60岁所作之赋《上座主长白徐公启》中窥见端倪。

经年俸钱，仅足给苹一身一仆一马之资，无以寄供甘旨，又不忍自恋馇粥。受事未几，投牒乞养。是苹之小草，一出冀得弦诵自效而无从尽其讲学之职，冀得俸钱养母，而不克逐其禄养之私。得请至今，祗赠怅恨，而老亲笃老，仍无以为养，生母见背且无以为葬，家贫弥甚，耳聩弥甚，膏盲沉沦，不得比于人。数将自此甘以病废，乃胸中少有知识，不能自弃于盛世，自负乎知己。故艰难险阻读书不辍，时有撰造其辛苦，无异诸生之日者六七年矣，私谓有昌黎富欧在于今日，有以具悉苹状，纵未必信苹有用于世，抑或有以念苹高年之母也。

这段文字情辞悲戚，读之令人叹惋。"一出冀得弦诵自效而无从尽其讲学之职，冀得俸钱养母。"读书修身齐家，在不堪的现实面前，王苹步步退让，保留了最为细小朴素的期望。家道中落，他深深地自卑，"乃胸中少有知识"，但师友的鼓励又使其"不能自弃于盛世，自负乎知己"，年来"读书不辍"，只为一颗孝心，期望能有明主赏识，"检讨昔以一第相勉，谓以君之才，不自奋厉，将来论于山人墨客，岂不可惜"（《淄川过唐检讨豹岩墓》诗后自注），真实表达了他内心对仕途无望的叹惜无奈。王苹整理旧所为诗一十二卷，连同辞赋托时任翰林侍读学士的陈世倌转呈户部尚书徐元梦，以求闻达（徐元梦为康熙进士，仕历户部主事、翰林侍讲、教授诸皇子，擢户部尚书，监修《明史》总裁官）。这应该是王苹生前的最后一搏，以其年轻时的狂狷之性，何曾如此屈辱地求人？而今，"生母见背且无以为葬"，其苦、其憾、其恨，皆在其中矣！然而，世道纷繁，人才辈出，纵有"以君之才"，又有谁会怜惜这样一个贫病交加的穷书生？这一番拜谒请托最终都无果。在生活和精神上的双重折磨下，他耗尽心血，两年后，以半俸之官撒手人寰，空留未曾用于世的无限"怅恨"。

  王苹一生仕途蹭蹬，但这些忧愁苦痛酝酿出了诸多佳篇杰作，门人于熙学在其离世前两年为其刊刻《二十四泉草堂集》，流传至今，乃诗人之幸。

第二章 二十四泉草堂文化

王苹14岁随父亲侨寓济南，五年后，父亲赁下万竹园。从此，这里不仅仅是安居之处，更是其心灵的寄托之地。岁月的沉淀中，万竹园和二十四泉草堂如同甘酿，愈加醇厚。它们承载了一个诗人生命的流转，更是地因人盛，荟萃了清代山左诗歌文化的风雅盛事。从"尚书居"到"诗老屋"，茂林修竹和淙淙泉水承载的是几代文人的精神风骨。侯林老师指出："由王苹的二十四泉草堂(宅)、《二十四泉草堂集》（书）、《二十四泉草堂图》（图）以及当时及以后的吟唱二十四泉草堂诗文作品（诗文），这四个层面的丰富人文内涵，实际早已形成济南的二十四泉草堂文化，它是济南泉水文化也是济南历史文化的一个重要分支。"本章围绕着《二十四泉草堂集》版本和《二十四泉草堂图》版本及题图诗略加考证，期冀在回望这段盛事之时，能感受到先贤对乡土的缱绻深情和对生命的深切感知。

第一节 万竹园与二十四泉草堂

明代内阁大学士殷士儋晚年曾隐居万竹园，又名通泺园，常邀宾客讲学论道，后王苹又居于此处，修园建宅，命名为"今雨书屋""二十四泉草堂"，先后赋诗作文，追忆寓居园中的种种历程与艰辛。

万竹园   望水泉

从"尚书居"到"诗老屋"

康熙十六年（1677）八月，19岁的王苹随父定居于望水泉畔，租赁房屋12间，十多年后，王苹赋文《王氏南园记》（1692）、《今雨书屋记》（1693）、《二十四泉草堂图记》（1695）忆其兴废变迁，还请人咏歌作画，极风雅之胜。王苹为何钟情于此？

清代诗人王鸿称曾有诗"前为尚书居，后为诗老屋。此君得知己，名留不朽福"（《万竹园怀殷文庄》），"尚书"也好，"诗人"也好，宅居主人的变迁传承的是深厚的文化精神。

万竹园位于趵突泉公园西侧，始建于元代，因园内多竹而得名。明隆庆四年(1570)，礼部尚书、内阁大学士殷士儋辞官归乡，隐居万竹园，故此园又名殷家亭子、阁老亭。殷士儋把元代张养浩云庄别墅的太湖石"十友"之一的"龙"石移到园中，筑亭疏泉，修建"川上精舍"，与济南文人墨客谈经论道，更名为通泺园。名之由来，既因万竹园中水道与趵突泉相连，泺指趵突泉，有"通泺"之意，又取与众人同乐之意。"至其斋阁之靓深，烟水之苍茫，泉石竹树，幽遐瑰诡之观，已无复能言之者矣"（《王氏南园记》），园中清幽之自然景致引人入胜，"集生徒讲学论文，服其教者咸得第去"的盛况更是令人欣羡。清代诗人王初桐有首无题诗记载："通乐园开望水涯，书生阁老后先夸。"[1]

此园几易其主，明亡，卖给姚秀才，废为菜园六七十年之久，后又转给孀妇

---

[1] 徐北文，主编.济南竹枝词 [M].济南：济南竹枝词编辑委员会，1999.

王氏30年，几尽荒废，直至王苹成为新的主人，才又焕发新貌。最初，王苹之父只以"四十金"租赁园内的12间房屋，至康熙三十一年(1692)岁暮，屋主幼子请增其金而购之，这正合王苹之意。同年又购得万竹园，一番修葺，从此定居，人称"王氏南园"。王苹专门作《茸屋四首》记此事，如其一：

> 十年老屋破泉头，今日添茅却似鸠。坏壁莓苔寻旧雨，小窗灯火待深秋。
>
> 且看慧晓池边树，好泛张融岸上舟。不比王官老居士，筑亭辄自署休休。

宅居虽为陋室，但17年来，"仰而望山，俯而听泉，掇幽芳而荫乔木，风霜冰雪，刻露清秀，四时之景，无不可爱者"（《王氏南园记》）。诗人以张融自比，憩于园中，好似船中安闲自得。

不过，万竹园的兴废变迁也让频频落第的王苹心生慨叹，"则夫十五年间，天下事之兴废变迁、数易其主者，不独王氏南园也！而人生岁月，不堪把玩，即余移家园侧之初，其时亦何可再得乎"，岁月易逝，功名难就！

王苹格外喜欢这个园居，重新修缮茅屋时，将12间改为10间。原书房二楹，废圮，无力重建，选其中一间作为书房，名为"今雨书屋"，并作《今雨书屋记》。书屋"茸治之不易"，所用修缮款皆来自做塾师而得的酬金，亲朋无一资助者，"无复袁宏土室望，谁贻杜甫草堂资"（《茸屋四首·其三》），此固世之炎凉常态，也与其性情相关，"然余性褊急，不能与时委蛇，病废以后，益不比于人数，有弃予之嗟"。

修缮好的书屋带给王苹无限喜悦，甚至可以消忧祛病。虽处"上漏下湿，侘傺非所"之破屋，虽"无人过而问之"，但他却怡然自得，"及秋冬之际，落叶满门，泉声在侧，纸窗土锉，一灯荧荧，洛诵之声，每于屋隙达诸林表，不啻子瞻之'时于此间，得少佳趣'者"。吟诗作赋、观柳望山、鱼苗春燕、清泉烟月成为生命中最美的景致，"二分柳色一分山，正在檐牙屋角间。长伴伧夫尘面目，忽开浃岁病容颜。池成雨后鱼苗上，门设春残燕子还。依旧空斋烟与月，又从此际听潺湲"（《茸屋四首·其二》）。

正是这份爱，在书屋命名上他也颇费心思，自省自期。王苹不善交际，往来朋友日渐稀少，"旧雨之客，不知当属何人？庶几今雨不来"。"今雨"取自杜甫《秋述》一文，"秋，杜子卧病长安旅次，多雨生鱼，青苔及榻。常时车马之客，旧，雨来，今，雨不来"，此意甚深，王苹借此明志，"偃仰啸歌，无殊于昔，以守先人之敝庐"。

二十四泉草堂

伴随王苹一生起伏跌宕的还有那一泓清泉。据元代于钦《齐乘》记载，望水泉在万竹园内，金源人曾撰《七十二泉碑》将其列次第二十四，故王苹把依居泉畔的书斋命名为"二十四泉草堂"。他重新修整、种植蔬菜、导泉为溪，于园中读书吟诗，仰望先贤，"万竹园荒石气青，依然暗水带春星。百年竟落书生手，满郡犹呼阁老亭"（《葺屋四首·其四》）。

古人有为园居作图的雅兴，王苹亦多次延请友人为二十四泉草堂作图。一次是36岁时他南游至江宁，嘱同宗画师王安节作图并装潢，又乞当世立言之士作诗以传，亲自作《二十四泉草堂图记》一文题于图末。文中记泉之胜景："涛喷珠跃，金霏碧驶，以环周于短垣茅屋之外，余穴牖西壁，以收其胜。泉上老树巨石，离奇映带，水声禽语，幽幽应和。"可以想象诗人"于二十四泉之上，颓垣破屋，摇膝苦吟，以追维兹泉之风物"，以泉水之清泠求一己之质洁，"以全其天"。七年之后，他又请东方学博一峰为草堂作图，有诗曰：

老屋三间破水东，日来正在菜花中。儿童自数新慈竹，门巷曾过旧醉翁。

乔木风霜如庾信，草堂岁月是卢鸿。凭君为写荒寒景，妨却吟窗几日功。

诗歌以由南入北的庾信和隐士卢鸿自比，又与前面的孩童相衬，安闲中略有几分凄凉，一年三百六十日，岁岁年年，这个自称为"二十四泉居士"的醉翁，最终选择了《二十四泉草堂集》作为诗集的名字。二十四泉也就永远地陪伴在了这个真情诗人的身边。

王苹其人其诗像极了这汩汩而流的澄澈泉水。恩师田雯在《〈二十四泉草堂集〉序》中就曾以泉水喻之："夫沘然以畣者，泉之源也；淰淰而潗潗者，泉之波也。当夫风雨喷薄，水石湍激之际，于猿啼枫落时闻之，不啻雍门之琴、荆山之泣，有助人凄其而不能自已者。生之为诗，悲歌慷慨，郁陶莫释，一往苍凉萧槭，佗傺无憀之音，仿佛似之。识者叹为骚体之遗，才人之高致矣。一变而叶于金石，归之大雅，犹夫泉之垂溜天绅，众山皆响，汇为风潭万顷，而汗澜卓踔以放乎江河，讵可量哉！"

古人常以文思泉涌比喻文人的文采，田雯由此申发细化，以泉之源的清澈深广喻其诗歌意蕴、以散乱不定的泉之波喻其诗歌生动。田雯认为王苹诗中充满了苍凉萧瑟冷落，似有屈原"怀信佗傺，忽乎吾将行兮""忳郁邑余佗傺兮，吾独穷困乎此时也"（《楚辞·屈原·涉江》）之音，蕴含着崇高的人品情趣。其变化无穷，终归于大雅，好似泉水自天垂下，众山皆响，交汇为万顷风潭，大波浪高远，奔腾于江河，不可估量。其所引雍门之琴与荆山之泣的典故也体现了王苹"悲歌慷慨，郁陶莫释"的诗歌心魂。他还用善鼓琴且善攻心的雍门周称赞王苹诗歌对人心情感的细腻把握。这段评价如天风般恣肆汪洋，的确是对王苹最好的诠释。

不仅如此，他还对王苹寄予深切厚望，"今夫诗人之可传也，百世后并其山川里巷而亦传之"，"茅茨灯火，吟诗声与泉声争响"，有朝一日能易"望水"为"秋史泉"，就像三国魏阮籍故居名阮曲、唐代李白改南湖为郎官湖那样声闻天下。济南名泉不少，有名的诗人也不少，如边延实、李于鳞、许殿卿，只有殷士儋在望水泉边建"阁老亭"，王苹又卜居于此，乃为"割据一林麓溪涧之胜"，且"诗人读书之屋亦前后递授"，"此其所以矜喜自负，气足以豪，而诗因之日工也"。田雯此话不假，清代诗人谢九锡有诗《阁老亭》："望水池边阁老亭，百年犹见草堂灵。诗人不少名黄叶，低首田王眼最青。"[1]

提到"二十四泉草堂"这一名称，我们随即会想起"杜甫草堂"。没错，王苹对杜甫颇为推崇，有着深深的"草堂"情结。

杜甫一生所居草堂有多处：同谷子美草堂、锦江万里桥草堂、浣花溪畔成都少陵草堂、梓州草堂、夔州瀼西草堂和东屯草堂，王苹皆了然于胸，其诗多处提及夔州瀼西草堂。缘由何在？结合杜甫的经历，我们猜测，大概是因为夔州时期的子美虽穷愁潦倒，但创作异常旺盛，作诗430余首，占全部诗作的七分之二。

---

[1] 侯林，王文，编校·济南泉水诗全编[M].北京：线装书局，2022：1054.

而修葺二十四泉草堂后的王苹其境遇与杜甫颇为类似，故以诗圣自励，自在情理之中。诗人说："黄垆未冷寻诗去，红叶方酣拾橡还。却笑园居非庾信，草堂可似瀼西湾。"（《秋怀四首·其二》）此外，宋代陆游也曾写诗："千载瀼西路，今年著脚行。……亦知忧吏责，未忍废诗情。"王苹巧借瀼西草堂比万竹园，申说坚定的诗情，对杜甫的崇奉"年来俎豆规模处，履道坊中瀼水边"（《春日述怀四首》）。

王苹诗中，但凡引杜甫与草堂，也都与"逼仄"的生活连在一起。《三月十日坐雨示儿洞》中，还提到了杜甫欲在西枝村建草堂一事，借此慨叹：

春草闲房感鬓丝，萧萧风急雨残时。一千里外曾无酒，五十年来只有诗。

病试宦情鸡肋少，拙营母养版兴迟。那能料理西枝去，逼仄平生望尔知。

对杜甫所作诗歌，王苹常常遥相唱和。杜甫穷苦奔逃闲居万里桥西草堂时，曾作过一首《狂夫》："万里桥西一草堂，百花潭水即沧浪。风含翠筱娟娟净，雨浥红蕖冉冉香。厚禄故人书断绝，恒饥稚子色凄凉。欲填沟壑唯疏放，自笑狂夫老更狂。"疏远了"厚禄故人"，虽清贫孤独，却多了一分清静，自嘲自傲中也有孤芳自赏之意。而王苹诗中则写"莫道狂夫归更狂"（《江宁留别吾宗安节》）"浩荡秋怀老更狂"（《秋日杂诗十首·其十》），当脱胎于此。此外，王苹在诗学方面对杜甫的接受更是深远，待后详述。

二十四泉草堂就这样深深地印在了王苹的生命中，"可似东屯破瀼边，草堂未忘有图传。荒园竹及三千个，老树春来四十年。……即教身是成都客，车骑终输旧水烟"（《草堂》）。

不过，王苹去世后，风光一时的"二十四泉草堂"也转手于他人，民国《续历城县志》卷五十二："王今雨上舍畿，秋史先生裔孙，好学善画，为富贾书记，草堂旧居早售诸人，傍湖为家，中年工诗画，藏《二十四泉草堂图》长卷，题咏皆一时名士，图为王安节手笔。"王畿于丙寅年所画四条，分别为梅、凤仙、梧桐、丁香，落款斋号仍是沿用王苹的"二十四泉草堂"，今藏于台湾。清代诗人方启英读王苹诗集后感叹道："黄叶萧萧下历城，草堂零落可怜生。荒园日冷游人

少，二十四泉空月明。"（《读〈二十四泉草堂诗集〉》）[1]廖炳奎亦有诗："赁
得尚书旧草庐，一林黄叶著新书。南园古木堪图画，绝妙诗人水竹居。万竹苍苍
起暮烟，草堂月下耸吟肩。只今谁识王黄叶，艳说平陵廿四泉。"（《望水泉》）[2]
王苹虽由南入北，身为外籍，但购房置园让他有了落地生根的家园感，"短墙庾
信宅，长作济南人"（《答赠闽南高云客三首·其三》）。春去冬来，这种故园
与家乡的深挚与日俱增，在《今雨书屋记》和《二十四泉草堂图记》文末，他署
名为"太原王苹"，此后写诗著文，谈到济南时他多称"吾郡""吾州""余家"，文末
也多署"济南王苹"。

"吾家望水泉边宅，旧时平泉竹石丛。几缺土垣乔木下，半间茅屋菜花中。"
（《客有询济南风景者示以四绝句·其三》）王苹自豪地以济南人自居，愉快地
向游客介绍这里的田园风光，"爱我草堂记，品诸欧柳间。那知中程度，只合对
溪山"（《江芷和诗于余溪堂图记盛有称引感怀论文奉柬四首·其三》）。这里
是王苹放松心灵的家园，是其一生奔波的灵魂栖息地。

第二节 《二十四泉草堂集》版本考

王苹自18岁康熙十五年丙辰（1676）开始写诗，42年来存诗三千有余，初著
《旧雪堂集》，后手定为十二卷，选诗1026首，更名为《二十四泉草堂集》，诗
集编年始自康熙二十年辛酉（1681），止于康熙五十五年丙申（1716）。由门人
于熙学出资刊刻，初刻于康熙五十六年(1717)。

现今可以查到的王苹《二十四泉草堂集》有刻本和钞本两种形式。

熙学刻本

刻本所依据的底本都是王苹的学生于熙学刊刻之版，我们将其称为"熙学刻

---

[1] 侯林，王文，编校.济南泉水诗全编 [M].北京：线装书局，2022：487.

[2] 侯林，王文，编校.济南泉水诗全编 [M].北京：线装书局，2022：1173.

本"。此版本以单独刻本和《清代诗文集汇编》本的形式保存于相关省市图书馆及高校图书馆的古籍室。单独刻本今存放于中国国家图书馆、中国科学院文献情报中心（国家科学图书馆）、南京图书馆。后来，这一版本被收入《清代诗文集汇编》，各地图书馆收藏较多。这一版本的版式特点如下，清康熙五十六年（1717）文登于氏刻本，原书版框高17厘米，宽27.4厘米。每页12行22字，左右双边，细黑口，单鱼尾。书口刻有书名、卷次、页数。

钞本可查大约有三个不同的版本，皆清代手抄本，分别收藏在中国国家图书馆、浙江大学图书馆、浙江图书馆，根据馆藏地不同，现分别称之为"国图钞本""浙大钞本""浙图钞本"，其中，除"国图钞本"有批注，其他皆为单独钞本。

国图钞本

"国图钞本"藏于中国国家图书馆古籍馆普通古籍阅览室。具体版式为线装，一函5册，纸盒，蓝色封皮，有墨色批注（眉批、旁批、边批），极为珍贵。诗歌抄录字迹工整，批注略有潦草。诗歌少见点读，个别佳句圈点。一般所见王苹诗集有12卷，钞本皆为一函6册，此本估计是流传过程中有所遗失，只存5卷，故诗歌也只抄录到第六卷。钞本中没有相关抄录者的姓名行款。纸张是宣纸对折，两页中间无衬。

浙大钞本

"浙大钞本"藏于浙江大学（西溪校区）图书馆古籍阅览室。这一校区前身是求是书院。具体版式为线装，一函6册，高28厘米，宽18厘米，竖式排列，每页10行26字，小字双行同，行间距1厘米，无版框行格。有朱笔圈点。钤印有"剑泉""听松吟馆""国立浙江大学藏书""国立善本大学藏书""浙江大学图书馆善本书藏印"。前两个印章大约是此书在收入浙江大学之前的收藏地。据纸张墨色等推测为清钞本，抄书地与抄书者皆不详。

纸质是宣纸对折，两页中间加衬，封皮是黄底洒银。墨光黝润、字迹隽美，小楷极为工整。卷一扉页有"剑泉"钤印，书脊有"文年"钤印，卷三后面有"听松吟馆"钤印。每卷封面皆为黄色面，题有"二十四泉草堂集"，卷一注为"一起"，卷六册题为"六止"。此版本保留完好，纸页尚未发黄，许是私人珍藏本，从版本角度考虑，此本较优，为目前所知存世之最佳钞本。

钞本整本朱笔圈点诗歌句读（序言未点），此外，还格外圈点了被王士祯褒奖过的诗句"乱泉声里谁通屐，黄叶林间自著书""黄叶下时牛背晚，青山缺处酒人行"。卷十二收诗止于康熙五十五年丙申（1716），抄书年以此为上限。卷前录王士祯序、田雯序、张芳序、高兆序。据此可知，此本为诗集全本，但在卷前录序与"熙学刻本"有所不同，第一是少了吴雯的序，第二是所录四位序的排列顺序不同，"熙学刻本"顺序为田雯、高兆、张芳、王士祯、吴雯。

浙图钞本

"浙图钞本"藏于浙江图书馆（曙光路总馆）古籍善本阅览室。具体版式为线装，一函2册，高25厘米，宽16厘米，竖式排列，每页12行22字，小字双行同，行间距1厘米，无版框行格。有朱笔圈点，三处墨色朱笔批注，卷末有后人题诗。钤印有"御赐抗心希古""吴兴刘氏嘉业堂藏书印""学海""文河""浙江省立图书馆藏书印"。

由"吴兴刘氏嘉业堂藏书印"可知，此钞本为解放后嘉业堂藏书楼主人捐赠给浙江图书馆。

"御赐抗心希古""学海""文河"，当为个人闲章，抗心希古，语出嵇康《幽愤》诗"抗心希古，任其所尚"，这是以古人为己身模范，高尚己之心志。据此推测，此书可能曾被某文人收藏。此本书中还印"琏珍字号□□□□"，此印章当为方形，有四个字被装订住，无从判断。

纸质是宣纸对折，两页中间无衬，封皮已经残破。抄录的小楷开篇极为工整，后面字迹潦草，且有抄错修改之处，如词语顺序颠倒、抄漏诗句，有用纸糊住修改的，亦有直接涂画修改的。每卷封面皆题有"二十四泉草堂集"。从版本角度考虑，此本不如"浙大钞本"，较为破旧，书页折角卷折，书页发黄还有污迹，年代也应该更为久远，翻看过的人也更多。或许这跟嘉业堂藏书楼藏书经历过战争年代的辗转藏匿有关。

据纸张墨色等推测为清钞本，诗集扉页题字"甲子春渌泉氏订于乐雪山房"记录了抄书时间和地点。虽为2册，但收录诗集十二卷，收诗止于康熙五十五年丙申（1716），为诗集全本，其行款版式每页12行22字，与熙学刻版完全一致，不同在于将书口刊刻的诗集卷次、页数记到了每页左侧外缘，如"卷一一"。卷前依次录王士禛、田雯、张芳、吴雯、高兆所作之序、于熙学刻《二十四泉草堂》缘起，与"熙学刻本"田雯、高兆、张芳、王士禛、吴雯的顺序也有所不同。

关于此钞本的时间，在查阅过程中发现馆藏信息不够准确。

图书馆的馆藏信息中记录此版本的时间是嘉庆九年（1804），这应该是根据诗集扉页题字"甲子春渌泉氏订于乐雪山房"推算出的。但是，在诗集卷末有一首珍贵的题诗，是钱塘马履泰于乙酉冬十月所题。马履泰的生卒为1753—1829年，在此期间的乙酉年有两个，即1765年、1825年，1765年马履泰还太小，才十几岁，那么则推测为乙酉年即道光五年（1825），马履泰于此年拜读王苹诗集有感而题诗，那么，如果钞本一定是在这之前，有可能是嘉庆九年（1804）抄录，也有可能是再往前推60年的甲子年即乾隆九年（1744），总之是清代钞本无疑。

那么，图书馆为什么会记成嘉庆年间呢？原来，在诗集的卷一右侧下角有一行题记："嘉庆二十一年冬十一月后学武进管绳莱拜读"，工作人员一定是受了这个时间的误导。

此本留有抄书人和抄书时地，"甲子春渌泉氏订于乐雪山房"，但关于抄书人具体的名氏却无从查寻。济南古称渌，后称历下，所以，唯一可以判断的是抄书人跟济南是有渊源的。

诗集封面题有"廿四泉草堂集丙寅渌泉题笺"，丙寅年即清乾隆十一年（1746），所以，此钞本由校订到题笺，共用了两年的时间。

此本中所出现的马履泰与管绳莱两清代人名，也为我们了解王苹诗歌在清代的流布和价值提供了极为珍贵的信息。根据钞本中的信息，可以明确两人在当时一定是认真拜读了王苹的诗集。

一处是卷一诗集第一页题记："嘉庆二十一年冬十一月后学武进管绳莱拜读"。

管绳莱（1784—1839），清江苏常州市武进县人，字孝逸。长于诗古文，屡举不中，入资为知县。选湖南安化，改安徽含山。在含山决疑狱，浚市河，固堤防。有《万绿草堂集》《凤孙楼词》。管绳莱一生屡举不中，与王苹颇为相似，诗集中的失意慨叹一定引发了他的强烈共鸣。

一处是卷后马履泰题诗。马履泰（1753—1829），字叔安、定民，号菽庵、秋药，是浙江杭州府仁和县人，乾隆四十四年（1779）召试举人，五十二年（1787）成进士，选庶吉士，仕至太常寺卿，著有《秋药庵诗集》。马履泰是乾隆年间小有名气的书画家，书宗唐人，古劲似李邕。生性潇洒，善于吟诗，以文章气节重于时。他之所以会在王苹诗集题诗，很重要的原因是他与王苹是同乡，同为浙江杭州府仁和县人，且与性情与其相似，狂狷不羁，他曾自言："吾画佀能作丑树顽石，自率胸臆，不悦时眼。"所以，拜读诗集后，情不能自已而抒发为诗，追忆王苹：

明瑟中间屋数楹，不恒意态若为情。诗成半染寒烟色，客至同听老树声。

自诧平泉归素士，人从谷水忆狂名。我来曾觅长吟处，惟见蔬畦纵复横。

前四句让我们又回到那个万竹园和二十四泉草堂，所写景致甚为动人，而今，狂士已如水逝，唯有一腔诗情回荡在纵横捭阖的田园中。

集中的批注亦很有说服力，共有三处，分为朱笔和墨笔，不能断定是否为以上二人所批。朱笔批注如下：

"海气蒸山气"处，批注：雄浑之中复跌宕多姿，少陵三昧也。

《无题绝句六首》处，眉批：蓼谷先生满肚牢骚，一腔肮脏，特借无题以寄托宜其忱慷悲凉，一唱三叹，不似玉溪生彩凤灵犀徒矜香艳也。

"休向人前说赏音"句后注"不忍多读，想见蓼谷吟成时定浮一大白也"。是说王苹人生之痛，作诗之痛，令读者动容。

嘉业堂藏书楼能藏王苹的诗集，足以说明，在当时的诗坛上，王苹的确是享有盛名的，且其诗中的真情真性颇能引发布衣之士的共鸣。

根据诗歌抄录情况，可以推断皆以"熙学刻本"为底本。流传至今的刻本因转印次数较多，很多地方字迹模糊不清，无以辨认，现参钞本校订，基本可以完恢复《二十四泉草堂集》全貌。

　　此外，钞本的序言都将王士禛的序排在首位，当是受了当时文坛的影响，王士禛毕竟是文坛宗师。于熙学刊刻时将田雯放在前面，许是王苹之意，因为此本是在王苹逝世前三年所刻。在王苹心中，田雯是开蒙恩师，地位之重无人能撼。

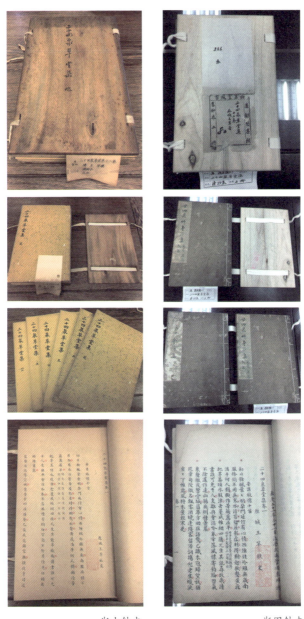

浙大钞本　　　　　　　　　　　浙图钞本

第三节 《二十四泉草堂图》版本及题图诗考

济南古称齐州，泉水是其生命之源。小城的人们依泉而居，临泉而饮，"家家垂杨，户户泉水"。自古以来，诗人才俊吟咏着泉水，创造了动人的泉水文化。从唐代的杜甫到宋代的李清照、辛弃疾再到明代的殷士儋、清代的王苹。

在这样一个泉水的支脉上，围绕着泉水生发的风雅之事，真是不少，如殷士儋之川上精舍、周永年之林汲山房、桂馥等人之潭西精舍、韩天章之灰泉别业、任弘远父子之泺湄楼、唐尧卿之品泉山房等。其中，能以诗相传，之久之广，二十四泉草堂当属杰出。这段文坛盛事，是与王苹紧密联系在一起的。

王苹随父迁居万竹园，实属偶然，也是天意。当他听当地士人呼之为殷家亭子，得知此处是殷士儋殷相国通泺园旧址，颇为惊讶与欢喜。他用心考证宅旁之望水泉的由来，并为其宅取名二十四泉草堂。林泉诗吟的生活不亦乐乎！因家贫，王苹无力修茸，山水暴涨，草堂倒塌，再筑再圮，不禁令人心伤。为留住此园的历史风貌，王苹特请江宁画家王安节绘制了《二十四泉草堂图》，并乞请诗友为之咏歌品题，以追思二十四泉之风物。他不止一次请人绘图题诗，由此，拉开了二十四泉草堂文化的诗坛盛事，极一时风雅之胜。

一、《二十四泉草堂图》版本考

关于《二十四泉草堂图》与相关题图诗，侯林、侯环曾在《济南泉水诗补遗考释》[1]《鹊华意象的当代意义：济南历史文化与泉水文化研究论稿》[2]中做过详细考证，今结合所查到的题图文献与王苹诗歌做进一步的补充。

《二十四泉草堂图》今可考有三幅，翁方纲曾先后写过三篇题跋《跋〈二十四泉草堂图〉》《跋王秋史〈二十四泉草堂图〉》《题趵突泉上石》和几篇诗歌《〈二十四泉草堂图〉歌》《〈二十四泉草堂图〉后歌》《题王秋史禅喜图二首》《送方坳堂司泉贵州二首》考证画作版本与原委。我们暂且依据翁方纲

[1] 侯林，王文，编著.济南泉水诗补遗考释[M].济南：济南出版社，2014.
[2] 侯环.鹊华意象的当代意义：济南历史文化与泉水文化研究论稿[M].桂林：广西师范大学出版社，2016.

的考证将画作排序，再结合王苹诗歌自述，做一番梳理。

翁方纲所写的《跋〈二十四泉草堂〉图》一文，蕴藏信息极多，先原文附录，再详加阐述。

跋二十四泉草堂图

右历下王秋史二十四泉草堂图，大兴方一峰画。画中不系岁月，予曩曾题江宁高树嘉所为秋史二十四泉草堂图，其图作于康熙四十五年丙戌。秋史《蓼谷集》有"乙亥冬自作《图记》"云："去年客于江宁属吾家安节为图"，此其第一图也。今此卷方一峰画者，有辛巳吴题、壬午何题、癸未吴记，则此图当作于40年辛巳。其癸酉田山姜诗，盖寄诗在前，图成装入者也。此为第二图矣。

予前所题者是其第三图，但不知王安节所作第一图今落谁氏耳。此图纯作雪景，盖是冬在京师所作。渔洋二诗题于第三图者，是其亲笔。此卷则渔洋门人陈子文代笔，渔洋为刑部尚书而陈子文以户部郎中分司大通桥，时也，盖此卷之迹多出于前后数年中京师所题。故东塘有"燕台旧好"之语。

方子坳堂为秋史乡人，官居京师十余年，与子乐数晨夕，联榻寻诗，非一日矣。今予校士来江西，而坳堂出守饶州，携此卷来属题。江城聚首，挑灯感旧，不啻诸先生唱酬追忆之怀也。

予前所题第三图，今在莱阳初颐园编修斋中，有历城周林汲手记数百言，于秋史出处之，概言之最详。他日与诸君把袂怀人，续新城之诗话，补日下之艺文，当又追记我二人读画论文于南昌使院时也。

三幅草堂图的创作时地、作者、题跋均有不同，尤其在画作的意境表达上亦不相似。为述说方便，按照画作作者姓名将其分别称为"王安节版""方一峰版""高树嘉版"。

（一）王安节版

第一幅作于康熙三十三年甲戌（1694），作者江宁王安节。翁方纲所言的创作时间是准确的，王苹自己有记录，"秋史《蓼谷集》有'乙亥冬自作《图记》'云：'去年客于江宁属吾家安节为图'，此其第一图也"。 王苹《二十四泉草堂集》卷三甲戌年也有诗《江宁留别吾宗安节》："红叶正当秋寂寂，白门偶对去堂堂。与君旧雨来穷巷，为我新筍下短墙。处世过于登剑阁，修名浑似闰黄杨。殷勤醉语笺天客，莫道狂夫归更狂。"此外，翁方纲所提到的《图记》就是赫赫有名的《二十四泉草堂图记》，此文被多处选编，广为流传。只不过，在王苹原稿中，"吾家"为"吾宗"，他与王安节为同宗，此处，当为翁所记有误。

在此文中，王苹详细考证了二十四泉的由来，并述说了作图原委："余于兹泉，流连既久，不忍其光景之澌灭。去年客江宁，乃述其大概，属吾宗安节为图。图成而装潢之，将乞当世立言之士作为诗歌以传之。使世之人知余于二十四泉之上，颓垣破屋，摇膝苦吟，以追维兹泉之风物，是则余作图之志也。若堂之修复何时，则非余所得逆计矣。"诗文相补，我们可以体会出王苹当时的那种惋惜、留恋之情，他不舍却又无可奈何地慨叹着："殷勤醉语笺天客，莫道狂夫归更狂。"这是四试锁厅而抱罢的王苹难以抑制的痛苦。所以，请人画作并题赏，这背后隐匿着他复杂的情感！可惜，此作后来辗转不知流落何处，今已无法睹其风貌。

（二）方一峰版

第二幅作者大兴方一峰，创作时间为康熙四十年辛巳（1701），这是翁方纲根据作品上的几首题诗时间所做的初步推断，"今此卷方一峰画者，有辛巳吴题、壬午何题、癸未吴记，则此图当作于40年辛巳"。根据王苹《二十四泉草堂集》卷五辛巳年所记诗歌顺序，发现王苹先于四月四日抵京，为好友黄健可话旧、庆祝生日、校对诗集，其后请方为之作画，有诗《东方学博一峰为草堂作图》："老屋三间破水东，日来正在菜花中。儿童自数新慈竹，门巷曾过旧醉翁。乔木风霜如庾信，草堂岁月是卢鸿。凭君为写荒寒景，妨却吟窗几日功。"而后，王苹还去拜访了老友孔尚任，二人曾于康熙三十五年丙子（1696）初次见面，此次得见正值孔尚任因《桃花扇》被免官，将要返里，"逢君丙子结冬日，辛巳过君君欲归。门闭苔深藤叶大，庭闲雨细药苗肥。娥眉世路从工拙，虎尾词场任是非。安得耦耕汶阳去，松阴牛饭织荷衣"（《雨阻孔户部岸堂赋赠》），王苹劝慰孔尚任归隐田园，又作《题桃花扇乐府四绝句》。据《清人〈题桃花扇传奇〉》记载，"齐州王苹题"目录下有六首诗，诗后有王苹自注，二人深为相知。不过，王苹在编选诗集时还是删去了两首言辞激切之诗，但二人的情谊非一般人可比，所以，翁方纲称"故东塘有'燕台旧好'之语"。

从时间上来看，画作完成后，在京师即有吴题，后两年又延请名人题诗。值得注意的是，王苹两位恩师的题作，有些特别。翁方纲提道："其癸酉田山姜诗，盖寄诗在前，图成装入者也。"田雯于康熙四十三年（1704）去世，这三年间，二人没有机缘见面。王渔洋曾先后为画作题诗，据翁方纲考证，"渔洋二诗题于第三图者，是其亲笔。此卷则渔洋门人陈子文代笔"，由于时间不巧，所以，第二幅是由门人陈子文代笔，第三幅才是亲笔所题。

翁方纲为草堂图共题两幅，"今题第二曩第三""予前所题第三图"，由此可知，先题"高树嘉版"，后又题"方一峰版"，具体缘由如下记载："方子坳堂为秋史乡人，官居京师十余年，与子乐数晨夕，联榻寻诗，非一日矣。今予校士来江西，而坳堂出守饶州，携此卷来属题。江城聚首，挑灯感旧，不啻诸先生唱酬追忆之怀也。"此处方坳堂是王苹同乡、济南名士方起英之子，乾隆三十六年（1771）进士，在京为官期间，与翁方纲关系甚好，二人吟诗作赋，不亦乐乎。后他于乾隆五十四年（1789）授江西饶州知府，收藏此卷后，分外珍惜，特地请翁为其题诗。而此时，翁已经题过"高树嘉版"了，所以，才有上述感慨。如此辗转，也就有了翁方纲的这几篇关于二十四泉草堂图的珍贵诗文。当然，对于一生热衷渔洋诗学的翁方纲而言，这也是极为难得的瞻仰先贤的机会，所以，他才反复考证三幅图作原委："予前所题第三图，今在莱阳初颐园编修斋中，有历城周林汲手记数百言，于秋史出处之，概言之最详。他日与诸君把袂怀人，续新城之诗话，补日下之艺文，当又追记我二人读画论文于南昌使院时也。"这其间的文脉相承，诗话相续，极为难得。

为这幅画作题诗的，除了翁方纲，还有钱大昕。得到翁方纲的题作后，方昂擢江苏苏松道，恰好此时，文坛领袖钱大昕在苏州紫阳书院担任主讲。方昂乘兴前去求题诗，钱大昕亦欣然赋诗《题王秋史二十四泉草堂图方观察所藏》。

到现在，为这幅画题诗的有文字记录的，有吴题、何题、吴记、田山姜、王渔洋、翁方纲、钱大昕，再加上一些我们不知道的，如果保留至今，那将是多么令人叹为观止的啊！冯浩《济南王秋史二十四泉草堂图屡传至方坳堂观察处，题四绝句》："渔洋题后又莲洋，珠玉纷投尽夜光。此是人间一名迹，千秋艺苑播芬芳。"姚鼐《王秋史二十四泉草堂图》也赞"不见诗人旧草堂，百年图画展沧浪"。

据翁方纲所记，此画后来"毁于火"，有诗《题王秋史禅喜图二首·其一》："……月村画仿佛，望水吟模糊。苍然雪意中，万景一团蒲。此帧六丁取，此梦西江俱。"诗的前四句，让我们如临其境，心生向往。在"此梦西江俱"后，翁氏注文："己酉秋在南昌题坳堂所藏大兴方伸月村画二十四泉草堂图卷，今闻已经毁于火。"不过，按照侯林老师考证，翁所记有误，道光年间，任山东沵口批验所大使的韩崇在济南古董铺购得此图，他的哥哥曾任嘉庆朝刑部尚书的韩崶为之题诗《题王秋史先生二十四泉草堂图并引》，记录了其弟得图前后之事："昔贤栖隐处，二十四名泉。黄叶著书地，白华洁养年。照人余水墨，过眼空云烟。嗜古今吾弟，携看华鹊前。"

（三）高树嘉版

翁方纲所提到的第三幅图即为江宁高树嘉绘于康熙四十五年丙戌（1706）。关于创作时间，王苹诗中有清晰的记录。《二十四泉草堂集》卷七，丙戌年作品中有《秋日杂诗十首用唐人张司业秋居韵》之七，诗云："泉声连岳色，田舍正堪图。"句下自注："江宁高树嘉为余村居作图。"同年立秋后四日又作文《题江宁高树嘉画卷》："今年，余归自京师，偶过种莎书屋，得读树嘉此卷。"（这与翁方纲所记"此图纯作雪景，盖是冬在京师所作"是相吻合的）

王苹文中还提到康熙初江宁绘事的特点，"皆推八氏，其指归师承不谬于古笔，墨苍润江山，助之亦有齐梁风味。八氏中尤以二高君康生、蔚生为职志，二高攻诗妙画通灵，即其佳句融结一抹一皴，风流具足"。同时，王苹对高树嘉及其画作也颇为赞赏："画理入细，心喜曲曲青溪从此大有人在，树嘉为蔚生哲嗣名父之子，必复其始胜，房杜身后无人主持门户者多矣。"对此，翁方纲在《跋王秋史〈二十四泉草堂图〉》中又补充道："高树嘉为蔚生子，蔚生名岑，兄康生名阜，并有画名。然其时称'金陵八家'者，谓龚贤、樊圻、高岑、邹喆、吴宏、叶欣、胡造、谢荪，而康生不与焉。今林汲所引《蓼谷》跋中以二高并称，此亦足资画家证佐也。"

根据上述所引翁方纲一文曾指出，此图"今在莱阳初颐园编修斋中，有历城周林汲手记数百言，于秋史出处之，概言之最详"。当是如此。至于此图还有哪些文人题诗，现无从查证。

为便于查看，图作相关信息见表2-1：

表 2-1

二十四泉草堂图	时 间	作 者	题 诗
第一幅	康熙三十三年甲戌（1694）	江宁王安节	
第二幅	康熙四十年辛巳（1701）	大兴方一峰	癸酉（1693）田山姜诗 辛巳（1701）吴题 壬午（1702）何题 癸未（1703）吴记 渔洋二诗由门人陈子文代笔题 翁方纲题 钱大昕题
第三幅	康熙四十五年丙戌（1706）	江宁高树嘉	渔洋亲题 翁方纲题

二、《二十四泉草堂图》题图诗的价值

据侯林老师不完全统计，清代以二十四泉草堂为题的泉水诗计有90多首，以《二十四泉草堂图》题诗与题记者，有20余位，如唐梦赉、吴雯、田雯、王士禛、杜首昌、孔贞瑄、李尧臣、王戬、刘中柱、汪士鋐、朱缃、王式丹、成文昭、汤右曾、顾嗣立、冯浩、钱大昕、王文治、姚鼐、翁方纲、沈廷芳、周永年、韩崶。这种非自觉行为下汇聚而成的诗歌，对于了解王苹的诗歌创作及其在诗坛的影响有着极为重要的意义，其更重要的价值在于形成了由清一代文人以地

理名胜与文脉传承为主旨的诗歌创作系列，从某个角度反映了清代文人的诗文雅趣及生活常态。

（一）窥见王苹气节品性

钱大昕在诗文集《潜研堂文集》收录了《题王秋史二十四泉草堂图方观察所藏》一诗：

东秦名泉七十二，就中最胜称廿四。琅琊王生昔卜居，传是前朝阁老第。

草堂已废只图存，点染依稀作雪意。四时皆好独画雪，冷澹家风与谁说？

黄叶诗名海内传，刿溪游兴心中结。一官蕉萃坐无毡，长物惟余书画船。

此图流传换几氏，藏弄今归方万里。名流题咏尚宛然，须眉如见王郎子。

历下亭，白雪楼，文章但足垂千秋。其人虽逝神长留，即令济南名士有公在，珍珠泉水终古无尽流。

此诗中有一个非常重要的细节："草堂已废只图存，点染依稀作雪意。"岁月变迁，诗人读书的二十四泉草堂今已不见踪影，如今，我们只能面对这幅留存的草堂图怀想那些诗书时光。可是，画家点笔染翰所记录的，为什么仅仅是雪景呢？钱大昕猜测，那是因为赵孟𫖯《直率斋铭》中有言"冷澹家风，林泉清致"，王苹出身儒门，后岁苦寒，但坚志不辍，性孝，为官，关心民瘼，为何他能如此？是"冷澹家风"的承传啊！遗憾的是，他一生没有得到擢拔机会，无以用世，也只能慨叹"冷澹家风与谁说？"钱氏在此是用此典称赞王苹为人与为诗皆品性高远。一幅幅名流题咏中，由远及近，由近及远，由草堂至诗篇，由黄叶至泉水，一点点呈现出王苹的真实性情！在翁方纲的《再题王秋史〈寒柳图〉二首》一诗中也有类似描写，寥寥数句，二十四泉草堂的风雅之貌尽显，翁方纲的追慕之思尽在：

老屋寒林廿四泉，我来重补月村禅。只拈雪后昏雅思，古木荒陂一钓船。

王苹对雪的钟爱不仅见于草堂图，其诗中也有相关流露。《二十四泉草堂集》所附的几篇序言中，句容张芳所题之序体现了这一点。他没有像其他诗人一样，从诗风诗教讲起，而是非常自然地记录了他初读王苹诗歌之时的微妙心理，那是从似曾相识、怦然心动到心有灵犀的认可。他说，初次见到济南王子秋史的《旧雪堂》诗集，一看题目便已"振触心动，谓编中必有异"。后读其诗，叹为观止，赞其

"以长句见投，都无常语，则又大异"。张芳自言恍若遇见故人，随后，他分别详述对"旧"和"雪"的赞赏。

　　凡物有新与旧，惟水生天一不舍昼夜，决不可以新名。汉袁安位至三公会，何足巽而僵卧雪中，迄今仰止，峨嵋昆仑亦资雪着。然则天下之物，雪月孤清，

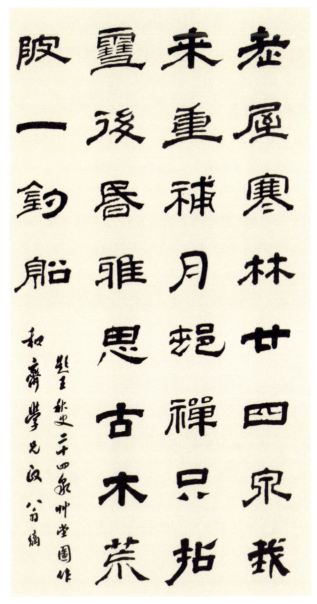

翁方纲题王秋史《二十四泉草堂图》

更无新理，惟俗人憎衰，好少如小儿弱女哑哑喜玩玩相与新之耳，秋史家于泉上读书，养母无一点时滓，浣其胸次，乘此奇贫不遇。发津逮积卷，读之如游事然。一重一掩，山鸟山花，峨峨以远，则层城赤霞，泠泠以清，则三涧白雪，谓时时非梦景，时时非灵境乎与？仅昔今怀抱约略相同，无怪一觇编诗，振触心动，洵年来，薄游一奇也！

这段文字，读来大为快慰，张芳对"怀抱约略相同"的王苹击节赞赏，引为同道。据此，便可猜测出王苹嘱画家绘草堂图时"点染依稀作雪意"的良苦用心了。

（二）呈现风雅相续之愿景

在这所有的题诗中，翁方纲所题最多，一来是因为他对廿四泉和黄叶诗的追慕，"我读草堂画，复题寒柳图。梦寐黄叶句，因来鹊山湖"（《题王秋史禅喜图二首》），二来是因为王苹园中留存了张养浩的四友石之一麟游石，其《二十四泉草堂图后歌》中有"七十二泉黄叶秋，三百余年苍石友"。明代殷士儋建通泺园时，不惜千金购买了麟游石，后王苹购得此宅修建二十四泉草堂，麟游石一直在园中，也相应地进入了大兴画家方伸（号一峰）所作二十四泉草堂图中，而且，据翁方纲回忆，图上有康熙四十二年一甲一名进士王式丹（字方若）的题诗，诗中注明此石即为麟游石。所以，翁方纲第一次见此石，当是见图中之石，他一定特别想亲眼瞻仰此石风貌，也正是这一念想，才有了翁多次探访二十四泉草堂旧址，便有了《访王秋史二十四泉草堂遗址二首》：

一

趵突泉连望水泉，颓垣古树但荒烟。诗名直接渔洋后，豪气犹追白雪前。

黄叶至今飞历下，金舆竟不属棠川。寻源实欲论风雅，每溯遗闻励后贤。

二

烟雨莓苔九尺身，意中石是梦中人。摩挲白下双图后，想象平章四友邻。

秋影畦蔬寒宛僳，夕阳沙水瘦精神。我来题字酬颠米，要与苏齐对写真。

其中，翁方纲对王苹之诗的赞赏溢于言表，"诗名直接渔洋后，豪气犹追白雪前"，此联大气磅礴，将王苹一介书生推到了极高的位置。是的，王苹虽为寒士，但因其诗，因望水泉，因二十四泉草堂，已经广为人知，且他所构建的地域性的文人生活以及因此生成的诗歌酬唱成为一种具有延续性、承接性的文化因缘与文化符号。诗中，翁方纲自己较为得意的一联乃为"黄叶至今飞历下，金舆竟不属棠川"，其实是在慨叹黄叶翻飞，人事流转，历史的沧桑中，不变的是一代代人对文化的坚守与传承，风雅终能永续。

第二首诗中专门聚焦麟游石，一语道破，"意中石是梦中人"，诗末有注："草堂湖石一株，高九尺六寸，元赠行省平章张云章四友石之一也，今在趵突泉上，予为题字于侧并绘图记之。"翁方纲见到此石，是在趵突泉之南，其《趵突泉》一诗有记"微云四山合，巨石环苔阴"。其实，所谓"意中石"，所谓"梦中人"，似乎又在呼应第一首，黄叶也好，麟游石也罢，阁老亭也好，二十四泉草堂也罢，变的是风霜雪雨的外在环境，变的是一代代的文人个体，不变的是文人儒士心中那个文化场域，不变的是瘦硬的风骨、性情，"摩挲白下双图后，想象平章四友邻"，这正是我们今天反复追慕古人的重要价值所在。这样，二十四泉草堂里的文化源流从明代的殷士儋就又上溯至元代的张养浩，人因地胜，地因人传，这里始终涌动的是一种文人儒士的诗性精神和仁心持守。所以，翁方纲说"尚书诗格传海右，秋柳婆娑到寒柳"（《二十四泉草堂图后歌》），"我写四友石，颇关三昧旨"（《题王秋史禅喜图二首》），"泉上堂前二株柳，文章犹见百年人"，一泉一柳，百年的文化风神仍在。翁方纲的《二十四泉草堂图后歌》一句后有注释，"予箧有秋史寒柳四首诗画册子"，但他没有记下画册的去向，而今也无缘睹其风貌了。回味着翁方纲的这些诗歌，我们也不尽神往，那个曾经的院落、那些飘飞的柳枝、那个兴味盎然的画作与题图诗、那些离开却又并未逝去的诗人们。

（三）成为后世瞻仰之典范

济南名士唐奕恩在其告老还乡之际，曾请当时的画家黄易为其作《黄叶书林图》，此图今藏于上海博物馆，上有时人题画诗多首。

唐奕恩，山东历城人，乾隆廿五年（1760）进士，三十五年（1770）任河北获鹿县知县，乾隆卅九年（1774）将荒废的白鹿书院移建于城内本愿寺西侧，改名鹿泉书院，重兴学校。此后，他离任归乡，便请黄易以明清济南著名名士殷士儋和王苹为楷模创作了此画，画中丛林、屋宇、山峦等应为黄实地考察后的写实创作，以墨笔画之，两开画面，其一是以数椽屋宇坐落于古木之间，其二是以远山为主背景，林木间有高墙院落，远处有板桥，有一高士正踏桥而来，当为访客。首开画页右上侧有黄易题款："黄叶书林。钱唐黄易为雪怀明府画。"钤朱文长方印："黄九"。题画词为"落筑尚依金谷草，秋史去，剩秋斋。仙令厌尘埃，寻幽破碧苔"。此外，围绕王苹的"黄叶书林"这一典故，还有黄易、左大治、董元度、陈焯、吴焕、管韩珍、管世铭和万廷兰八人的题画诗词，共七开，皆为当时文人雅士。题画诗，大多盛赞为官清廉、政绩显著的唐奕恩名士归隐。如管世铭（1738—1798），字缄若，一字韫山（因居室名为韫山堂，所以门下弟子都称他韫山先生，于是世人也多以韫山称之），小字兴隆。其诗为：

廿四泉边好著书，空林黄叶正萧疏。

十年簿领无余禄，刚买诗人一亩居。（为获鹿唐明府奕恩题《黄叶书林图》。书林为诗人王秋史苹故居，即二十四泉草堂也）

治绩行登报最书，蒐裘已卜未全疏。

故人四十为郎晚，才向春明僦宅居。（《韫山堂诗集》卷十四）

由此可见，王苹的二十四泉草堂、黄叶书林对后世的影响是颇为深远的。

从"尚书居"到"诗老屋"，从"二十四泉草堂"到"二十四泉草堂图"再到"二十四泉草堂图题诗"，乃至凝结着生命轨迹的《二十四泉草堂集》，王苹居于斯，逝于斯，汩汩泉水、亭亭垂柳、萧萧黄叶，穿越千年的历史，依然在向我们诉说着那些依然鲜活的瞬间，激扬文字、悲叹风雅、愤慨世俗、追慕田园……望水泉畔的这个独特空间，是个人的，更是大众的，它因王苹而具有了多重意义，既有文脉的传承，又有美学的呈现，更是历史的见证。二十四泉草堂已经成为清代济南一个特殊的文化符号，后世常有诗人作诗附和。

清代刘中柱有诗《题王秋史二十四泉图二首》云：

一

济南山水称天下，君独构堂廿四泉。堂有移时泉不动，喷珠溅玉自年年。

二

乘时□展济川才，那得闲吟泉上来。写一幅图藏篋里，逢人指点好开怀。

他们诗中所追寻的不仅仅是一个地名，更是追怀的一种文化往事、一种精神情怀，它随着涓涓的泉水始终奔腾不息，唤醒着一代又一代的人们去找寻失落的精神家园。

第三章 儒行与禅心

《清史列传·文苑传》对王苹其人有这样一段评述："性孝，好读书，负奔轶之才，嗜古好奇，视乡里间无一当意者，人以狂士目之。尤致力于诗，闭门苦吟，绝交游。……成山近海僻陋，苹载书往，集诸生晨夕讲论，人始知学。岁余，以养母乞归，白头侍奉，孺慕若小时。盖其笃孝质直，立身有本，异于薄俗诗人之有文无行者。"文字虽然简短，但却让我们看到了传统儒生王苹身上的宝贵特点，这既是其个性资质，也是时代的共性精神。今天，其儒士精神仍然值得我们追慕，并具有启发意义。

民国时期，章太炎先生曾特别推荐：《孝经》《大学》《儒行》《丧服》为国学之统宗，经术之归宿，称其为"新四书"。这四种文本，有一个共同的侧重点，那就是"行"。"天行健，君子以自强不息"，"行"一直是儒家思想的核心。章太炎先生认为，之所以两宋以降，中国的文人那么不堪，有一个很重要的原因，就是朱熹的"四书"重思想，但不重行。所以，章太炎先生极力推荐《儒行》一文，认为《儒行》才是儒家的本色，《儒行》才能救国。

翻开《礼记·儒行》，我们可以看到，一个真正的儒者，他竟然是那样的可敬。文中，鲁哀公向孔子请教什么是儒行，孔子从容貌、备预、近人、特立、刚毅、自立、仕、忧思、宽裕、举贤援能、任举、特立独行、规为、交友、尊让十五个方面阐述，后曾子概括为"忠恕而已矣"，于己重自身修养，于世心忧天下。也正如《中庸》所言："君子尊德性而道问学，致广大而尽精微，极高明而道中庸，温故而知新，敦厚以崇礼。"义理明心有主，动静行止，方正圆转。先有此心，才有此行迹，诚于中而行于外。《儒行》中所细化的种种行为准则，以其正大刚毅、艰苦卓绝、特立独行、慷慨激昂的精神塑造了中国古代知识分子的儒者气象、诗礼风度。儒家"涉世"，儒家侧重于"社会性"。而人，就是社会的一员。身居闹市也罢，隐居山林也罢，都会与这个社会发生关系。既然社交是无可避免的，何不直面人生呢？而直面人生正是儒家所长，所谓"事理通达心气和平，品节详明德行坚定"，涉世何尝不是修心？王苹正是在这样一个过程中，以其笃孝质直、狂狷嗜古、立身有本，书写出一个"异于薄俗诗人之有文无行者"的顶天立地的"人"的形象。

第一节 笃孝质直：负米心惊衣上线

笃孝：负米年华里，为儒道路中

王苹性孝，其孝与狂狷齐名，流布于当世，为人称道。

作为一家之子，王苹尽心奉养老母。他一生坚持仕进，其一是为口腹所役，其二更是为不负父母之望、家族之托。即使"母老初无捧檄路，家贫更少卖文钱"（《养疾僧庐遣怀十首》），哪怕"何事帽宽寒影瘦，崚嶒减却一秋颜"（《夜坐感咏》），他都丝毫没有退缩，"负米年华里，为儒道路中"（《大汶口》）。他在诗中反复检讨自己，"负米（米负）、乞米"出现20多处，读来令人慨叹，如：

负米偏无术，摊书亦欲愁。（《病里十首·其三》）

一榻书堆茅屋破，十年米负夕阳斜。（《雪中十首·其三》）

十七年来负米路，一千里外渡河人。（《赋答从兄天池和韵》）

头白知负米，草绿思春耕。（《十一月十八日恭谒座主昆山徐公于里第感旧述怀四首·其二》）

酒边乞米帖，梦里跨驴秋。（《赋答门人于无学四首即送其读书山中·其三》）

从"十年"到"十七年"再到"头白"，可谓是"奉母艰难年老大，逢人冷澹命支离"（《聊城赵生持德州公〈品茶歌〉过访，述公相念，即事书怀四首·其三》）。

儒家《孝经》开宗明义章曰："身体发肤，受之父母，不敢毁伤，孝之始也；立身行道，扬名于后世，以显父母，孝之终也。夫孝，始于事亲，中于事君，终于立身。"从保持自己身体完整到光宗耀祖，这是立身之本。中华文化孝的观念不只是孝顺父母，但孝顺父母却是孝道的开始。清人更是提倡"百善孝为先，万恶淫为源。常存仁孝心，则天下凡不可为者，皆不忍为"。多年的求官生涯中，天性好静的他不止一次心生归隐之意，但理智告诉他，他不能逃离！在《戴上舍英白生日》中，他与好友慨叹：

俱是家传十石弓，抛残却说读书功。儒衣鸟怪竹溪口，席帽风欺槐市中。

老大断须矜晚节，飞扬端勿负途穷。寻常颂祷休嫌少，秖为春晖寸草同。

戴英白，泰安人，监生，其上代与王苹一样皆为武官，二人皆有老母在堂。作为儿子，他们懂得要回报父母的养育之恩，父母养子女叫作"养"，子女养父母也叫作"养"。前者抚养成人，后者赡养终老，这是天经地义，是一切之根本。作为儒士，他们担负着维护稳定伦常关系的责任，不能任情任性隐逸逃离。

这种矛盾的挣扎时时刻刻困扰着王苹，"负米心惊衣上线，投荒泪染鬓边经。而今总入求名劫，拾橡挥锄又一时"（《秋日杂诗十首·其九》）。58岁所作的《除夕二首·其二》一诗再次道出无奈与遗憾：

六十明朝欠一年，飞扬态度烛花前。小人有母庸称老，伧夫于诗妄欲传。

春许东风看采胜，晚从米汁输青莲。苍颜若合麒麟画，差胜冯唐短鬓边。

"晚从米汁输青莲"，虽然潜心淡泊，欲求归隐，但孝亲在心，不得不放弃。尾联用典颇有用意，冯唐90多岁时依然被荐官，王苹借此传达这欲归不得的无奈与自嘲，祈求得遇官职养活老母的期待，都深深触痛人心。日子就在这一回回的吟咏思退中随风而逝，"多病居山好，长贫说隐难"（《百丈口即目》），在这不断萌生又不断按捺住的"忍饿平生事，关门此日心"（《此日》）中，他一再调整自己，"少不读书羞去仆，老将学佛笑求官"（《大风遣怀》）。

除去对儒士精神的坚守，王苹对至亲的感情也是颇为真挚的，读来令人动容。

出门在外，时时挂念老母："枯桑集慈鸦，未夕树已暗。我亦为人子，相对能无憾。多病累母心，依间烦屡瞰。……为人讲孝经，言辞徒泛滥。掩卷泪阑干，勾留不可暂。心如下峡饲，迅疾无从缆。……诘朝返吾庐，共母嗟空离。"（《秋日杂诗四首·其三）》）病中发烧，仍忧虑伯母之安康，恨不能亲身侍奉："每向病中怜弱息，空思地下侍衰亲。"（《己巳病起杂诗十首·其八》）前母葬于淮南黄土桥，他去扫墓，写道："即孝旧器无从识，四十年来泪自挥。"（《淮南黄土桥展前母墓感赋》）老年以养母乞归，白头侍奉，孺慕若小时。

王苹还为至亲撰写了不少文章，如《家慈八十乞言启》《萧母程孺人八十序》，感母之贤德与辛劳。对女性的贤淑德能与伟大付出，王苹深深理解并敬重。从儿孙之孝出发，他关注女性的无私奉献，曾写过一篇《孔节妇传》，探讨何为真正的贞节和妇德，他笔下的女性既愚昧无知又坚定自守，令人慨叹泪目。他对女性的仁爱之心和理解褒扬，都是难得的儒道承传。

他多次援引《诗经》中歌颂孝行的篇目，认为念其父母应如《蓼莪》《陟岵》《北山》所咏之深情。"小摘寒畦绿，奉母守茅茨。读书续白华，庶几风雅基。"（《大水泊过门人于无学东始山房，论诗数日，濒行，辄成三十六韵留别》）"白华"，引自《诗经·小雅》逸诗篇名。《诗序》中有"白华，孝子之洁白也……有其义而亡其词"，此句承接前句之"奉母"。

"文如其人""字如其人"，外在的言行举止，都是内心的流露。德行修，才是真正的"立"。不管是自己的身体力行，还是对女性的仁爱理解，王苹所呈现的儒家品格令人感动。家国同构、君父同伦，君为天下父，行孝道就是行忠君之道，"孝者，所以事君也"，他修身养性，持之以恒，以期有朝一日不负"读书功"。

第二节 狂狷嗜古：浩荡秋怀老更狂

对于王苹的性格，文献资料的记载中都提到了一个"狂"字。《清史稿·列传·文苑·王士禄》有："少落拓不偶，人目为狂。"《清史列传·文苑传》曰：

"性孝，好读书，负奔轶之才，嗜古好奇，视乡里间无一当意者，人以狂士目之。尤致力于诗，闭门苦吟，绝交游。"《清诗纪事初编》亦载："盖屡不得志于有司，又患狂疾，患耳聋，遂多凄楚无憀之音。"[1]王士禛的《二十四泉草堂集序》评价王苹"自其少已负奔轶之才，嗜古好奇，视乡里间举无足当其意者，类狂。闭门苦吟，息交绝游，类狷。乡里之人亦群起而噪之。秋史自信顾益坚"。他从孔子对中行与狂狷者的态度入手对王苹做了精准的分析。

"狂狷"一词源于《论语·子路》，子曰："不得中行而与之，必也狂狷乎！狂者进取，狷者有所不为也。"包咸曰："中行，行能得其中者。言不得中行，则欲得狂狷者。狂者进取于善道，狷者守节无为，欲得此二人者，以时多进退，取其恒一。"[2]朱熹注曰："狂者，志极高而行不掩。狷者，知未及而守有余。盖圣人本欲得中道之人而教之，然既不可得，而徒得谨厚之人，则未必能自振拔而有为也。故不若得此狂狷之人，犹可因其志节而激厉裁抑之，以进于道，非与其终于此而已也。"[3]孔子强调做人要注重"仁"和"礼"的统一。"仁"是指人内在的真性情，而"礼"作为外在的约束，是人为制定的制度规范。制度规范体现的是社会的利益与需要，有时会与个人的利益与需要相违背。当二者能够相谐，这样的人品德高尚，是孔子所称之的"中行"者。而当二者相矛盾时，孔子则更倾向于保持真性格、真情感的"狂者"和"狷者"，狂与狷，尽管其人品修养境界并不够高，但毕竟是真的，狂者锐意进取，狷者耿直自守。既然不能与中行者交往，一定要与狂狷者交往。孔子推崇的正是"狂者"和"狷者"的可取之处，由此，王士禛肯定了王苹"狂狷"的性情。

对于"狂"，孔子及其后学将其看作极高的精神形态。如孟子矢志不渝、无惧无悔地追求圣贤人格理想，屈原上下求索、追求美政理想的那份"虽九死其犹未悔"的痴迷。但其后的庄子并没有执着于孔、孟、屈子式的"王政理想"，而是鄙弃功名富贵，追求精神自由执着，开启了中国文人之狂的另一个方向。庄子生命哲学的核心"逍遥"，也就是自然和自由，这两大要义成为后世文人的精神导向。接舆的"披发佯狂不仕"，竹林名士漠视礼教、佯狂以避祸，陶靖节之东篱

[1] 邓之诚.清诗纪事初编[M].上海：上海古籍出版社，1962.

[2] 阮元，校刻.十三经注疏·论语注疏[M].北京：中华书局，2009：5448.

[3] 朱熹，撰.四书章句集注·四书集注[M]南京：凤凰出版社，2005：157.

醉酒任运而真，至李唐王朝文人才子们恃才傲物的自信、进取的狂想和诗意的享乐激情，都在先贤的引导下呈现"狂"态。"至此，发源于儒、道又密切关系着俗世享乐的中国文人之狂全面形成了。它最基本的特征——无论从行为还是心理意义上说——是对常规的超出，是对通常情况的超越，因而狂者往往是孤独者，并且常常显得有点不合时宜。这种超出在实践意义上分解为两种指向：可称之为进取之狂和疏放之狂。"[1]

在这个意义上，王士祯所言的"自其少已负奔轶之才，嗜古好奇，视乡里间举无足当其意者，类狂"就是指的王苹的进取之狂；"闭门苦吟，息交绝游，类狷"则是指其疏放之狂。

一、狂：进取之狂

先来看其"狂"的性格。这是一种恃才傲物，执着进取的狂，同时又伴有自信自负的行为。这种进取之狂，是对事业功名而言，"立功、立言、立德"，为实现自我的意志，执着地追求。

年轻的王苹少负奔轶之才，锐意进取。康熙二十二年（1683），25岁的王苹受名贤德州田雯赏识，但田雯只是欣赏到作品辞藻的外在美，王苹希望得到更多的肯定。于是，康熙二十五年（1686）秋天，他又把作品寄给了"望崇北斗"的王士祯，其贯通了桀骜灵性、极具风神之美的佳句受到王士祯的标举，如"乱泉声里谁通屐，黄叶林间自著书""黄叶下时牛背晚，青山缺处酒人行"，王苹终于名播四方。不过，他诗书满腹才华超人，自信中多了些恃才傲物之气，难免显得咄咄逼人、锋芒毕露，加之行为举止又不同世俗，不屑与人为伍，"相矜愿未果，乃俗目成狂"（《柬友二首·其二》），"晚途为道真为病，早岁知名半是狂"（《己巳病起杂诗十首·其三》）。从康熙二十三年（1684）至三十二年（1693），这九年间，王苹四试锁厅而蹭蹬，从26岁的年轻人考到了35岁的中年人，这对早有诗名的王苹来说，打击是巨大的。"狂态随年少，穷愁逐境新。可知惭仲蔚，无计慰衰亲"（《雪后得清苑郭先辈南洲寄书辄赋四首作答·其二》），时隔六年，王苹才又一次鼓起勇气继续仕进，六次乡试、两次会试之

---

[1] 张海鸥. 宋代文学与文化研究 [M]. 北京：中国社会科学出版社，2002：4.

后，已然48岁，年近半百。"自署耕田识字民，天教潦倒百年身"（《岁暮杂怀十首》），但即使如此，他仍然"忍穷用我法，不敢易硁硁"（《却水村馈岁》），坚忍不放弃。

怀揣着家族的期望，他奔波在科举之路上，"行藏欲誓先人家"（《岁暮杂怀十首·其十》），不然，真是无言面对已故的父亲！"旧山此时节，正剪墓门纸。墓草十九青，我尚愧为子。……怀哉春池上，白发心千里。"（《长安春日遣怀六首·其四》）而前面所提及的笃孝也正是这种进取之狂的体现，此不赘述。

二、狷：疏放之狂

下面再来看王苹"狷"的性格。

历经失败挫折，王苹性格中的"狷"显露得更为明显。与"狂"的社会进取有所不同，"狷"更执着于个性化的追求，比如审美情趣、精神品质、生活情态。从行为表现上看是疏远仕途，贴近自然和自我，张扬个性才具，呈现生命之本真状态，追求精神的自由，狷介自守。这是人格的自我救赎，以此消解仕途功名的失落感。楚狂接舆之凤歌傲俗、宋玉司马相如之文采风流、竹林名士之漠视名教、陶渊明之委运任真等在一定程度上都是"狷"的体现。

王苹的"闭门苦吟，息交绝游"主要表现为两点：一是疏远仕事以及俗务应酬，淡漠功名富贵、世故人情；二是追求精神自由，执着于诗、酒、山水之事。

第一，疏远仕事以及俗务应酬，淡漠功名富贵、世故人情。

王苹有才而尚气节，个性戆直，不愿迎合世俗，趋炎附势，难于左右逢源，既得罪乡亲邻里，也得罪官吏。

自分余生同硕果，何妨众口似新硎。（《己巳病起杂诗十首·其五》）

出门无计防人面，善谁差强怪鸟声。（《己巳病起杂诗十首·其七》）

浮沉曾作狂泉饮，险巇由他妒妇津。（《秋夕感怀六首·其一》）

只有差强人意处，是非莫辨谤难成。（《养疾僧庐遣怀十首·其三》）

娥眉世路从工拙，虎尾词场任是非。（《雨阻孔户部岸堂赋赠》）

诗人性拙，无以防人，但本性又难以改变，只能长悲长笑，狷介一生了："不欲逢人面，过门任曲车。泉生无意处，茶熟既眠余。老友绝交论，秋风逐客书。园蔬充晚食，狂态岂能除。"（《秋日杂诗二首·其一》）首联"不欲""任"两词就已经定下了调子——随性，"泉生无意处，茶熟既眠余"，一切皆随性。诗人以"腐儒"自嘲，如《闰七夕感怀》：

> 五十过头笑腐儒，那堪懒与慢相俱。张韩以后谁前辈，燕赵从来几酒徒。
>
> 头白难忘扃津路，叶黄已到鹊山湖。即教再乞河东巧，处世如椎定不殊。

"懒与慢"是诗人与世俗的疏离，"处世如椎定不殊"道破不肯模棱做人的决心。"拙""腐儒"所体现的是正直执着、是非分明。他常为饥寒所困，但仍要保持高洁的品性。今雨书屋的修缮费全靠自己教书所得，"贳酒思浇奇士骨，捉刀羞博富人脂"（《秋夕感怀六首·其五》）。他一再慨叹"裹粮奉母空山路，散发听秋独树根。谢绝酒徒词社人，何须再广绝交论"（《秋怀四首·其三》），"交绝自无钩党累，诗多甘作不祥人"（《丙寅生日》）。《自嘲》一诗里，他说："不见昭王台下土，夕阳市口布衣尘。晚来刺灭余多少，应被人呼是怪民。"这就是狷的孤介自守，有所不为。因此，张鹿床在《〈二十四泉草堂集〉序》中以一个"异"字概括王苹其人、其诗的与众不同，称赞他的坚守。

王苹有一篇《张氏产芝记》也能见出其人生趣尚。文章开篇："凡物不乐其异也，天下之物，莫不从同而已。独异则物皆背之，而况以独异之物产于从同之日，不唯不背之，且群而异之，而尚谓其异之可乐耶？"文中张叟与王苹之友黄子静为邻，是一介年老脱籍的秀才。雅嗜种植，一门以内，花药郁然。苹每路过，"一老颓然方塘竹石间，心窃异之"，因语子静："吾辈营营碌碌，毕力制科，视翁何如？安得有地一区，若翁之水竹妍雅，以灌园奉母读书其中，终老不出乎？"康熙二十六年丁卯（1687），竹中忽产灵芝数茎，于是，郡县里的贫富贵贱者都以此为怪异，争相前去，日日不停，有能文者更是吟诗作赋以记之。王苹因病未去（估计是少有的未去者），他猜测："不识翁之当日，亦自以为异否？"不久叟死，王苹与子静前去观看灵芝，"则干若槁木，而翁与芝俱尽矣"。

王苹慨叹，老翁初以宁静闲雅的生活方式引起众人好奇，后因竹中忽产灵芝数茎而更使得整个郡县都认为他与众不同，结果为其所累：

岂异翁者少，翁得自蕴其异，而异翁者众，遂足为翁累也。则信乎？物不乐其异也。而余生长举业腐烂之日，妄思镞砺学行以求异乎流俗，而世故率率，信道不笃，浮湛病废，虚存此志，曾不若摘裂时文之徒，犹得以其剿贼拟议之工，见异于乡里，则此求异之志为予累，更何减于产芝之异之为累于翁也，故作张氏产芝记以示子静且以自砭云。

王苹想镞砺学行以求异乎流俗，创作出真正有价值的好诗，而不是那些科举考试的应用文体"时文"，以模拟剿窃来见异于乡里。但社会世故草率，信道不笃，浮湛病废，随波逐流，这种想法难以实现，且为之所累。何景明与李梦阳论诗，曾引《周易·系辞》中的"拟议以成其变化"来针砭对方的"尺寸法古"。王苹此文借张氏之事来写当下处境，也折射了文坛的不良风气。其《蓼谷戊亥稿》序中曾提及："稿中古体诗少于今体，余见世士竞尚是体，而于昔贤音节尺度符合者鲜。余复幽忧不聊，无从充其问学，固未敢用余所短逐其所长矣。"清初，王士禛、赵执信等人，着力探寻古体诗声调韵律之规律，皆有《古诗声调谱》之类著述，一时蔚为风气，很多人不量力而从众，但未能得诗之精妙，盲目追风而已，但王苹并不附庸风雅。他桀骜不驯的本性使其诗作中呈现出不甘束缚，追求精神自由、独立自尊的个性，表现出不习逢迎的孤傲。

王苹先世为浙江仁和人，14岁随父迁居济南，本就不是望族，还因家庭不和而典屋于城外望水泉畔，贫病无依，经常会被人耻笑，王苹索性以"齐伧""伧夫""穷民""村夫子"自居，如：

祇自颓唐来众口，从他轻薄到诗名……徒倚此时风景好，不衫不履一齐伧。（《秋怀四首·其一》）

读书散失添私恨，门户飘零寄病身。却负乌衣孤露日，可知无父是穷民。（《己巳病起杂诗十首·其八》）

萧然心事村夫子，偏得狂名到处传。（《养疾僧庐遣怀十首·其四》）

清制长携海岳新，伧夫诗酒污京尘。（《客中题德州公集后四首》）

面对礼法森严的世俗社会，他自知不能融入所谓的上流社会，故格外地坚持自我，毫不顾忌，不止一次地自称粗野鄙陋之人。这种真实要比那些遮遮掩掩的虚伪更让人感到亲切可敬。这种甘与下层百姓为伍的狷介自守极为难得，不仅是对乾隆盛世寒士处境的调侃，也是对附庸风雅的衣冠人物的嘲讽，更是对礼法及高压政权下奴性人格的蔑视。所以，王苹的狷介自守中又多了些屈原独清独醒的苦闷，以及厌世嫉俗的激愤：

黄花满手何人对，拟作芳蘅荐屈平。（《辛酉秋怀十首》）

笑学杞人忧苦菊，梦从屈子问高天。（《秋怀诗十首·其八》）

湮境窥天真散诞，名场说梦总荒唐。（《东蔡国博龙文二首》）

半生天问荒唐处，一辈鸡鸣冗长间。（《五月三日偶作》）

灵均以后天如故，终是无情梦不醒。今日逢君太多事，碧翁老矣耐叮咛。

（《题雨峰问天图二绝句·其一》）

古代社会，"天"具有至尊意味，屈原的责难发问是对现实的质疑、不满和批判。诗人借屈原之典指斥当下："公子又赏音，谓我醒而狂。……我时病狂易，无端哭歌变。子独耐狂夫，与语莫知倦。"（《述怀寄田户部念始五十韵》）

同时，他还以焚砚烧书的决绝姿态来表现与仕途的疏离，如：

说鬼强人真好事，烧书饯岁亦成痴。（《岁暮遣怀十首·其二》）

只堪磨尽焚余砚，重结篇章未了因。（《己巳病起杂诗十首》）

颓唐与会不堪乘，焚砚烧书事事能。世路于今随俯仰，名场从此但模棱。

（《秋夕感怀六首·其六》）

从此烧残书，从此烧破砚。（《长句怀梅上舍螺龛》）

半生焚破砚，十载事躬耕。无分功名会，徒多岩壑情。

酒沽残雪路，泉沸夕阳声。从此身将隐，羞为伏枥鸣。（《赋当客星二首·其二》）

诗人以此疏远仕事以及俗务应酬、淡漠功名富贵、世故人情，狷介自守，"生涯冷淡笑行藏"（《秋日杂诗十首·其二》），也因此沉沦下僚，生活困顿。对此，王苹有时亦能坦然面对："病救本分功名少，老悔平生意气多。"（《除夕》）表面看来是后悔年轻时的狂与意气，丧失功名，无俸禄养老母，但"病救本分"的"救"字点出了实质，自己做人的本性因此得以保全，亦讥讽他人堕落于浊世中。诗后自注："丙戌引见敌奏者多得馆选。"在是非不辨的尘世，要坚持个性和尊严，仕途进取就必然要受挫；要想仕途成功，个性和人格就无从保留。王苹选择了前者，保留完整的自我，即"有所不为"，这是其性情使然，即"狷"。

王苹追求个性的自由，或豪于酒，或耽于诗书，或迷于山水佛禅，潇洒乡野。下面主要分析诗人对酒与诗的执着，佛禅下一节专门介绍。

第二，追求精神自由，执着于诗、酒、山水之事。

文人心中有所不平常以酒消愁，在酒的麻醉与兴奋之下，求得超越或解脱，抑或借酒意传递与友人相聚之乐，自由情真，而饮酒无形中又可以刺激创作激情和灵感等：

尚得故人惜，吾今亦饮狂。酒垆偏寂寞，诗老半凋伤。（《赋答术秀才石发》）

处世过于登剑阁，修名浑似闰黄杨。殷勤醉语笺天客，莫道狂夫归更狂。（《江宁留别吾宗安书》）

狂愚到处成孤注，诗酒而今是祸胎。（《十月晦日》）

珍重春来同社酒，仅教泥饮莫论文。（《岁暮遣怀十首·其十》）

何曾一卮酒，将恨问山灵。（《寄江南周上舍龙客三首》）

激昂卮正热，自劳灌园身。（《岁除答西江王长公》）

羯鼓凭陵看日戏，鳌山蹒跚醉三升。（《辛未元夕蹒月湖上遇江南老僧茶话》）

境遇窘迫，却性情豪宕，诗人索性寄情诗酒，与田夫野老醑嬉淋漓，极饮大醉。"邻翁能作达，浊酒肯同斟"（《病里十首·其二》），借酒与凡尘俗世疏离决裂，如《岁暮遣怀十首·其九》：

独有青阳不我违，空庭闲倚树依依。酒人尚带须眉气，学者能来里巷讥。

两版长关源上路，一房恰受竹间晖。残年萧瑟无归着，笑任空厨妇孺非。

诗人与世不谐，只有万物自然与其同道，颇有刘伶纵酒任真的洒脱。坚守自我，任由他人说长短。再如《园居四绝句》：

买来邻酒空泉路，倒向秋风破瓦尊。烂醉一场红叶下，横吹铁笛闹荒村。

诗人狂饮狂醉、横吹铁笛，一个"闹"字直指那个秋风萧瑟的"荒村"，所有的不羁之举都是要打破这空寂，那个瞬间，偏僻的"空泉路""破瓦尊"，或许真的被诗人"闹"出一番热烈繁华。然而，酒醒之后笛声落下，依然还是人迹罕至的荒村，落魄、寂寞依然笼罩在天地间，独自承受。

这一切融汇在王苹笔下的"酒人"形象中，约有8处：

黄叶下时牛背晚，青山缺处酒人行。（《秋居赤霞山庄感咏》）

花老可怜幽事尽，水荒且放酒人来。（《园居四绝句·其四》）

最忆传来重九日，词人句子酒人歌。（《怀抑庵津门》）

不通名士屐，久谢酒人筵。（《病里十首·其十》）

独望花飞名士墓，忽思身老酒人筵。（《寒食自浆口归》）

纵使酒人花事好，而今也付水潺潺。（《春日述怀四首·其一》）

与君指数荆高少，此会从谁唤酒人。（《慈仁寺访施揖山寓斋留饮》）

滑滑街泥但掩扉，酒人何处绿芜肥。（《送友人佐郡梁州三首·其二》）

"酒人"最初源于汉代曹丕的"酒人献三清，丝中列南厢"，仿用了"诗人、词人"的构词方式，酒成为生命中重要的寄托。疏离仕事的王苹或以酒人自居，或与酒人同行。酒为友，解忧，诗歌创作更是他志意所托之重，他对诗歌的执着我们放到后面阐述。

除了诗歌与酒，诗人还格外亲近自然。从外在的生存状态到内在的心理情感都与自然贴近。苏轼自称"我自疏狂异趣"，王苹也深受其影响，于山水林泉田园间或遣兴怡情、疏狂放纵，或沉思默想寻觅自由、独立，获得对自然和人生的审美愉悦。这些体现在他的纪游诗和田园诗中。

王苹狂狷人格的形成，首先，与他的家世紧密相关。其父是一位磊落高旷、不随俗俯仰之士，因涉讼而罢官，父亲的正直品性深深影响了他。其次，诗人才华横溢，但却仕途坎坷，理想与现实的落差加重了他的狂狷。因为狂狷，所以怀才不遇，也因为怀才不遇，所以更加狂狷，二者互为因果，注定了他的命运多舛。最后，狂狷、忿然与坚守紧紧相连，情笃至极，三者必然冲突。压抑的情感积聚到一定程度，就会山洪暴发般地喷发，对不合理的现有秩序不堪俯就、挑战抗争，而这种不羁的野性遭遇到阻碍又会以另外一种自我坚守的形式来反抗。狂狷的个性造就了王苹诗歌的"悲歌慷慨，郁陶莫释"，这些源自其人生经历和社会生活的情感，充盈了他才华横溢的个体生命，张扬了他崇尚自由的艺术个性。

第三节 禅心求定：褊性唯于古佛亲

美国学者斯特伦说："在世界陷于软弱、罪恶与不和谐的情形下，人类的努力总是单薄而脆弱的……行善、寻求真理以及使这些最高尚的努力变得尽善尽美，总是被贪婪、错觉与软弱所弥盖或压抑，所以要解脱生活的苦难，只能来自个人与某种完全不同的实体(神圣或至尊)牢固地结合在一起。"[1]

明末清初，社会急剧动荡，为禅宗的复兴提供了良好的土壤。明万历元年(1573)到清雍正元年(1723)年间，是禅宗在中国古代的最后一个兴盛期。传播区域上，以江西、浙江一带的山林为复兴基地，继而扩展到南方各地，甚至遍及岭南和川滇黔地区。北方主要集中在清初的京城地区和东北辽宁一带。具有传禅资格的禅师数量也突破了以往，还出现了不少名噪一时的大家。《博山古航舟禅师塔铭》中记载："今海内开堂说法者至百有余人，付拂传衣者千有余人。世谓宗风之盛，莫过于今日。"[2]同时，学禅的人数比以往大为增加。大量适合禅寺生活的百姓为了求生纷纷皈禅，文人士大夫则主要是为避难竞相逃禅，到处都有"间踏州县，访探名山"[3]的禅宗僧人。对此，王苹曾在《夕阳寮和大轮道人四首·其一》中记载："此地文人多入道，于今名士半归禅。松龛安稳跏趺坐，莫问缁衣白传船。"明清士人为化解人生苦闷，皈依佛门，这深深地影响着王苹。虽然，他一直奔波仕途，但多舛的际遇和狂狷个性使其一生所慕仍为归隐。其诗中自始至终都萦绕着枯寂的青灯佛影，粗略统计，有一百多篇。

王苹与僧人往来较多，有名有号的如开士可忍、夕阳寮和大轮道人、严观人、雪坞道人、祖珍道人、文悦上人、体如上人、籍山上人、云友铢师等。王苹性寂喜幽，每游一处总要寻访名山古刹，自然少不了题记吟咏，诗中出现大寺院僧房如法华庵、慈仁寺、崇效寺、甘露寺、海镜庵、大觉退院。其中，与崇效寺的雪坞道人交往酬唱最多。王苹一生深执方外之思，从最初的若即若离到晚年的

---

[1] 斯特伦，著，金泽，何其敏，译．人与神·宗教生活的理解 [M].上海：上海人民出版社，1991：38.

[2] 道霈，编．永觉元贤禅师广录（卷十八）形续藏经，第125册：615.

[3] 圆澄．慨古录：形续藏经，第114册：731.

048

礼佛入禅，经历了艰难的痛苦与挣扎。

一、佛前徘徊

23岁的王苹难补诸生，《辛酉秋怀十首》慨叹"闲愁未绝谁知我，失路相看只老亲"，唯有向禅求解脱：

一溪新涨到村流，隔断苍烟满目秋。地是相公修竹处，家邻才子著书楼。

却听落水随鸿爪，漫枕长镵卧虎头。从此畏人长寂寂，缚禅行菜狎群鸥。

王苹所住之处是殷士儋园居，旁边是李攀龙的白雪楼，日日追维先辈，但自己却只如落入水中的鸿爪印迹一样，随着波纹的一圈圈涟漪而终归静默。"鸿""爪"出自苏轼《和子由渑池怀旧》中"人生到处知何似，应似飞鸿踏雪泥。泥上偶然留指爪，鸿飞那复计东西"，见出王苹深深的期待。尾联化用杜甫《夜听许十一诵诗爱而有作》中"余亦师粲可，身犹缚禅寂"之意，唯愿从此参禅、坐禅、种菜与鸥鸟为友。"一瓣香残开士话，几番风引酒人箫"（《秋怀诗十首·其七》），苦闷便能在此间得到些许的化解。

卧疾之时更是依赖于佛禅，如《病里十首》中有"木雁窥庄子，雌雄学老聃。心情原冷淡，远佛与同龛"，诗人一次次与禅对话"忽漫结冬绮语尽，新衔好署在家僧"（《秋夕感怀六首·其六》），与溪山为友，以"在家僧"自居，眼前所见"菜田十亩僧衣似"（《庚午春日园居》），口中所食"褊性甘为粥饭僧"（《庚午春日园居》）。

疾病缠身的痛楚纠结着人生的失意，他极为期盼于佛禅的参悟中得到灵与肉的双重超脱。他理想幻灭却又毫不甘心，身在仕途，却又常常向禅师求解。这种亦僧亦儒的生活方式注定了矛盾的心理。34岁时在寺院养病，曾写组诗《养疾僧庐遣怀十首》，深刻地揭示了这种痛楚，"力疾归来洗钵涯，十天小住寺为家"，年华逝去的失落之恨尤为明显：

龙钟未老发鬇鬡，多病精庐泪满衫。一事未成羞历水，半生有梦怆江潭。

山看紫翠当门重，鹊咏凄迷绕树难。此际漫将沦落恨，青荧佛火试同龛。

多病体弱，一事无成的诗人，沦落在佛寺，羞于面对那一泓清泉，难以回报深爱自己的亲人。颈联借用曹操《短歌行》中"月明星稀，乌鹊南飞。绕树三匝，何枝可依"之意写自己的遭际。如今的"我"就像那迷路的乌鹊在重重山门之前往来徘徊，想要栖息却又不能啊！唯有"青荧佛火试同龛"。再看《寺斋二绝句》：

满寺禅声正夕阳，蜀葵花落晚风凉。病夫消得禅关静，信手翻书读几行。

野花闲淡碍经行，梦转时闻齐鼓鸣。只是不堪凄绝处，荒榛凉雨乱蛩声。

静坐和经行都是佛门修持禅定和智慧的具体方法，以消除贪欲、嗔恨、愚痴缺陷。静坐是以静修定，经行是以动修定，二者交替，相互辅佐。第一首写静中读书，是自在自然的状态；第二首写经行难成，打破了前面的宁静。佛教徒因养身散除郁闷，旋回往返于一定之地叫"经行"，经行中不可执于一念，强调自然的知道、觉知。在经行中观察人生宇宙之自然，观照自我，体验每一刹那中物质与精神的众多生灭变化，消除烦恼以获得身心的清净安乐。然而，内心的不甘与痛苦，常常使他打妄念，无法真正入禅，"有恨年年如累劫，无成转转比烧丹"（《病中四首·其二》）。

对仕途他认识得清楚透彻："斋心卜易得重离，咎誉来年早自知。猴在棘端矜狡狯，狐行冰上卖呆痴。"（《岁暮杂怀十首·其三》）更看尽了人世间的相互倾轧：

只有九衢人，能使尘为缁。而我涸其内，面目徒支离。

狗屠鄙斋语，椎埋怪儒衣。客子亦何益，怀抱其语谁。

喟然有所思，弹铗掩双扉。（《长安春日遣怀六首·其三》）

繁华中的卑琐，现实中的挫败，使其深有所思。欲逃避现实的苦难，只有遁入自我封闭的内心世界，以佛经教义为寄托，才能度过难熬的时光。深陷绝境，却也只能孤独地体验，消磨痛苦，同时以对社会生活的漠不关心，求得心理的平衡。人生的苦难如枷锁，欲挣不脱，面对无可奈何的现实，他更加深执方外之思，一次次走向虚无："梦中占梦总荒唐，邻笛山阳最可伤。将溷雄雌归老氏，愿除烦恼礼空王。"（《岁暮杂怀十首·其七》）梦境是美丽的，但却终不可久留，梦醒时分，现实异常残酷，"博得王黄叶，虚名到白头。诗为前辈许，老被少年羞。虎鼠无凭准，关河每滞留。妄思清净退，丙舍筑西畴"（《雪后得清苑郭先辈南洲寄书辄赋四首作答·其三》）。

佛教告诫众生："诸众生为生老病死忧愁苦恼之所烧煮，亦以五欲则利故，受种种苦，又以贪着追求故，先受众苦，后受地狱畜生饿鬼之苦，苦生天上，及在人间，贫穷困苦，受离别苦，怨憎会苦，如是等种种诸苦。"[1]要想超脱众多苦难，唯有依靠"大慈与一切众生乐，大悲拔一切众生苦"[2]。诗人盼望着"磊砢娑罗树，苔峣窣堵波。几时清净退，支枕梦无何"（《卧佛寺》）。《金刚经》云："一切有为法，如梦幻泡影，如露亦如电，应作如是观。"唯有看透功名利禄，才能看破世间苦难，领悟到"大慈与一切众生乐，大悲拔一切众生苦"的佛家精髓。这无何之乡，这寂静幻想的境界，就是诗人在山路逡巡中所渴盼的，就是诗人对禅宗"道谛"的觅寻。

他虽然没有行佛衣加身、剃度入门之礼，但向佛之心无比真诚，"手种苍筤将万个，心参乾竺几由旬"（《哭杨秀才升之二首》），羁栖僧舍的诗人曾对僧人表示羡慕，深深叹息自己由于家庭而不能彻底皈依佛教，他也只能依然像十年前羡慕叶丈罢官那样徒羡他人筑亭归隐，"且看慧晓池边树，好泛张融岸上舟。不比王官老居士，筑亭辄自署休休"（《葺屋四首》），休休是唐司空图为其所建的濯缨亭取的别名，意谓量才、揣分兼耄聩皆宜退休。王苹借此对自己的桑榆晚景深深期待。厌倦世间、理想幻灭，既然不能离开仕途，那么就在这二者之间寻求一种平衡吧。

二、倾心向佛

如果说年轻时的王苹还只是在佛前徘徊，那么，中举后的一次次受挫，使其越来越倾心向佛。

"辇路雪偏少，青荧灯一龛。耦耕破砚北，冷梦大江南"（《十二月十六日柬从姑父金太学远水四首·其四》）的王苹在佛禅中得到暂时的歇息和抚慰。但累

---

[1] 大义集.法华经大成[M].北京：中华书局，2020：253.

[2] 丁福保，笺注.六祖坛经笺注[M].济南：齐鲁书社，2012：60.

累伤痕使其不堪疲惫，内心深处的归隐欲望越发强烈，"向后心情皆稼圃，以前生活只篇章"（《岁暮感怀杂诗十二首》）、"巷南黄叶路，海右白头人。剩我中年感，骎骎与佛亲"（《客中述怀示从侄香祖上舍十首·其四》），他思索着"似寻转境天池外，持叩维摩是也非"（《为雪坞上人题画》）。禅修的逐步深入，使他坚定人生的转境就是"持叩维摩"，在《夕照精舍访泰州二首》中道："冬半松门草未休，诗人合是住经楼……世事从来秋后叶，才名今日海边鸥。"读经、与无机心的鸥鸟相伴，甚至隐居深山，读尽诗书："连朝读尽藏山业，淮海风流定不虚。"还戏谑地自嘲："日来何处无拘束，不在僧窗在酒楼。"（《西河沿酒家题壁》）

"兹游始羡林园主，此事休参文字禅。松对僧窗声徒倚，秋听仙宇影周旋。酒间多少关怀处，不但南华第二篇。"（《九月六日过访泰初偕至悯忠寺寻籍山上人不遇因诣城南道院与云友铄师茶话还饮泰初斋中一首》）对禅理的追求不能仅局限于文字，融入自然，在山泉岩壑之间，吟唱心灵深处的禅境，方得至妙。与友人饮酒畅谈，关怀愉悦，这更是一种禅，禅就在生活中。六祖慧能大师说"即定之时慧在定，即慧之时定在慧"，入禅要有定力，要用内心的"觉"去感知万物。心中有禅，仕途之路不再那么痛苦，"龛灯一寸添红穗，窗日三竿暖白头"（《杜门溪上》）。

当然，这其中还是隐隐藏匿着难言的愤愤之情，"与佛同龛得禅味，将天可问要秋听。……试看寺门留句在，已如漫灭石幢经"（《过崇效寺雪坞法师茶话》）。人生功名就如那石幢经上的诗文，终究会随历史慢慢湮灭。佛家精义的点化猛醒，尘世遭际的推波助澜，令他于缥缈梦境中重获生的希望，慰藉在心。但是，虚无梦境所构建的海市蜃楼终会坍塌，纵情任性得来的亢奋也会被生命之苦吞噬，"究竟解脱，永渡苦海，永灭苦受，永除苦蕴，永断苦觉、苦行、苦因、苦本及诸苦处"[1]。所以，王苹写了《题箐斋〈情禅图〉四首》以破迷障，解除欲望，并在其50岁生日时赋诗《戊子生日诗八月廿五日灯下作》："少日大言兼将相，老年窃慕列仙儒。平章两事休饶舌，从此耕渔长鹊湖。"

[1] 石峻等，编.中国佛教思想资料选编（宋元明清卷）[M].北京：中华书局，2014：62.

看透了这一切，该做的事要做好，该定的心也要定住。所谓定者，动亦定，静亦定，无将迎，无内外。此后，52岁的王苹加快了向佛的脚步，其《南徐张山人芝南为余作禅喜小照赋长句赠之》一诗中云："何所从去亦何来，外息诸缘内心止。……丈夫末路方缚禅，如酪合乳乳合水。"又作《自题〈禅喜图〉五绝句》，小序云：

康熙癸亥二月，吾师德州田公税驾郡城，画者于便面上，图公长斋绣佛，公题绝句五首，传和纷然，今二十八年矣。比客京师，张山人翊为作是图，因用公韵，题诗于左。盖公吟绣佛，年甫始衰；余图禅喜，齿又过之。老病侵寻，负惭知己。庶几皈心竺乾师公，晚节以自托于南丰之瓣香也。

此为和田雯之诗，追溯了向禅的心路。34岁时，王苹就受恩师影响欲向佛，"半人但得师门惜，褊性唯于古佛亲"（《养疾僧庐遣怀十首·其二》），后从"粥饭僧""退院僧""在家僧"到"扫叶僧"，终于实现了昔时之愿，"缚禅行菜狎群鸥"（《辛酉秋怀十首·其六》），从对禅宗的若即若离到"丈夫末路方缚禅"，逐渐地超越了自我，这些清静寺院的体悟与感触也促成了其诗审美上的神韵倾向，这一点将在后面阐释。

《中庸》上说"极高明而道中庸"，禅家说"高高山顶立，深深海底行"，一方面是心灵上的超越，一方面是行动上的踏实。心灵上的超越，就是禅心；行动上的踏实，就是儒行。王苹以其笃孝质直和狂狷嗜古坚定地行走着，其间难免痛苦彷徨，幸而，明心见性的禅心又使其能归向慈悲和解脱。修行即转化，熟处转生，生处转熟。他对生命的真情倾诉，饱含着"凄楚无憀之音"，又"肮脏有奇气"，正是儒行和禅心造就了"悲歌慷慨，郁陶莫释"的矛盾风貌。

第四章 "悲歌慷慨，郁陶莫释"之音

王苹一生执着地以诗自鸣，除去最后汇编《二十四泉草堂集》，前期还曾自编诗集七部：《南浮集》编于康熙三十三年（1694），王苹随颜光敩检讨视学浙江，荟萃其间之诗作；

《南浮后集》编于康熙四十九年（1710），九月，王苹南游，逼除抵家，手自排缵，得诗若干首；

《蓝尾山房集》编于康熙三十五年（1696），王苹入国子监，依户部郎中田肇丽。因赏京中丰台芍药，思念家乡济南山南芍药沟，为诗自遣，累百余篇，以寄乡关之思；

《西山纪游诗》编于康熙四十年（1701），八月三日，王苹与瓦翰林孚尹一起游赏北京西山，往还21日，得诗37篇，纪游一卷，以记"褰裳挂颒之想"（《西山纪游诗序》）；

《雪湾公车诗》编于康熙四十五年丙戌（1706），汉代曾以公家车马接送应举之人，王苹是年应试及第，故以"公车"题名诗集；

《老鹤亭诗》编于康熙四十六年丁亥（1707），谋选官，不得意，老母止其谒选。两集合为《蓼谷戌亥稿》（1706—1707）；

《袖海集》编于1713年，所选诗歌作于1711年冬至1713年年初成山卫任职之间。序云："昔苏子瞻守登州，得弹子涡石，赋诗云：'我持此石归，袖中有东海。'余沦落海曲，病苦侵寻，俯仰身世，时托之诗，以写其忧愁无聊之隐。章句渐多，因窃取子瞻诗意，以名曰《袖海集》。"

田雯曾以泉喻王苹之诗，尤其指出，其诗所蕴之诗歌心魂乃"悲歌慷慨、郁陶莫释"。王诗是生命的歌唱，透过他的歌吟，我们得以窥见那个时代文人的喜怒哀乐，聆听到寒士群体的生命之音。赠答诗展现了其与友人的诚挚情谊；咏怀诗借悲士不遇的题材反映了寒士生活的艰辛，剖析了其壮志难酬、空山埋骨的不甘与无奈；纪游诗折射出其行程际遇中仕宦功名枷锁下的漂泊与自我放逐；田园诗流露出其清拔绝俗的隐逸心态。

王苹前后期诗风略有不同，其在康熙四十六年（1707）的《蓼谷戊亥稿序》中自言：

盖余学诗已三十二年矣。夙昔僻固狭陋，绝少倡和投赠之举，诗虽不公，去俗甚远。《公车集》则丙戌得第后，一切感知结友、登临道途之作皆载焉。诗以事迁，去俗始近。丁亥留滞京师，羁栖非所。仰遐弃之青云，睹揶揄之白日，凡有属作，辄奋笔为之。生于愤，成于激，其旨已非和平，故诗多而不工，去俗弥近。……世之观余诗者，又将因诗之近俗而知余所遇之困矣。

王苹前期诗歌隐逸淡漠，"去俗甚远"，后期"诗以事迁"，诗风因人生际遇更加坎坷而转变，愤懑偏激，直面人生，"去俗弥近"。诗中始终贯穿着"凄楚无憀之音"与"肮脏有奇气"的矛盾心魂，而这与整个清初的时代背景是紧密联系在一起的。

第一节　赠答诗：兼谈文学交游

前文述及王苹性格质直，即朴实正直。他的朴实表现在与师友的真诚交往中。"夙昔僻固狭陋，绝少倡和投赠之举"（《蓼谷戊亥稿序》），所以，但凡能在王苹诗中留下追思痕迹的，一定是他铭记在心的。所与往还者有一百多人，以同郡士人、布衣文士、僧徒隐者为主，亦有官员公卿，皆真诚坦荡。

一、前辈师承

王苹先后师从叶廷璋、田雯、王士禛、徐秉义。其中，田雯、王士禛对其影响最大，诗学精神上追随山左名儒田雯，并因诗坛盟主王士禛奖引而成名，诗风暗合神韵。

（一）师从叶廷璋：枌榆父友

叶廷璋（1619—？）字子霏，号存庵，莱芜人，诗文皆能。王苹14岁"受书其门"，40年后回忆恩师作《叶丈存庵招饮抗云堂感旧一首》：

春半园蔬绿似烟，桃花细雨草堂前。昔过南返三千里，频对东风四十年。

鸡黍家风思醉止，枌榆父友重岿然。坐深转愧胜衣日，期我蓬池红药边。

颔联自注"余年十四侍先君归里谒丈堂中，今三十六年矣"，王苹称这近40年的师生情谊为鸡黍之交，不受世俗玷污，夜深忆及14年前芍药开遍的泉边，叶师的深深期望，如今惭愧辜负师心。岁月久远，情如父子，严师督促其读书之貌仍在眼前，"余少时丈有虎头食肉之目"，往昔的一切全都化作了今日的感激。

除去学业，叶丈的真性情与归隐对王苹影响深远。"热官放下太分明，亦复谁能遣此行"（《闻叶丈去官绝句》）赞叶丈归隐，"身到田园人送酒，叶冲村路自骑驴。……也似东坡刚梦破，城南来约荷春锄"（《叶丈存庵罢官归过泉上》），借江州刺史王弘"白衣送酒"之典，将叶丈比为陶渊明，又如苏轼身陷乌台诗案"梦绕云山心似鹿，魂飞汤火命如鸡"（《狱中寄子由二首·其二》）般看清仕途险恶，大梦方醒，尽情释放解脱，"老态飞扬红叶下，兴来放脚乱山隅"（《叶先生七十》）。一日为师，终身为父，适逢叶师寿辰，为其作《寿叶丈村庵二绝句》，以画《二牛图》与世无争的"山中宰相"陶弘景与参透为官之事的庄周赞叶丈淡泊名利的高洁品性，"双牛早画陶贞白，占住南山署隐居""老辈风流自不群，漆园岁月正平分"，借此表达自己对归隐的企慕。

（二）师从田雯：知己如斯

王苹的第二位老师是齐鲁二贤之一的田雯。田雯(1635—1704)，字纶霞，又字子纶(一作紫纶)，号山姜，又号漪亭，晚号蒙斋，山东德州人。清顺治十八年(1661)中进士，康熙三年(1664)中殿试，历任内秘书院办事中书舍人、江南学政等职，以户部左侍郎致仕，四十一年(1702)因病乞假回籍，四十三年(1704)二月二十三日卒于德州故里。为官近40年，清明廉正，人称"德州先生"。

田雯"天资高迈，记诵亦博，负其纵横排奡之气，欲以奇丽驾渔洋而上之，故诗文皆组织繁富，锻炼刻苦，成一家言"[1]，在"神韵"说盛行的清初诗坛，与渔洋并称"齐鲁二贤"，"文峰两地峥嵘甚，试看嵩山与华山"[康熙三十五年（1696），田雯奉命祀嵩山，王士禛祀华山，故言][2]。著述丰富，有《古欢堂集》《黔书》《历代诗选》等。

田雯是第一位改变王苹境遇的贵人。王苹少有诗名，却难入诸生，直至康熙二十二年（1683）"田司寇蒙斋以视江南学，休沐归过历下，偶见其诗，急物色之与相见，又盛称其才，始得列名诸生"[3]。一"急"一"盛"见出王苹的才华横溢、与众不同。同年，王苹的诗作《书张鹿床先生〈济南诗略〉后》亦颇受田雯激赏和揄扬，逢人犹击节"泉气粘天，光浮眉晕"数语为"聪明绝世"。

王苹仰慕田雯之学，由此开始了追随之路。为此，他曾多次写诗表达感激之情。

康熙二十三年（1684），田雯调任湖北湖广督粮道，路过济南，王苹为其送行。

次年又作《奉怀德州公楚中二首》："纫兰风细夫人庙，修竹烟深帝子祠。""夫人庙""帝子祠"皆为湘中山水之胜，王苹以"纫兰"喻田品德高洁，建树勋名，叹己之悲凄："迂酸弟子竟何如，屋破秋风未卜居"。

康熙二十五年（1686）作《上德州公书》记述与恩师的倾盖之交，多次以古代贤人佳士马融、韩愈、孔子、欧阳修、扬雄比附，如"缅丝竹于临风，身违马帐；忆俊厨于倾盖，心绕龙门"，以汉代才学渊博的一世通儒马融颂田雯，"问推敲于贾岛，能容一瓣之香；拟云龙于孟郊，谨拜三长之诲"，又以贾岛与孟郊深受韩愈赞

[1] 李元度.国朝先正事略 [M].湖南：岳麓书社，2008：1131.

[2] 田雯.古欢堂集.清德州田氏刻德州田氏丛书本.

[3] 邓之诚.清诗纪事初编 [M].上海：上海古籍出版社，1962.

赏之事写二人师情。"鞭丝帽影,年年沾马颊之花;书笈衣尘,岁岁过竹竿之巷。山姜屋里,曾许追随;尊水园中,佽堪延伫",竹竿之巷、山姜屋、尊水园皆为田雯所居之处,王苹年年驻足受学,"更善垂诱,曲赐提携。念马上传诗之日,怜袖中怀句之时。分余论之荣,足援濩落;费一朝之飨,即免饥寒",对田雯的奖拔之恩,王苹终生铭记于心。

王苹挂念恩师,常以诗记之。"顿忆田夫子,天南正建牙。白诗官里课,罗酒梦中赊。草细蛮江棹,烟深箐树花。也知吟眺际,应念病侯巴"(《病里十首·其五》),时田雯改任贵州巡抚;"祇惜删诗开万卷,传抄未到病侯巴"(《雪中十首·其六》),时田雯在黔中有《历代诗选》;"转眼青阳岁又除,登临忽忆旧园居。……而今稳卧长河曲,瓜隐风流正着书"(《岁暮感怀杂诗十二首·其四》)田雯闻名瓜隐,时已因病回籍休养。岁岁年年,年年岁岁,恩师的行踪都在王苹心头。

二人的诗歌酬答更是给了王苹有力的精神支撑。康熙三十二年(1693),35岁的王苹第四次乡试报罢,作《聊城赵生持德州公〈品茶歌〉过访,述公相念,即事书怀四首·其三》向老师述苦,"敛衣郑重对子思,邮传师门念我辞。奉母艰难年老大,逢人冷澹命支离。未干十载穷途泪,况值残秋落第时。不若骑驴红叶路,来过厭次与论诗",慨叹"天荒地老闻斯语,知己如斯只一人"。得知王苹的落寞,田雯作《王秋史下第后久无书至作诗讯之》宽慰他[1]:

款冬花放压寒云,灯火空齐倍忆君。狂态何妨嘲阮籍,科名谁解愧刘蕡。

雪残山老沧溟宅,鬼泣鸥鸣扁鹊坟。几许诗篇新上卷,晴窗寄我一书裙。

中间两联笔力奇横,将王苹比为生性耿介、疾恶如仇的阮籍和刘蕡,反问他何不摒弃世俗,纵横词场!又以济南名人李攀龙和扁鹊加以劝勉,寄予厚望,尾联用"书裙"之典邀其继续言诗作赋。此诗轻松幽默,对王苹来说是莫大的鼓励,"此曲知音希,古欢再三劝"(《水枝轩与天目夜话二首·其一》)。

《儒行》中有言:"儒有席上之珍以待聘,夙夜强学以待问,怀忠信以待举,力行以待取,其自立有如此者。"田雯深知"等待"的重要性,所以,他能理解这个年轻人的痛苦,也格外珍视他的质直品性,所以,在《〈二十四泉草堂集〉序》中

---

[1] 田雯.古欢堂集.清德州田氏刻德州田氏丛书本.卷二十二.

曾对王苹生性孤僻而致诗文苍凉大加赞赏，"悲歌慷慨，郁陶莫释"，有屈原之风，"识者叹为骚体之遗，才人之高致矣。一变而叶于金石，归之大雅，犹夫泉之垂溜天绅，众山皆响，汇为风潭万顷，而汗澜卓踔以放乎江河，讵可量哉"，他是想借此告诉王苹，泉水的奔腾不息，是要禁得住时间考验的，保持本心，才能真正入之大雅。

然而，这样的师生之谊也只持续了11年，康熙四十三年（1704）二月二十三日，田雯卒于德州，这令王苹极为伤心。秋天，王苹游北京崇效寺，见寺壁田雯题诗而慨叹"禅有一声非寂寞，诗多二老尽风流。题名寻取田京兆，更背残阳上寺楼"（《中秋与刘翰林无垢游崇效寺》）。后因感念恩师再次独游崇效寺，"长安叶落张韩少，合向僧窗说侍郎"（《独游崇效寺与雪坞道人话德州公旧事》），说不尽的凄凉！被他比为韩愈的恩师，而今，再也不能相见。

两年后，又逢初春，王苹赴京应试途中路过德州，"一带残阳旧水楼，双藤会倚转勾留。小池杨柳东风在，白尽行吟弟子头"（《丙戌春日过德州公旧第》），是年，王苹终于及第，作组诗《客中题德州公集后四首》缅怀师门，其一感旧兴悲：

平生诵读山姜集，一卷专门三十年。太息羊昙今老矣，委怀只在杜亭边。

羊昙是晋代谢安的外甥，谢安去世后他喝得酩酊大醉，过西州恸哭叔叔。30年的"知己如斯"，而今已是永远的阴阳两隔，醉酒恸哭也好，刻骨思念也好，也抵消不了心底的悲戚。年年常去的德州，已然是另一个故土的德州，而今，"晚来吟罢无归处，眼泪怀公癸亥春"（《客中题德州公集四首·其四》）。

田雯去世四年后，王苹曾写《题〈壮悔堂集〉》一文，缅怀恩师。此文记叙了对明末清初文学家侯方域之作《壮悔堂集》一书的收藏过程。康熙三十一年（1692），王苹客游德州，曾与田雯之弟田需论文（田需，1640—1704，字雨来，号鹿关，田雯仲弟，官至翰林院编修，其为文古淡深刻，有先正风格）。田需说，"朝宗文固佳，但一读即可以已，终不及震川百读不厌"，缘于"朝宗文学史汉变化处少"，这正是田雯"为诗如作史，必兼才、学、识三者而后工"观点的体现。田需许诺将《壮悔堂集》赠给王苹，次年，以事过济，访苹不值，便留下《壮悔堂集》。后来，末卷丢失，王苹于三十六年（1697）赴京师，客李比部家，往借田雯藏本补抄末卷。三十七年（1698），携钞本赴新城，装订成册。写此文时，距收藏此书已有16年，而户侍田雯和编修田需皆于四十三年（1704）卒，李比部和当时装订书籍的老仆也于四十四年（1705）去世。50岁的王苹中进士两年，谋官无成，郁悒愁闷，家居翻检是卷，物是人非，倍感伤怀："卷帙依然，师友零落，岁月兀兀，那可把玩"，"一书耳，为余所有而多今昔之感如此"。年华流逝，功业无成，人事悲欢，今非昔比。

王苹与田家感情极为深厚，因常去德州公府邸受学，"以至传先生之教，重为小阮关怀；鉴弟子之忱，惟赖二苏入郡。负墙莫及，辟咡无从；北望春风，何能以已"（《上德州公书》），以阮咸叔侄来比田雯之侄和田雯之子田肇丽，以二苏来比田雯之弟田需。

这篇小文意义颇丰，看似平静的叙述传达了王苹对恩师的缅怀，寓满了人世沧桑之叹，熔铸了师友离去心灵破碎的伤痛之感。两年后，王苹再次慨叹："头白难忘禹津路，叶黄已到鹊山湖"（《闰七夕感怀》）、"山无岁暮庚辰雪，柳少湖边癸亥春。自笑空堂双屐在，不知着出向何人"（《乙酉春日绝句》）。癸亥年（1683）初识田雯，庚辰年（1700）雪中探访，而今都已成昨，"我"该与谁同行？

在诗学方面，田雯对王苹的影响更为深远，我们放到后面诗学渊源一章中阐述。此后，王苹并没有专门撰文悼念恩师，而是以16首酬答诗歌以及一生坚定的诗学追随表达了对田师的敬重。

从得其帮助补诸生到对其诗学精神的终身秉承，师恩浩荡，"十年来往路，半向古欢堂"（《述怀寄田户部念始五十韵》），交往20年，田雯的言传身教和期许时时催促着王苹以更加执着坚定的姿态在仕途和诗歌之路上奔波着。

（三）师从王士禛：启我蓬心

如果说田雯是王苹诗歌理论上的领路人，那么奖引其成名的诗坛盟主王士禛应是王苹诗歌创作中的启蒙者。

王士禛(1634—1711)，字子真，一字贻上，号阮亭，别号渔洋山人。出身于世代仕宦之家新城王氏，顺治十二年（1655）中会试，次年得中殿试二甲。十四年（1657）八月，邀济南名士游赏大明湖，创秋柳社，赋《秋柳四章》，名闻遐迩。之后历任扬州推官、礼部主事、户部郎中、国子监祭酒，官至刑部尚书。康熙四十三年（1704），罢官归里，四十九年（1710），官复原职，次年，卒于新城。在清初康熙诗坛，创"神韵"说，提倡清新淡远、蕴藉含蓄的诗风，是继钱谦益、吴伟业之后的文坛盟主，引领山左诗群，所谓"国朝诗坛，山左为盛"。潜心著述，诗、词、散文皆善，有《带经堂集》《渔洋山人精华录》《居易录》《池北偶谈》《香祖笔记》《分甘余话》《渔洋诗话》等。

王士禛在《池北偶谈·谈艺之九·王苹》中记载："历城秀才王苹，字秋史，少年能诗，颇清拔绝俗。尝有'乱泉声里谁通屐，黄叶林间自著书''黄叶下时牛背晚，青山缺处酒人行'之句。苹师田中丞漪亭雯，而友吴征士天章雯。丙寅秋，寄诗于予，予偶以书寓巡抚张中丞南溟鹏，言苹之才，中丞特召见，引之客座，且赠金焉。苹之才，中丞之谊，皆尘中所少，故记之。"[1]在《上王新城书》中，王苹先颂王师"文章司命，十五国之庚新鲍逸，争奉典型；风雅干城，三百年之李远边微，独持诗坫"，后述己之贫贱，"历下寒儒，泉头贱子。消磨白日，年年祭歧路之诗；激昂青云，岁岁拟高轩之过"，以李贺之遇韩愈、皇甫湜自比，坦然师承之意"不图后进瓣香，私奉南丰；谨溯先河一线，遥承北面"，感喟其"嘘植""裁成"，表示"伏愿仕其志不究其愚，激之前毋抑之后"及勤学苦读追随之决心，"身非子厚，将浣露以读昌黎；才愧东坡，且披云而瞻永叔。所祈垂鉴，曷胜皈依"。

与《上德州公》相比，此文篇幅较短，显示出两人年龄和地位上的差距，52岁的王士禛任刑部尚书，而28岁的王苹不过"寒儒、参苓、瓦砾"而已。时王苹已投师田雯，但仍向往渔洋之门，"示汉唐之正轨，启我蓬心；锡燕许之鸿篇，果兹柝腹"。"文章天北斗"的王士禛所标举之诗正是王苹引以为傲的，这种诗歌审美上的一致性是先天秉性所致，故其后渔洋引严羽之言评价王苹"具有别才"。王苹曾说："昔遇莲洋于雷首，久识宗风；近师德水于鬲津，从知公法。"这是一种发自内心的"师承"，故王苹称"启我蓬心"。如徐北文所言："看来，田雯应是王苹身家出处的恩师，在诗歌创作方面，他却成了渔洋的私淑弟子。二人的诗谊并非由于理论上的

---

[1]　王士禛.池北偶谈（下册）[M].北京：中华书局，1982：461.

探讨，而是在创作方面的互相欣赏而引为同调的。"[1]计东的《百尺梧桐阁集序》中载："阮亭性和易宽简，好奖引气类，然人以诗文投谒者，必与尽言其得失，不稍宽假。"[2]渔洋论诗注重才华，不分身份贵贱。如他对吴雯的欣赏，亦"因与谈艺有合，为之延誉崇奖，而征君之诗名益大"（《吴征君传》）[3]。因此，诗歌创作上的同气相类是这对师生最重要的维系。

王苹与渔洋见面的次数有记录可查的只有两次，其他多为诗书往来。第一次是康熙二十六年丁卯（1687），29岁的王苹第二次乡试落第，客游广川（山东德州，古属广川郡），避流俗所嫉，归后病重，三年后作《雪中十首·其七》："却愁病骨支秋屋，独赏寒音蚀晚峰。好是鹊华飞雪日，狂言争座也相容。"诗后自注："丁卯冬日，新城公枉过草堂，余时病狂易。"渔洋平和包容之性情使狂狷的王苹倾心折服，终生愿立王门。康熙三十八年己卯（1699）九月，渔洋选乡先辈边贡《华泉集选》四卷，刻于京师，《香祖笔记》卷二载："予儿启涑以予私淑先生之切也，遗书宗侄苹，访其后裔。"[4]对王苹极为信任。第二次见面是康熙四十一年（1702），44岁的王苹在京应顺天乡试中举，往谒王士禛，《九月初四日感怀一首》诗后自注："王曰：'今年北榜真无异议，惜名士少，惟子与朱字绿耳。'"对王苹极为赞赏。

王苹常在诗中念及田师。康熙三十三年（1694），王苹随颜光敩检讨视学浙江，途经燕子矶，赋诗《登燕子矶绝顶用新城公韵》；四十三年（1704），渔洋从刑部尚书任上罢官返乡，十月十三日，"遂巾车就道，图书数篚而已"以至"送者填塞街巷，莫不攀辕泣下"[5]。其门人扬州禹之鼎绘《载书图》，一时多为题咏，王苹亦有《十月廿一日感题〈载书图〉后》："卢沟山色雨模糊，雁断榛寒野店孤。一带西风旧杨柳，凭谁更绘载书图"；"七十二峰具区上，独将青峭属诗人"（《舟行望渔洋山》）；"绿杨城郭是扬州，爱尔清吟到白头。好手更逢成小簇，尚书诗句信风流"（《见殷彦来属客画桥小景寄新城公》），直接引渔洋"绿杨城郭是扬州"

[1] 徐北文.济南诗风的演变与神韵派诗人王苹[J].济南大学学报，1997（1）.

[2] 钱仲联，主编.清诗纪事[M].南京：凤凰出版社，2004：637.

[3] 王苹.蓼村集四卷，清乾隆三十八年桂林胡氏听泉斋刻本（本文王苹散文皆选自此）.

[4] 蒋寅.王渔洋事迹征略[M].北京：人民文学出版社，2001：470.

[5] 王渔洋.渔洋山人自撰年谱[M].济南：齐鲁书社，2007：5104.

入诗。这些诗清雅脱俗，传达了对恩师的敬重和感佩。

王苹多次拜读渔洋著作。康熙四十四年（1705）七月，47岁的王苹作《读〈南海集〉感怀新城公三首》，赞渔洋之诗："但有井华处，能论蚕尾诗。"述己之失意："可笑王黄叶，孤怀二十年。得名自公始，失路复谁怜。""得名"与"失路"的巨大反差，令人感慨。后《渔洋诗话》提及此事："古今来诗佳而名不著者多矣，非得有心人及操当代文柄者表而出之与烟草同腐者何限？"[1]此番话语与田雯对王苹的宽慰如出一辙，意在点醒王苹要保持本性。

康熙四十六年（1707）冬，中进士谋官不成的王苹在《寒夜读〈池北偶谈〉感题卷首》诗中慨叹："才名零落王黄叶，孤负尚书二十年。"三年之后，王苹又作《题〈渔洋诗话〉卷尾二绝句其二》与王门之徒崔华相比，"人间也自呼黄叶，却少崔华七字诗"，此处是指，渔洋为崔华修改诗歌，王苹为自己未能入王门而深深遗憾。

王士祯对王苹的影响主要有两点：一是"得名自公始"，后因王苹个性狂狷，仕途之路始终走得坎坷；二是"启我蓬心"，从诗歌创作角度而言，二人性情相投，王苹的诗歌颇具神韵之风。与感激田雯言传身教不同，对王士祯王苹更多的是枉有一时之诗名而终无所成的愧疚之情，正如严迪昌所说："狂狷之士性格上又有二个软弱点，一是他们对世人'多否少可'，但在心底里又每多'世无知我者'的感慨，有寂寞感，所以一旦得到赞赏，知遇之感就格外强烈；二是此中不少人'不容于流俗'，因而他们在'志'的追求上总是受挫，失落感特强，倘若遇到有大力者的支持或提携，同样也是毕生不忘地感戴无已。"[2]

的确，在《〈二十四泉草堂集〉序》中，王士祯从孔子对中行与狂狷者的态度入手肯定了其"狂狷"性情，"然好之者终敌不过忌之者之众，故坎壈至今。秋史之诗，肮脏有奇气，不屑一语雷同，而趣味澄夐，如清泷之贯达，与其人绝相似，虽忌者不能不心折其工也"，援引老子《道德经》之七十章"知我者希，则我者贵"鼓励王苹，叮嘱"秋史但自信其狂者狷者，而穷达勿变焉，他日人与诗两无负矣"，生

[1] 王士祯.王士祯全集 [M].济南：齐鲁书社，2007：4788.
[2] 严迪昌.清诗史 [M].杭州：浙江古籍出版社，2002：489.

命终会散发出其固有的光芒。的确，王苹仕途的"坎壈"与真性情为其诗歌创作提供了源泉，终在诗歌史上留有诗名。

（四）座主徐秉义：晚得恩门

徐秉义（1633—1711）初名与仪，字彦和，号果亭，清代南直隶苏州府昆山县人，徐开法之子，顾炎武之甥。与其兄徐乾学、其弟徐元文并称"昆山三徐"。康熙十二年（1673）进士，授编修，选右中允，官至吏部侍郎，时人评为"文行兼优"，后擢内阁学士。四十一年（1702）徐秉义出任顺天乡试主考官，王苹中举，在《岁暮感怀杂诗十二首·其七》中咏其恩顾："晚得恩门虽发短，早知花事且春开。"后多次酬答言谢。七年之后，52岁的王苹拜谒座主，赋诗《十一月十八日恭谒座主昆山徐公于里第感旧述怀四首》颂扬座师专攻读举子事务："公卿半是门生行，才望还将更老兼。直似欧阳知制诰，岂同韩偓咏香奁"；"长笛颇能吟赵嘏，荒鸡谁信舞刘琨"。借赵嘏因"长笛一声人倚楼"句得名"赵倚楼"言己，虽勤苦读书，却总落第，而今终成现实，故甚为感念。

这四位老师，在不同时期不同方面引领着王苹，给予他前进的动力。

二、朋好关怀

王苹一生以狂狷的真性情示人，虽不容于世，但却收获了不少诚挚的友谊。他以诗传情，倾述心声，赠答诗近五百首，约占诗歌总数的二分之一。因"今雨书屋"之名，诗中常以"雨"喻"友"，如张鹿床、田肇丽、雪坞道人、无垢、黄子静等18位友人，"今雨多从旧雨分"（《岁暮感怀杂诗十二首·其五》）、"老怀旧雨兼今雨"（《三叠前韵答丹山》）、"旧雨年来尽"（《小饮苍存斋·其二》）；常在一首诗里提及多位友人，"寂寥禅榻与颓唐，朋好关怀各一方。二水秋帆看越石（无垢），六朝春草咏中郎（芝泉）。士龙稳醉任城酒（岳亭），仲蔚高眠句曲乡（鹿床明府）。更忆延陵诗律细（天章），故人历历识行藏"（《养疾僧庐遣怀十首·其六》）。很多友人也为其诗集作了序，如高兆、张芳、吴雯、弟子于熙学，对我们认识王苹提供了宝贵的资料。

下面分别从有着相同文化传统影响的山左友人、不慕功利的布衣文士、跋涉仕途的官场友人三个群体分析其交游赠答。

（一）与山左友人的交游赠答

清初山左诗坛承继明代诗文，继续繁荣壮大，有很多诗文兼擅的文士，王苹常与之交游赠答，如赵于京、田肇丽、孔尚任、黄子静、朱缃等。

赵于京（1652—1707）字丰原，号香坡，曾于济南大明湖之客亭（今历下亭）读书，时称客亭先生。河北大兴人（今北京），明崇祯末年，随祖父名士赵士通由顺天府迁至济南卫巷。康熙二十年（1681）举人，历任陕西临潼知县、绥德知州、河南知府，四十六年（1707）卒，归葬于济南五顶茂陵山下，入祀济南的"乡贤祠"。一生持身廉洁，待人接物和平。著有《客亭诗集》。

赵士通因其父赵光达、其叔赵光大皆为明代官吏，故以诗书琴赋自娱，绝不出仕，著有《易经图说》。长子赵吉徵和三子赵明徵参与了王士禛于大明湖天心水面亭上举办的秋柳诗会，成为"秋柳诗社"的骨干。赵明徵曾被选授为容城教谕，也未出仕，后客死他乡。其子赵于京自小便跟随祖父生活，学习《易经》，小有名气。后受山东学正王鑨赏识，入府学成为庠生。因生活贫苦，康熙二十年（1681），30岁的赵于京便到济南士族朱彩家坐馆，八月中举人，其后迎驾康熙于趵突泉，治论有策，为人敬佩。二十五年（1686），山东巡抚张鹏、布政使黄元骥重葺趵突泉白雪楼纪念李攀龙，增建白雪书院学舍后堂，并复其明代旧名"历山书院"，王苹和赵于京参加了这一风雅盛事。王苹作诗《中丞丹徒张公南溟、方伯晋江黄公天驭重葺白雪楼社集，同赵孝廉丰原纪事四首》纪之，"顿忆沧溟公，词场经血战"，称李攀龙经风历雨终成一代诗宗。赵于京则以"西园把酒王元美，夜雨烧灯许殿卿"怀念李攀龙好友王世贞和许邦才，其诗受到张鹏赏识，携入京城刊行，赵于京因此声名大振。

据王士禛《蚕尾集》记载："丙寅、丁卯间，予方里居，钟子圣舆与赵子丰原、王子秋史先后来从游，三子之才，颉颃上下，类能夐然自拔于流俗，予甚异之，非济南山水之奇旷，百年一发之，而何以有是会？"[1]文中将钟辕、赵于京、王苹并称"三子"，还指出，济南自古"名士多"，然而自边李之后，似乎近百年来没有人能传承其余绪，此三人可当此任。

康熙三十一年（1692），赵于京移居于舜井街附近的舜皇庙街王姓人家，在济南城东门之外的甸柳庄置办了田产。王苹作《香坡移居三首》赠之，"此中足幽讨，却羡济南生"，借苏轼"跬履数从圮下老，逸书闲问济南生"（《和致仕张郎中春书》）之诗意，把好友比作传《尚书》的大儒伏胜，并对其"城隅且卜居"的生活欣羡不已："耦耕村旧约，抱影守空庐。压屋山云中，沾窗水竹疏。萧晨如寂寞，招我注农书。"不仅援引陶潜"商歌非吾事，依依在耦耕"（《辛丑岁七月赴假还江陵夜行涂口》）之诗意以表赞赏，还欲与其一起"注农书"。此时的王苹居无定所："吾庐万竹园，乱水啮颓垣。多病苦侵榻，经秋草塞门。数椽余落日，十载老空村。似尔移家好，飘摇勿复论。"同年岁暮，终于购得万竹园，从此不再飘摇。

康熙三十七年（1698），赵于京升任陕西临潼知县，时常听到有人赞颂王苹，写信转告，王苹因赋诗《香坡言有为余延誉者》："词场谁复补蹉跎，见猎惊心唤奈何。老至诗篇黄叶少，春来门巷白杨多。半园水木堪料理，七尺心情渐耗磨。为报城南诸旧识，好将挑菜笑东坡。"诗人在有如猎场的科场历经惊心动魄，狂心早已磨耗殆尽，尾联引用了东坡诗句，即其晚年被贬谪惠州所作的《新年五首》其一："水生挑菜煮，烟湿落梅村。……犹堪慰寂寞，渔火乱江村。"一个"笑"字道尽心境的寂寥！王苹还在诗中抒思念之情，"泉响如呼殷正甫，风多欲哭李沧溟。酒徒一半头全白，水槛中间柳尚青"（《赵上舍宣四过访话旧二首并柬令兄香坡·其二》），既慨叹圣贤风流不再，也借殷士儋与李攀龙之交写二人之谊。

康熙四十五年（1706），48岁的王苹中进士，求选庶吉士未成，时香坡任河南知府，写信宽慰，邀其赴洛阳散心。面对挚友，王苹敞开心扉，作《别孟穀叠香坡太守韵》言归隐之愿难遂："庶几清净退，蹉跎补以羡。讵知生事牵，

[1]　王士禛·蚕尾文集 [M]. 济南：齐鲁书社，2007：1800.

遂初竟中变。"香坡长王苹7岁，故称"末契早诧君"（《留别香坡叠前韵》）。二人游历香山、龙门石窟等名胜，"欲呼白传山中主，转忆韦郎泉上人"（《赵太守丰原招陪座主仁和汤公游伊阙香山诸胜奉和仁和公韵》），怀古寄情。唐代韦应物曾写《游龙门香山泉》："碧泉更幽绝，赏爱未能去。"王苹因作《香山泉上怀韦苏州和韵》："缅维少府日，爱赏具风流。石脉多未改，水竹颇修修。……遥望白宾客，青山得高丘。持山脚碧泉，能替左司不？"诗后自注："乐天墓在左，青山与泉相望。"白居易退隐后居洛阳达18年，最钟爱香山寺的幽静，以此为最后归宿地，在《香山寺二绝》中云"且共云泉结缘境，他生当作此山僧"，王苹借追维古人再表退隐之情。

次年，赵于京改任苏州府知府，五月未就任而卒。时王苹在京候官，闻听此讯，悲伤不已："碣石朔风哀，嗟我同门友。去年宴龙门，暖寒剪洛韭。今年伤宿草，凄断重碧酒。乃知马首东，此别真非偶。交君三十年，知君有老母。至性闻乡间，先辈颇忠厚。通显顾骎骎，素衣纡艾绶。房皇心事违，悲哉河南守。"（《闻同年张阳朔尔羽卒官因感吕编修无党、朱翰林字绿、同学赵河南丰原今年相继徂谢四首》）昨日分离竟成永别，而今只能临风叹息！（四位友人同年离世，其中与香坡情谊最深，还曾为其母作《征赵孺人贞洁诗文启》）康熙四十八年（1709）赵于京侄女嫁与王苹之子王泂，不幸早逝，王苹十分悲痛，将其埋葬在赤霞山（今英雄山）下，并撰文纪念，又向各界好友征诗缅怀，这其实是王苹对挚友深厚情谊的一种特殊表达方式！

田肇丽（1661—1735）字念始，号小霞，又号苍崖、括苍。自幼聪颖、美丰仪，端庄沉毅，少时因父叔长年在外为官即处理家务，事无巨细，见者无不器重。因不满帖括之习而屡试不第，成终身之憾，"惭非科名人"。后以荫生入仕，尊父命由教习知县改补户部司务，升刑部江南司主事等职，癸巳授朝议大夫。为官谨慎负责，务求公允。因积劳成疾，病情加剧迁延十余年，雍正十三年（1735）卒。专嗜读书，无所不窥于声律之学，持论特严，自幼经田雯指点，诗文雄洁明丽。著作颇多，仅存《有怀堂诗文集》。王苹与之赠答诗有五首，集中在1693年至1707年之间，王苹还为之写了《田括苍户部寿序》。

王苹比田肇丽大3岁，几为同龄人，过往甚密，常诗文讨论、述己之愁，相互安慰。康熙三十二年（1693）秋，35岁的王苹落第，作《述怀寄田户部念始五十韵》倾诉苦闷："拔剑斫地歌，嘴距矜词场。辛苦十上书，漫减成一囊。"用杜甫《短歌行赠王郎司直》诗首句"王郎酒酣拔剑斫地歌莫哀，我能拔尔抑塞磊落之奇才"之失意王郎言己，而田肇丽就是劝勉王郎及时努力的杜甫。又云，"四下有司第，身世益悲凉。缅维中丞公，师门不能忘。负剑许辟咡，问字容循墙。十年来往路，半向古欢堂。公子又赏音，谓我醒而狂"，感激田肇丽的劝勉，把酒疗伤，"年前客杜亭，拨火话夕阳。忍冬花一架，错认水一舫。好言犹在耳，差遣刖足伤。勉我效元瑜，追维兴激昂"，述及生活黑暗，"愁见木鹤飞，横空下鹜鸪。畏听檐雀啅，错杂答寒蛰。嗒然丧心情，载起复载行。或如上木舸，或如无相旨。或如入针孔，或如坐剑铓。或如人中酒，或如叶经霜。天地为逼仄，忧来真无方"，而最终"所惜母失养，不能艺稻粱"，好友的鼓励给予他支持，重新面对残酷的社会，"三年任腾腾，再趁槐花黄。得之为亲屈，不得固其常。卤莽摅愚诚，铩羽忽翱翔。狂言五百字，只以告田郎"。能如此尽抒心怀，写至五十韵，唯此一首，"狂言五百字，只以告田郎"，足见二人交情之深。"少年同学与君好"，"那能官阁团圆坐，细说稽生七不堪"（《寒夕怀括苍户部》），肇丽在京城做官，何时才能再次相逢呢？

康熙三十五年（1696）王苹入国子监，入京依户部郎中田肇丽，有《雨中括苍示甲戌见怀诗数篇感赋四首》，田肇丽把1694年在越州怀念王苹的诗歌给他看，并倾诉为官的难言之隐，"因人作远游，六州铸大错"，好在"朋好顾关怀，仿佛登临乐。江潮自激昂，湖山同斟酌"。王苹以李将军的坚韧不拔劝勉肇丽应明了父辈之心"一幅李将军，会心山姜句"，体谅其为官之辛劳，"才非刘穆之，百函更迫促。少年视此举，妄意越流俗。屠门足自豪，讵知空碌碌。杭越山如画，苕霅水正绿。闭置在车中，往还未寓目"，述怀己之贫病，"黄梅时不晴，药垆苔花积"，"誓墓苦不坚，饥驱跨骞出"，引陆游《书志》诗"往年出都门，誓墓志已决"反讥自己依然为衣食而奔忙，慨叹"重累素心人，广厦欢颜庇。……洛诵咏怀诗，珍重数百字。纸尾嘲王郎，楼船听鼓吹。爱此作达言，江烟正如织"，诗后注括苍见怀绝句云："半生落拓是王郎，今日因人气自扬。两岸青衫看幕府，楼船鼓吹渡钱塘。"知音倾心，全是"珍重"二字。

王苹诗中多次提及这种相知相赏，《正月晦日有怀括苍民部四首·其一》中"只有关怀故人处，日来京洛梦悠悠"，曾同赏京城丰台芍药，"画省柳枝和雨种，故园蓝尾忆春锄。与君又是经时别，添得都官几卷书"，饮酒谈诗，"几许布衣萧瑟恨，思量合与饮徒歌"。深秋寂寥之夜忆起与田郎共饮，思念与日俱增："残更渐逼鲤鱼风，屋似维摩败壁通。一寸酒鳞灯穗下，半林秋响雁声中。竹深蔽榻帏分绿，霜冷堆门叶自红。记与田郎同此夕，老槐明月九河东。"（《灯下怀括苍民部》）康熙四十二年（1703）王苹礼部会试落第，三月返里，夏天作《寄括苍》抒发郁悒沮丧心情"悔向荒年才辟谷，羞从旧路又骑驴"。

王苹因田雯而识田肇丽："今雨多从旧雨分，师门东望感离群。无穷怀抱还羞我，不浅交情祗共君。"（《岁暮感怀杂诗十二首·其五》）他们性情相投，相互安慰疲惫的心灵，"不浅交情"就在这细微的惦念里，"挂得春帆真画里，知君今已过苏州"（《怀括苍》），青山绿水的平静中蕴含着浓浓的情谊。

孔尚任（1648—1718），字聘之，又字季重，号东塘，别署岸堂，又自号云亭山人，生于山东曲阜县，孔子六十四世孙。康熙三十四年（1695）初冬升任户部主事。经过20年的苦心经营，三易其稿，三十八年（1699）六月完成剧本《桃花扇》。此剧虽获好评，但孔尚任在提升为户部广东清吏司员外郎之时却被罢官。孔尚任在《放歌赠刘雨峰寅丈》诗中说："命薄忽遭文字憎，缄口金人受谤诽。"《桃花扇》虽无反清内容，但对忠明烈士史可法、左良玉的歌颂，对"开国元勋留狗尾"的讥刺，必然引起清朝统治者的不满，以莫须有的罪名将其免职。他留京两年想查明缘由，但无果。四十一年（1702）腊月，凄楚归里。著作很多，有《出山异数记》《湖海集》等。

王苹于康熙三十五年丙子（1696）与孔尚任初次见面，四十年辛巳（1701）再次拜访："逢君丙子结冬日，辛巳过君君欲归。门闭苔深藤叶大，庭闲雨细药苗肥。娥眉世路从工拙，虎尾词场任是非。安得耦耕汶阳去，松阴牛饭织荷衣。"（《雨阻孔户部岸堂赋赠》）劝慰孔尚任归隐田园，又作《题桃花扇乐府四绝句》。据《清人〈题桃花扇传奇〉》记载，"齐州王苹题"目录下有六首诗，诗后有王苹自注，但王苹在编选诗集时，只选了四首，且删去了自注，为什么呢？我们将这六首诗连同王苹的自注一起放在这里：

其一

水天闲话付渔樵，一载南都抵六朝。羌笛檀槽收不尽，蒙蒙柳色白门桥。

其二

骂座河房尽党人，陪京防乱落前尘。山残百子穷其骨，祇有春灯曲调新。

（两山互青冥，中有穷奇骨，邢孟贞山行，过怀宁墓诗）

其三

跋扈宁南凤鹤中，东林会许出群雄。那知不是张韩辈，辜负当时数巨公。

（崇祯己巳，左兵后哗皖江，时李文忠劝王北上，移檄定之，遣书钱虞山曰："吾为兄又得一名将矣。"）

其四

清制排成毵毵余，马伶小传石巢书。描摹若辈声容处，一任文园赋子虚。

（相传壮悔堂集，朝宗于辛卯下第后数日成之者，故文虽奇古，事多失实）

其五

青溪野馆明春水，北里颓垣出菜花。都入云亭新乐府，胜听白傅旧琵琶。

其六

玉茗青藤欲比肩，石渠俎豆在临川。浓香绝艳知多少，不及兴亡扇底传。

可见，注释主要涉及了一些明代史实。第二首注释中的邢昉（1590—1653），字孟贞，一字石湖，明末诸生，复社名士，明亡后弃举子业，王士禛《渔洋诗话》中论次当时的布衣诗人，独推其为第一人。第四首中，王苹言朝宗"文虽奇古，事多失实"，当是受田需之教诲。前面的四首诗先后叙述了剧作时间、地点、内容、剧中明末史实，并赞其符合历史，比较含蓄，而最后两首，一写时人于杭州云亭看《桃花扇》盛况，一首赞《桃花扇》写兴亡之悲，语义直白，而孔尚任因此剧被罢，为避祸，故王苹将此二首删去。王苹于此非常谨慎，曾用石介事劝赵同年不要吟有关政治时事的诗歌，"承平高第为山长，勿漫清吟庆历诗"(《送别赵同年二绝句·其二》)。

康熙五十二年（1713），王苹至曲阜，孔尚任招饮，赋诗《曲阜客中孔户部东塘招隐话旧》："万松深处缭垣长，黛色斜联旧草堂。诗称青春胜老铁，书成紫海类亡羊。酒徒却是骑鲸客，词社终非选佛场。只有相逢头更白，几人名辈数残阳。"以元末诗人杨维桢的"铁崖体"乐府诗赞赏孔尚任的平阳竹枝词，时王苹从成山卫辞官，故以自署为"海上骑鲸客"的李白表向佛归隐之心。55岁的王苹与65岁的孔尚任，白发相对，无限凄凉。

唐梦赉(1627—1698)字济武，号岚亭，别号豹岩，山东淄川人。清顺治六年（1649）进士，选庶吉士八年，改授翰林院检讨。唐梦赉性格磊落，直言不讳。曾上疏请罢将《玉匣记》和《玄帝化书》译为满文，并疏斥谏言官张煊、阴润之失，得罪罢归。后寄情山水，栖心禅悦，时为经世之言，但再未入仕。其诗不拘樊篱，以新颖自得为宗。唐梦赉与蒲松龄是同乡，交往较密切，是《聊斋志异》最早的读者之一，曾为之作序，蒲松龄应约为他作过生志。著有《志壑堂集》等。

唐梦赉与毕际友曾参编《济南府志》，王苹写于康熙二十九年（1690）的《雪中十首·其八》记载："峭寒略似校书时，草阁茶声数漏迟。官笔分曹编月表，昏灯无寐录风诗。"王苹曾四次客游淄川，前两次寓唐梦赉园中，两人性情相仿颇为知心。康熙二十八年（1689）秋天，31岁的王苹正准备次年的第三次科考，心情沮丧客游淄川，"剩得满头尘，东风吹复新。飞扬三载兴，卤莽二毛人。须乱皆腾上，形寒不碍春。激昂厄正热，自劳灌园身"（《岁除答西江王长公》），好友的宽慰使其情绪渐好，"东风吹复新""形寒不碍春"，喻示了新的开始与生命的力量。八年后，第二次客游淄川，"负鬻车前事已非，山堂重到恋清晖。几番徒倚摊书处，又是萧萧雪打扉"（《寓园雪中感旧绝句呈唐太史济武》），慨叹"人情到处唯缄口，世事而今只废书"（《淄川归感咏》）。孰料归后一年，便再也无法相见，"知识平生本无几，却逢零落更怆然。春悲陌巷祠前雨，秋哭般阳笛里烟。馆阁到今传雨疏，孤寒只许拔三年。汶河野水淄川路，此后西州夕照边"（《八月四日感忆淄川曲阜两检讨今年相继化去漫成一首》），颜光敩字学山，世称学山先生，山东曲阜人，康熙二十七年（1688）进士，授翰林院检讨，王苹曾随其视学浙江，此诗一同缅怀两位好友。康熙五十年（1711）第三次游淄川，《淄川望李希梅村居感忆唐太史济武绝句》："经过寒绿修修在，更忆风流来往人。"五十三年（1714）第四次游淄川，唯有孤独寂寞："东风约略是苔矶，不欲从人问翠微。一第自惭车骑少，十年谁倒典刑稀。城阴断碑溪方暖，谷口松长鸽尚飞。眼底含凄头尽白，平生期待感斜晖。"（《淄川过唐检讨豹岩墓》）此处偕鸽楼的放生矶碑为唐梦赉手题，而今只剩一只跌在，忆及唐梦赉之语："以一第相勉，谓以君之才，不自夺属将来沦于山人墨客，岂不可惜。"物是人非，56岁仍一事未就，写尽心中无限失落与怀念。

黄文渊，清代济南府历城县人，少年举茂才，文名籍甚，每试辄冠其偶，学使徐炯（江苏昆山人，康熙三十九年任山东学政）取为白雪书院长。会康熙南巡，驻跸书院，以奏对称旨，赐学宗洙泗额。末年得痿疾，以明经卒。识者惜之。黄文渊倜傥磊落，不事家人产，以祖上遗产给予其昆弟，食贫，吟啸泊如也！而其门外颇多长者车辙。书法风致自喜，时有济南三绝之谣：焦酒韩兰黄字也。著《柳香亭诗稿》，藏于家。与王苹、赵国麟均为好友，与王苹唱和之作甚多。[1]

王黄二人感情极深。康熙二十八年（1689），子静曾来授书，王苹常去其书屋吟诗论诗，后每每望书屋兴叹"野花一径隔春渠，苦竹修修裹敝庐。放罢午餐门下键，可怜名士授村书"（《行饭舍后望子静书屋意殊惘惘也》）。是年秋天，王苹为避流俗作客淄川，赋诗《淄川客中寄黄秀才子静》抒发苦闷孤独之情："灯寒竹里手对书，曾到殷家园子无。斜日河干怜旧雨，乱山驴背有新图。药畦绿灌泉方暖，土壁烟屯柳未枯。打叠归期交四九，好来穷巷待狂夫。"首联与尾联交相呼应，急于见面与好友畅谈的情感呼之欲出，亲切自然的言语间透露出二人的交情，后又作《与子静》一文倾诉心中之苦。香坡与子静是王苹年轻时最信得过的朋友，只可惜五年后，子静遭遇不测："去年惨毒遭春朝，今日颠风撼寂寥。曾对银铛悲杜密，最怜血泪祭皋陶。天荒地老冤无尽，草屦麻衣恨未

[1] 侯林，王文，编著.济南泉水诗补遗考释[M].济南：济南出版社，2014：148.

消。为报汝南须定力，斋前新柳又长条。"（《正月十七日大风撼屋念子静罹祸经年未解得诗一首》）王苹以舍生取义而名垂青史的东汉名臣杜密缅怀子静。

王苹还与济南望族朱氏家族善书画、喜吟咏的朱绅、朱怀朴交游。

山左悠久的文化传统和浓厚的文化氛围孕育了这样一群饱读儒学、诗书兼善的文人，这种独特的乡邦文化，使得王苹与故乡友人的交游赠答诗感情极为饱满，流露出真率、疏狂的个性特征。

（二）与布衣文士的交游赠答

王苹交往的布衣文士有吴雯、高兆、黄谦、梅㦚、曹希文、雪坞上人（刘德旷）等。

吴雯（1644—1704），字天章，号莲洋，山西蒲州人。原籍奉天辽阳，其父允升以举人官蒲州学正，遂寄籍于此，后于顺治十二年（1655）成进士，次年即卒。吴雯与弟吴霞由母朱氏抚养成人。吴雯"幼明慧，善属文，年十五补诸生第一"（《吴征君传》）。

康熙五年（1666）诣京师，谒父执梁熙、刘体仁、汪琬等，皆激赏之，尤以诗受知于王士禛，"因与谈艺有合，为之延誉崇奖，而征君之诗名益大"（《吴征君传》）。康熙十八年（1679）应博学鸿辞科，亦不中选，"卒以不遇，亦不悔，还所居中条山奉母"（《吴征君传》）。虽绳床土锉，破屋漏日，而啸咏自得，不易志向。是年，21岁的王苹，西游蒲州（今山西永济县）初识36岁的吴雯，"须髯嘛嘛然。饮酒不数升辄醉，醉辄左手持博饦。右手持冷炙，吟诗不辍。过其家，屋破，日光穿漏土锉上。一卷数寸许，纸敝墨渝，如市肆籍，书皆颜柳戈磔，则其近诗"（《吴征君传》）。赵执信《怀旧诗序》中称其"拙于时艺，困踬场屋中。体貌羸丑，衣冠垢蔽，或经岁不浴，人咸笑之。然诗才特超妙"。王苹与吴雯以诗文相交，友情甚笃，往来酬答各有四首诗歌。吴雯颇为赏识王苹，《赠王生》有赞，"茫茫宇宙间，赏音者谁子。爱尔慷爽人，敢论天下士。相逢酒肆中，魁杰少侪比。古今贤豪间，将无即君是。已具封侯骨，雨鞑方射雉。岂知儒风在，犹解重文史。雪花大寒近，何为裹行李。连日伏枕卧，未得走相视。惟于麟阁上，看尔声名起"，对后辈王苹寄予厚望。三年后，王苹再次客晋，吴雯在《逢王秋史》中形容王苹"下士贵目前，喜怒如婴孩"，更劝慰宽解歧路徘徊的王苹："澹泊而宁静，居然王佐才。穷矣乐琴酒，达则作盐梅。区区聊赠此，歧路莫徘徊。"[1]后还有《题王秋史苹二十四泉草堂》等诗。归乡时王苹作《壬戌三月河中留别吴征士天章一首》写离别之伤感："回首金鹅好风景，柳花飘堕正斑斑。"自蒲州一别，三年后未见，"乱叶凭陵雁阵还，双扉秋满画长关。忽传意内莲洋子，乃在津门烟水间。入洛未收盐铁论，怡亲将去太行山。更添几卷新诗好，应属琅邪不忍刚"(《怀吴征士天章》)，记录了莲洋子以贫故，因人远游，历燕赵、齐鲁、吴越、秦楚之区，抵天津，行程艰辛，晚年置圃郑谷口，面雷首山，望太华山，有梅竹各数百株，中作草堂，署名鹅馆。后来，两人曾在京师见面，之后19年再无相见。

康熙四十三年（1704），吴雯因母逝哀痛过甚，不久亦病故，葬于永济西南姚温阡。其弟吴霞将其诗文送王渔洋处，请删定并为其志墓，有《莲洋集》（二十卷）。逝世后两年，王苹为其撰文《吴征君传》寄托哀思。康熙五十年（1711）王苹入京谋官，又作《都下追忆吴征士天章旧事二首》："不见东京客，莺花高下飞。谁成耆旧传，却忆水田衣。学佛云门去，游仙绛阙归。春风吹冷炙，一饱掩双扉。"春日莺啼花开，已过半百的王苹缅怀好友，也借其学佛云游表达归隐之心，"万里昆仑水，中多尺半鱼。清吟应科目，闲醉逐樵渔。手挽莲花索，床堆贝叶书。虞乡竹深处，曾说好家居"《题〈渔洋诗话〉卷尾二绝句·其一》，更道出了王苹仕途屡挫之后对吴雯"竹隐"生活的向往："中条竹隐吴征士，名在词场四十年。卷里不如青县壁，桃花万里早流传。"王苹与吴雯虽然年龄相差15岁，但性情相投，吴雯的《赠历城王秋史二首》中叙二人的尔汝之交："梅花映深雪，几共鹦螺杯。每愧高阳侣，欣逢历下才。欢然数晨夕，竟已忘蒿莱。"他对王苹颇为理解："爱尔文千卷，依然行路难。"

吴雯在《〈二十四泉草堂集〉序》中评定王苹"少治诗，喜吟咏"，"具雅颂之才"，"所遭不偶"，多"幽咽惨淡之音"。"虽苟未得乎诗之教，则无以处夫穷饿

---

[1]　吴雯.莲洋集（二十卷），乾隆甲午秋镌，荆圃草堂藏版乾隆三十九年荆圃草堂刻本.

与愁思，苟既得乎诗之教，又何有于所遭而不能善处夫，穷饿与愁思也故于秋史，愿其为摽梅，不愿其为苦叶也，愿其为考槃，不愿其为北门也"，希望王莘能"登之为宗庙瑚琏之器"。吴雯引《诗经》之典，愿其为召南之国，被文王之化，有人求之的摽梅，而不是再熬过一个冬天，待到春天才能苦盼情人等候出嫁的苦叶；愿其成为《诗经·国风·考槃》隐居避世徜徉山水之间自得其乐的隐士，不愿其为《北门》中那个公务繁忙的小官吏。像《考槃》中所言"独寐寤歌"，潜心于磨炼，使心胸更豁达、豪迈，但并不刻意追求。吴雯自己就是在消极中保持着乐观、积极的人生态度。不管是有谋略性的退，抑或是顺其自然，都可在退的状态中了然世态，在喧嚣的世俗中平静从容，从而得到最宝贵的自然。吴雯的这番鼓励，与王士禛颇为相似。也正是有了这些师友的鼓励，王莘才得以坚持。吴雯一直未入仕，所以，"吾与秋史其共加勖焉"的话语，更见真切，也是二人友情笃厚的体现。

吴雯对王莘的影响还表现在诗歌创作方面。作为渔洋的得意门生，是他为王莘架起了通向渔洋的桥梁，"昔遇莲洋于雷首，久识宗风；近师德水于禹津，从知公法"。23岁的吴雯进谒王门时，诗歌轻微淡远，"与新城诗论自合"（《吴征君传》），至其晚年"好仙佛，淡荣利"（《吴征君传》），诗风则已发生了很大的变化，对王莘有一定影响。吴雯喜论诗，如《〈二十四泉草堂集〉序》中从诗之盛衰难易入手分析了历来诗歌发展的特点，论述了孟子"王者之迹熄而《诗》亡，《诗》亡然后《春秋》作"（《孟子·离娄下》），周王室衰微，礼崩乐坏，诗歌创作因之而衰。"然则诗之盛衰难易之间岂不亦由之乎其上欤？方今海宇理平诗之为教，自岩扩以迄，薮泽无不油油然。有关雎麟趾之意，以相浃洽，则上之所感者深宜，下之所应者盛也"（吴雯《〈二十四泉草堂集〉序》）正是对清初诗坛的总结。这些治诗之说使王莘颇为受益。

另外，王莘与吴雯在受渔洋赏识这点上颇为相似。渔洋在《吴征君天章墓志铭》中赞赏吴雯为"仙才"，翁方纲为吴雯诗集所作的《序》中认为吴雯是"见过于师者，不从门入也"，王莘亦是如此，渔洋称其"具有别才"。

黄谦（1644—1692），字六吉，号麓碛，又号抑庵。清乾隆初年编成的

《天津县志·人物传》载："黄六吉，性旷达，不涉户外事，酷嗜诗，居恒以《少陵集》自随，游篋所至辄满。与张念艺霆、梁崇此洪、僧世高结草堂社，咸推主盟。"清康熙十八年（1679）名人雅士们时常聚集大悲禅院，诗友唱和，引领文风，黄谦成为天津第一位姓氏明确的文学领袖。黄谦常将杜甫诗集带在身边，表明其取法乎上，黄谦创作勤奋、产量颇高，其诗作生前未梓行，身后遂散佚，道光初梅成栋编《津门诗钞》时，曾访得其《历下吟》《太行行草》钞本各一卷，乃将其诗作39首全部录入。

康熙二十五年（1686），王苹有《寄天津黄秀才六吉二首·其一》："报书到时水连村，读向当年竹里门。满纸关怀惟出处，无多属意是寒温。穷来未改飞扬态，诗就还余落拓痕。待得霜澄秋浦日，扁舟破浪与重论。"黄谦曾来济南，故有《历下吟》。黄谦比王苹大14岁，对其甚为关切，尾联有李白"乘舟破浪千帆尽"之意气，"霜澄、破浪、与重论"，境界一下开阔明朗起来。《怀抑庵津门》回忆了重九相逢饮酒作诗："鲤鱼风急雁痕过，有客关怀在潞河。径外白云通屦冷，门前黄叶下船多。斜行戏拓官奴帖，乱水闲群道士鹅。最忆传来重九日，词人句子酒人歌。"康熙三十四年（1695），《乙亥春夜雪中检天津黄六吉遗诗》道："苦吟只惜未成名，零落诗章百感生。海上桃花携酒看，阆中栈道跨驴行。空余妙墨存标格，但有新书见典型。昨岁西州今夜雪，伤心独我泪纵横。"诗后自注："六吉有蜀行日记。"好友今已逝，"苦吟只惜未成名，零落诗章百感生"，王苹唯有"伤心独我泪纵横"，可见二人感情深厚，也借此吟己之悲。

梅慜，生卒年不详，字芬远，号螺龛，山东东阿人，诸生，有《螺龛词》《见尧堂集》。

二人相识于康熙二十六年丁卯（1687）乡试，三十二年（1693）王苹四下有司，写《长句怀梅上舍螺龛》："报书次第来，勉我酉之战。岂知飞将军，难得鲁缟穿。"命运似乎不爱眷顾王苹，"刘岩及李张，轩轩云霄畔。朋好尽峥嵘，长夜有时旦"，好友如浦江无垢、江宁岩汝霖、德州李亥泉、清苑张西陆皆中第，独剩王苹彻夜难眠。"我时病狂易，无端哭歌变。子独耐狂夫，与语莫知倦。"让人想起能解王苹之心的赵于京、田肇丽。"试罢各散去，五年忽载见。去年聚城西，晨夕无少间。同上白雪楼，同饱青精饭。高会海岳堂，与子最相善"，王萍尽舒心怀，"重理嫁衣裳，重整秋风扇。飞扬思得当，科名殊足恋。北关远上书，东州复克选。子行夫何如，我已遭糜烂。藏身思耦孔，缩顷防人面。邑毹岂能忍，辛苦无庸叹。雕鹗满举场，搏击避鸠鹌。敢云千佛经，竟是鲁褒撰。从此烧残书，从此烧破砚。从此荷长镵，从此垂钓线。否则清净退，军持香一瓣。绝口不论文，香山策款假"。

年少轻狂，四个"从此"的赋笔，加上"否则"的转折，"绝……不"的誓言，把心中的愤懑铺排出来，竟有掷地之音。情感迸发之后便慢慢沉寂下来，"掉鞅重念子，老铁本百炼。国门多赏音，直如操左券。报章乃迟迟，思之车轮轮。恃子张吾军，望断天末雁。黄叶下山风，且听秋窗乱"。这首四十四韵的长句在雁声哀鸣、黄叶翻飞中渐行渐远，回旋在凄凉的秋色中，"掉鞅重念子，老铁本百炼"。后康熙三十九年（1700），螺龛将赴馆陶县，王萍写诗《庚辰春济南留别梅上舍螺龛》惜别："我返旧山君远出，此时偏在别离中。"

曹希文，事迹不详。王萍《曹希文〈雅放集〉序》记二人交往。康熙三十五年丙子（1696），38岁的王萍入国子监。九月既望，在海内文章之士送徐永宣南归的宴会上，"于诸君间，识希文之风流自赏，相与执手，如平生欢"。12年后，再次相遇于京师，"希文兴会标举，与订交之初无小异。余腕晚蹉跎，不知其落寞悠忽，视昔又何如也！"至康熙五十三年（1714），于俞兆晟的颖园第三次相遇，"相见相劳苦，相看皆华颠矣"，曹希文以诗集《雅放集》相赠，并请王萍作序。王萍对其诗评价甚高，"指冲以远，语奇以隽，其抗怀托兴，激昂跌荡，骎骎乎杜韩之间"，至此才明白为何曹希文不把诗作给他看。曹诗"以年进也"，就像杜甫、韩愈少年之作皆不如后期之作"沉郁顿挫、排奡妥帖之独绝于千古也"，"然则，希文之诗，其自知者审矣，其步趋韩杜者久矣"，对曹希文趋韩杜的赞赏正是王萍秉承田雯诗学的体现。相交20年，"中间升沉聚散，惟希文略与余同"，而当时宴会上的40余人一半已入仕途，但都音尘阻绝，"其若希文与余之遭者，又不知其亦如希文与余之今日否也"，"读是竟集，流连太息，漫书卷首，以俟异日更遇希文"。人事沧桑，王萍感慨万千，后有诗《题曹先辈希文云起图绝句》。

王苹多访禅寺，与北京崇效寺的雪坞道人刘德旷交往最多。王苹在《雪坞禅师塔铭》记曰："（崇效寺）建自天宝间，树枣千株，寂寞人外。花时，朝士胜流，多访师赋诗，二十余年，竟成崇效故事。如泽州陈公说岩、新城王公阮亭、德州田公蒙斋，更于师有支许之契，休沐往还，篇章赠答，各载其所著集中。"如渔洋有《甲戌五月望日，宋山言至邀过崇效寺，访雪坞法师看枣花同赋》，田雯有《坐雪坞三语轩茶话》，吴雯有《崇效寺雪坞上人种竹》等。

康熙四十三年（1704）中秋，王苹随翰林编修刘岩游北京崇效寺，访住持雪坞上人不遇，后独游崇效寺，再访雪坞上人，作诗《独游崇效寺与雪坞道人话德州公旧事》《为雪坞上人题画》。《为雪坞上人题画》品评了雪坞上人的两首画作：

其一

壬申之岁山姜屋，曾见青藤雪里蕉。旷若无天密无地，更题积雪没人腰。

其二

今日雪公银色界，一株寒绿对斜晖。似寻转境天池外，持叩维摩是也非。

其一写康熙三十一年壬申（1692）王苹在田雯处所见雪坞上人之画作，茫茫白雪覆盖天地，充满了一种难言的空旷。其二写画风的转变，前两句写实景，银色、寒绿、斜晖，三种色彩层层交叠，又错落有致，银色是整个画面的底色，落日昏黄的余晖晕染在天地之间，而"一株""寒""绿"，从色彩的底层慢慢向上，穿越了弥漫在天地间的光晕而傲然挺立，写足了后面的"似寻转境"，力挽狂澜。这组题画诗与画意融合在一起，凸显了雪坞上人品性的高洁。

每次入京，拜访雪坞上人是王苹的惯例。康熙四十四年（1705）王苹写《癸未东州大饥，思欲赋诗纪事，客子兀兀，未暇以为。今年夏五，遇竹坞于兴圣寺斋，具述壬午沂州饥馑诸状，因感忆间闻所及，即事成吟，示竹坞，得五十八韵》一诗，"禅榻姑淹留，试听蟹眼沸"，与雪坞回忆往事，如科举落第、受业于田雯、座主徐公以万寿节祭告关里至山东等，雪坞上人俨然成了师友离世之后王苹精神上的重要寄托。两年后进京，王苹又作《崇效寺与泰初上舍雪坞道人茶话》："枣花纂纂寺垣东，旧雨重论隔岁中。无事可容分虎鼠，有才何必注虫鱼。""枣花"是指崇效寺有枣花林，王渔洋曾改崇效寺为枣花寺。康熙四十七年（1708）王苹与公畅谈望水泉："对公高座鬓星星，忆我山中旧水亭。与佛同龛得禅味，将天可问要秋听。世情不尽蛮兼触，老眼无花白更青。试看寺门留句在，已如漫灭石幢经。"（《过崇效寺雪坞法师茶话》）50岁的王苹经历人生的波折，此诗由前面的愤懑问天，到最终的看透世情，浓郁的伤逝之情弥漫了全篇。康熙四十九年（1710）的《柬雪坞道人》中，王苹的情绪渐已平静："双鞋春藓厚，一径野花肥。看取因缘在，朝朝饭鸟飞。"王苹与雪坞道人的友谊正是源于对佛禅的认同。

除此之外，王苹还与西陆、张芝圃、泰初、颜肃之、质夫、曹浚原、赵维藩、黄同年、赵同年、瓦翰林孚尹兄弟、同宗画师王安节、杭州画师高树嘉、从侄香祖、从兄蔚园等友人交往赠答。

（三）与官场友人的交游赠答

学而优则仕，是众多文人的梦想，可一旦晋身仕途，便如履薄冰，残酷激烈的权势相争让朝臣不得不明哲保身，掩饰自己真正的心灵。王苹以其狂放不羁的性格和真挚的性情，收获了不少真挚的友谊。如张鹿床、唐梦赉、翰林院检讨张鸿烈、户部侍郎黄元骥、翰林院编修刘岩、景州知州周榕客等。

（四）与后学的交游赠答

于熙学，字无学，号秋溟，于其（王召）之子，文登人。诸生，雍正间附贡生。嘉庆年间官至工部虞衡司郎中，人称于水部。曾游学于济南名士王苹，康熙五十六年（1717）出资为王苹刊刻《二十四泉草堂集》十二卷。清康、雍、乾间著名诗人、书法家，藏书数万卷，著述有《铁槎漫语》。

于熙学是王苹所记有名可考的唯一学生，在《刻〈二十四泉草堂〉缘起》中记载"熙学世居文登山中，守先舍人遗书数千卷，早事声诗，一再秋赋不见首，益专其力于诗，积有卷轴"，两人论诗甚多，"我来开雪方绵蕞，君过论诗有石床"(《将去成山感咏因示无学四首·其三》),且他也是王苹在成山任职期间唯一能与之论诗之人,故成末契之交,"末契从谁托,殷何是汝师。须教用心苦,莫虑得名迟"(《赋答门人于无学四首即送其读书山中·其一》),告诫学生要用心学习,将名利置于身外,王苹真诚地述说己之经验,并在其二中指授诗论。《柬无学都下四首·其二》以大小阮的相承继鼓励于熙学奋起,"大阮从容陛楯边,小阮接武金闺前。峥嵘开济传先德,记取名家尺五天"。分别后,收到学生诗书,王苹掩饰不住内心之喜悦,"兀坐空堂冷,传来海上诗。几篇精进处,是我激昂时。砚北尊无酒,墙东雪枝在。昆仑山色好,又见大名垂"(《十一月二日喜得门人于无学寄诗》),可见,王苹非常珍视这份师生之谊。多年后,于熙学有诗《过王秋史先生故宅》回忆恩师:"后堂重到即西州,望水泉边望水愁。荒草茫茫人去久,但余临水竹篁修。"

除此之外,王苹还与刘中柱、周在延、周燕客、周在建、孔贞瑄、郭元钎、李嶒瑞、簧斋明府、俞兆晟等人交往赠答,或述别如《寄江南周上舍龙客三首》《送济南周别驾燕客之官延安二首》;或写知音之情,"眼中之人为长句,蒋诩(静山)刘桢(无垢)君而三"(《北归逼除对竹中风雪有怀簧斋明府长句》);或"共君论大雅""钱吴标砥柱,栎下更峥嵘。此后三十载,东州有践更。长河悲宿草,硕果仗新城。词社乘除会,谁堪托后生"(《景州访周刺史榕客抵家奉寄四首·其二》);或宴会尽兴,"深厄逢正热,词社尚堪论"(《小饮苍存斋·其一》),再如《九月十日李苍存招同李寅谷、林吉人、顾侠君、汪陛交、庄书田、成周卜、龚茶庵、胡元方、杨查岑、吴荆山、储礼执、王玉衡集吕氏园亭,以"爱客满堂尽豪翰,开筵上日思芳草"为韵分得堂字》等诗。

这些官场友人曾给予王苹很大帮助,但因其个性疏狂,无法在虎鼠相争中游刃有余,所以最终也没有谋得一个好官职。我们能真切地感受到他厌倦官场、欲归隐田园而不得的矛盾痛苦,在友人的劝慰中,王苹的精神也经历了一个由异常苦闷到渐渐宽释的变化。

综上所述,王苹的交游赠答诗作展示了他丰富、细腻、矛盾的内心世界,借此,我们可以更多地了解其生活状态与诗歌创作心态。

第二节 咏怀诗：寒士生活写照

勃勒和沃伦曾在《文学原理》中说："伟大的作家都有一个自己的世界，人们可以从中看到这一世界和经验世界的部分重合。"[1]王苹悲士不遇的咏怀诗，正是那个时代无数沉沦寒士生存境遇的反映，有着深刻的社会意义。

清朝诗歌较之前代，最大的不同在于，皇权对诗歌领域的热衷与控制达到了无以伦比的程度。统治者全力实施诗文化，"在康、雍、乾三朝间即已建构成庞大的朝阙庙堂诗歌集群网络，覆盖之面极为广阔，从而严重地影响并改变着清初以来的诗界格局，导引着诗风走向：淡化实体，扼杀个性。这一庙堂诗群网络大体可以分为三个层面，即：'天聪命笔'的皇帝诗群，皇子贝勒们的'朱邸'诗群，以科举仕进为杠杆的'纱帽'诗群。这三个层面组成一座宝塔型的诗文化实体，后两个群体中的某些先后被缀在网络上的汉族诗人虽时有易位，但基本状态是稳定的，而且通向大江南北、五湖四海"[2]。严迪昌《清诗史》所提及的"纱帽"群体，主要是指走科举仕进之途的众多文人，王苹就是这样一个代表。

清初统治者采取了笼络与压制并举的文教政策，科举取士制度占据着相当重要的地位。定期科举取士，每年秋八月乡试，次年春二月会试，并不断完善制度建设。获得科举功名，不但可以免役，社会地位也能得到相应提高。因此，读书应举便成为众多寒士的主要谋生手段，乃至汲汲一生，恰如顾炎武所言："一得为此，则免于编氓之役，不受侵于里胥；齿于衣冠，得于礼见官长，而无笞捶之辱。故今之愿为生员者，非必其慕功名也，保身家而已。"[3]全国读书应考者急剧增加，至顺治三年（1646）补行乡试时，连不少自命为遗民隐士的读书人也纷纷出山应考。教育机构亦随之增加，恢复和扩大国子监，积极兴办地方官学，如大学、中学、小学，且严格规定招生数量分别为：四十、三十、二十。增广生和附生是否能成为廪生，取决于生员升入国子监的数量，而往往生员无肄业时间限

---

[1] 崔秀兰.理想的寄托体：从蒲松龄的生活经历看《聊斋》作品的主人公[J].佳木斯师专学报，1992(1).

[2] 严迪昌.清诗史[M].杭州：浙江古籍出版社，2002：20.

[3] 顾炎武.顾亭林诗文集（卷1）：生员论·上[M].北京：中华书局，1985：21.

制，30年、50年甚至更长，很少有生员因年龄退学，增生和附生就难以增补为廪生。同理，生员升入国子监的机会更是极其渺茫。因此，作为寒士唯一出路的科举入仕，录取名额却并未随生员的增加而增加，乡会试平均每科录取三百人左右。如此悬殊的比例使原有官学生员步履维艰。

寒士生活在社会的最底层，背负着家庭的重担，终日奔波于仕举之路，或是朝夕之间达到人生追求的顶峰，或是唯其一生只是一介布衣。王苹一生坎坷不遇。从康熙二十二年（1683）入学补诸生成为秀才历经22个春秋的失意、彷徨，甚至幻灭而未得一第，家中又有老母，其生活的困顿和精神的窘迫，常人难以想象，"廿年发短心长客"（《郑州道中感怀》）。中进士后连年谋官无成，53岁得授登州成山卫教授又地偏路远，无以奉母，56岁乞假辞官后赴京谋新职不得，至死都在为生计挣扎。这种饥寒与困顿，是他个人生活的写照，同时也是更多寒士生存境遇的反映，具有深深的时代烙印。

一、贫病之苦：奔走于衣食，生世乃如此

年轻的诗人日思夜想通过科举改变生活，"一砚磨人志未消，荒村废圃但逍遥。……何当梦入承明路，枕上居然赋早朝"（《春日二首·其二》），"已识悬书招隐馆，何时入梦进贤冠"（《秋怀六首·其二》），然而，要实现这美丽的梦想，却需要历经坎坷与磨难，比如贫困、病苦。

对贫病的慨叹常常出现在一系列的感怀组诗中，多在每年秋冬岁暮之际写成，每组大多十首，少的二首或四首，约二十六组，秋季感怀有十二组，岁暮感怀有八组，病怀诗有六组，如《秋怀诗十首》《秋夕感怀六首》《秋怀四首》《秋日杂诗二首》《岁暮遣怀十首》《己巳病起杂诗十首》《病中四首》等，还有以"除夕"为题的九首，这些诗如同孟郊的《秋怀十五首》组诗，围绕某一段时间内的某个秋天或岁暮或除夕，集中抒写对于自身老、病、穷、愁的体验与感受，即所谓"劳者歌其事，饥者歌其食。感于哀乐，缘事而发"（何休《公羊传解诂》）。且看诗中叹贫：

秋来生计收残叶，年去名心数乱髭。（《辛酉秋怀十首·其五》）

贫家少絮忧风力，田父悬梨怅雨迟。　（《辛酉秋怀十首·其六》）

曲身无暖掩荆扉，米瓮书龛一榻圆。　（《岁暮遣怀十首·其一》）

生柴燎尽温水酒，无褐无衣屋尽头。　（《岁暮遣怀十首·其三》）

十日看山长白下，归来米瓮笑无余。　（《淄川归感咏》）

无衣无食中陪伴王苹的只有"绕灯绿满屋三间，搔屑蛮吟木榻间。苦菊负墙窥米瓮，乱风呼叶上门关"（《夜坐感咏》），所居陋室"老屋颓将半，空墙雨漏钗"（《病里十首·其六》），"料理家具少，只剩水潺潺"（《病里十首·其一》），诗人对美好生活充满渴望："行乐泉门旧病夫，搬家曾入葛洪图。茅屋云破牵萝补，虚壁花飞夹雨糊。"（《岁暮遣怀十首·其四》）年去岁来，"忍饿平生事，关门此日心"（《此日》），"半生有味饿兼寒"（《九月十九日飓风大作海水喧豗偶检箧衍得顾翰林秀野赠诗感旧用韵奉怀四首·其四》）。

诗人不得不以多种方式谋生，或筹策占卦、卖辟虐符，"自笑朝来筹策好，书生为活卖文尊"（《秋怀诗十首·其九》），或卖当季蔬果，"卖得樱桃笋未生，隔邻风堕楝花轻"（《三月廿四日》），更多的是要在园里农耕，"寻我长镵镵兼短锤，从他大马与高轩。年来何与升沉事，俎豆于陵老灌园"（《种菜》），"奉母将求禄，怜儿好读书。平生能作达，出处任何如"（《除夕》），"徒怜举举子，力疾夕阳中"（《病里十首》），这种奔波劳苦又是无止境的，"浮世从容反舌鸟，劳生辛苦叩头虫"（《斋前》），年年在外，饱尝思乡之苦，"只有今年作寒食，柳条折尽不思家"（《寒食一首》）。

生活的贫寒，奔波的劳苦，寒士往往多病：

花落城南好闭门，病怀寂寞不堪论。　（《己巳病起杂诗十首·其一》）

却愁病骨支秋屋，独赏寒音蚀晚峰。　（《雪中十首·其七》）

腾腾检点病心情，药里医方度半生。　（《养疾僧庐遣怀十首·其三》）

诗人例与药相亲，手曝乖崖不厌频。　（《曝药崖》）

惜从病后飘摇甚，坏木支撑蚀夕阳。　（《己巳病起杂诗十首·其四》）

如此往复，单纯快乐早已被麻木负重代替，"漫随俗例过寒食，不及儿时放纸鸢"（《寒食自浈口归》），"春光能几已过半，兴会即佳非少年"（《壬申二月晦日》）；青春也在落魄潦倒中过半，"遣春名士多零落，但剩泉头旧夕阳"（《园上》），"六十明朝还欠二，满天霞起肯蹉跎"（《除夕》）。

二、仕进之苦：一第复何益，淹留苦未休

王苹不仅呈现了寒士生活中的贫病奔波，更从心理角度挖掘了寒士的苦痛，毕竟科举仕进还是最主要的求生之路。王苹一生参加了六次乡试，两次会试，每次科考前后，都赋诗抒情，约20首。

康熙二十三年（1684）王苹第一次落第时，就指出"蛮触营营何自苦，相逢争说破天荒"（《试后遣怀》），引用宋代孙光宪《北梦琐言》卷四："唐荆州衣冠薮泽，每岁解宋举人，多不成名，号曰'天荒解'。刘蜕舍人以荆解及第，号为'破天荒'。"人人都争"破天荒"，其实不过是"名业争屠狗，诗书着看囊"（《柬友二首·其二》）。奋力拼搏依然失败时，也只能空徘徊："日转高槐阴渐多，经行树下叹蹉跎。浮生七十将三十，何事花黄说揣摩。"（《槐下》）这是王苹第二次落第后，叹息而立之年一事无成，"王黄叶"之诗名也受到了乡邻的讥讽嘲笑。无奈，王苹遂客游广川，孤独郁悒，归后次年深秋患疾，"流光病里去堂堂，但认酣眠是故乡。经岁支头惟药裹，半生饮恨只词场"（《戊辰深秋卧疾遣怀》）。这一病就是一年多："三十年来命压头，自甘一病绝交游。俸钱珍重投簪白，书尺淋漓隔岁秋。戴笠乘车空昔约，南箕北斗复谁求。欲寻转境无消息，望断青溪白鹭洲。"（《己巳病起杂诗十首·其九》）虽有布政使黄天驭贻金买药，鹿床明府贻书问疾，但无济于事。"百亩艰难税，一囊羞涩钱。不通名士屐，久谢酒人筵。爱柳囚山赋，和陶乞食篇。垂阳寂寂下，扶病耸诗肩。"（《病里十首·其十》）受繁重的田税盘剥，王苹再也拿不出一分钱，没有名士达贵前来造访，也不用参加灯红酒绿的华筵，落魄的诗人固守着一份宁静，矛盾的情感肆无忌惮地流淌着。康熙二十九年（1690）王苹参加了第三次科考，无奈再次落第，"急景骎骎逼岁华，经旬雪浸病夫家。屠龙有技心空热，射虎无从兴转赊"（《雪中十首·其三》）。

康熙三十年（1691），33岁的王苹因科考成绩优秀，补为廪膳生员，月给

廪米银四两。三十一年（1692）因耳病休养寺中，"不道此中真火宅，谁知两耳满秋声"（《养疾僧庐遣怀十首·其三》），三十二年（1693），四试锁厅而蹭蹬，"忍得揶揄欲满城，悠悠无复少年情。但添帖括新来恨，休说词场旧日名"（《癸酉洛口斋居》）。王苹无以承受一次次的失败和莫名的讥讽，再一次病倒："空斋黯黯羁愁晚，欲典春衣办药钱。"疾病缠身，无钱医治，是一种痛苦，才华无人赏识是更大的痛苦，"零落才名皆往事，侵寻病苦又今年"（《病中四首》）。他心中落寞，受尽煎熬，"此事应无分，三年技未工。何当慰母老，不敢说途穷。愿影秋槐下，含凄夕照中。羽毛零落尽，还受鲤鱼风"（《此事》），"鱼鸟有归处，此身乃浮梗。检点已后时，词场悔驰骋"（《秋日杂诗四首·其二》）。但不管怎样，下期科举又不得不参加，心里总有着隐隐的期望，"半生残卷输丁卯，十载长编敌癸辛。多事短墙书带下，科名一草破烟新"（《己卯正月初八日》）。此诗是王苹于康熙三十八年（1699）农历正月初八所写，以科名草（灵芝草）和书带草双关以祈科名吉兆。这其实是每一位寒士心中对自己的期许，而这祈福却又不是他们能够把握得住的。果然，第五次科考，王苹又落第了，"叶如误下考功第，花似虚开选佛场"（《九月十八日二首·其二》），诗人甚至对自己产生了怀疑，误入歧途，一切都是虚空。三年后，王苹终于中顺天乡试，有《五月三日偶作》记录在京备考时的矛盾心情："半生天问荒唐处，一辈鸡鸣冗长间。"《七月廿一日》亦有："秋风秋草闭门居，一砚槐花落照余。自笑白头为举子，胸中几许治安书。"经历了六次科考，诗人很平静，得第与落第，不过就是"偶然"，《九月初四日感怀一首》云：

曾踏槐花十九年，今朝休道上青天。半生寂寞真如此，一第峥嵘亦偶然。

榜下声闻如嚼蜡，眼中朋辈任登仙。只余老母泥金喜，拄杖开门水竹边。

诗人对榜下恭贺祝喜之音如同往日问询的讥讽，皆置若罔闻。尾联心下释然，重振家风之愿总算是有了一丝希望。但这仅仅只是一个开始，会考和谋官之路还很漫长，八年之后，王苹进士及第，"学诗年纪过高适，登第心情笑孟郊"（《庚寅元日述怀》），困留京师，"一第复何益，淹留苦未休。青袍投委巷，白日倚高楸。耳重真为累，身衰不欲愁。转怜怀刺辈，六月也披裘"（《奉寄从姑夫金丈远水》），孤僻的王苹不屑攀附权贵，耳患日益加重，进取无门，对他来说，这其实是一条杳无尽头之路。候选五年，被任命到遥远的天涯海角成山卫作教授，无异于左官贬职，诗人拖着病体，唯有饮酒遣兴，饱尝了近两年的穷愁苦闷，最后投牒归养，又回到了谋官之路上。奔波一番，年轻时那个美丽的梦还是破碎了，"纷纭春梦今犹昔，浩荡秋怀老更狂"（《秋日杂诗十首·其十》）。

能像王苹这样科举应第的毕竟还是少数，多数终生不第，而且生员中只有成绩列岁，科试一、二等方可参加乡试，有的寒士甚至连诸生都无法补，王苹如果不是田雯拔赏，也很难取得科考的资格。《万生国宾，年三十又三，未补诸生以殁，感赋二绝》感慨道："门外春畦手自锄，灯前秋卷竟何如？青衫裹骨竟无分，从此乡人不读书。"即使"青衫裹骨"也不能踏入科举之路，"柳花寒食分齐路，谁哭贪书万布衣"，愤激中透出无奈，谁能给天下寒士一条活路？在《吊张布衣》中，王苹借古言今：

其一

拜杖谯楼血肉飞，少年帕首奋重围。惜君生后陈同甫，独使丹阳有布衣！

其二

浅土松棺雨一围，纸钱扑地乱花飞。剧怜埋骨空山后，更有何人道布衣。

张布衣即张泰运，在明末"上书开府，陈战守之策，不用，杖四十，推堕城下，不死"，凄苦生活50多年，八十有二。"独使丹阳有布衣""更有何人道布衣"，王苹痛心疾呼，为有志难伸之士鸣不平。

面对其他寒士的下第，王苹感触颇多，如47岁作《东州榜至方与肃之对酒念诸同学下第感愤成咏》："眼青海右浮云处，头白京华落叶中……因君转忆当年恨，蹋尽槐花路未穷。"50岁作《赋慰徐上舍泰初下第》："一番科名又莫容，萧条席帽际秋冬。昔年俭夫惊谈虎，今日先生过好龙。霜白且将如发短，叶红正自比春浓。城南目断昭陵路，多少飞鸦下夕春。"诗中既安慰他人，又安慰自己，"叶红正自比春浓"，56岁作《赋慰孙秀才叔陶下第见过》："西风吹寂寞，忽漫欲耕渔。此事非无分，平生况有书。黄寻秋巷叶，绿剪夕阳蔬。浊酒墙东在，凭君话遂初。"经历了漫长的进士及第、谋官仍不得意的王苹内心已经十分平静。

多年考试，让他看清了科场的真相，"飘零酒境逢残客，留滞词场恕老生"（《辛酉秋怀十首·其三》），多少年老未能进举的生员，都只能借酒消愁，"俗情转益秋云薄，生事侵寻蜀道难。不见西风丛桂发，几人头上进贤冠"（《辛酉秋怀十首·其四》）。"世上读书颠纷白，几时悬印鱼垂紫"（《长句送客之官襄陵》），他引用了汉时官吏"羊续悬鱼"的典故，批判官场的黑暗和险恶，"鸟熊向后从禽戏，虎鼠如今任客嘲"（《庚寅元日述怀》），引用东方朔的《答客难》，言士人在朝"用之则为虎，不用则为鼠"，全凭执政者之操纵。

王苹或写自己或写身边友人，真实再现了天下无数举子的心路历程。这些期望和梦想，失败和痛苦，对科场现实的认识，非亲身经历难以体会。他所体会的痛苦与忧思是令人绝望的，如同这喷涌的泉水，汩汩流淌，不可测度。它是扩散性的，向着生命的深处蔓延。诗人冷静地记述着这一切，远远观照着这份绝望超出了个人和时代，因此，这份悲歌慷慨也就带有了普遍和抽象的意义。

三、民生疾苦：愿风忽凭陵，不平鸣不已

经历人生的困顿挣扎，晚年的王苹对民生更为关注，在《西还次潍县，遇成山学博之官，辄赋长句送之》一诗中曰：

> 君行教授孤岛边，我亦窝公经两年。曾记宫墙颓及肩，三间茅殿风雨穿。簠簋安在蟏蛸悬，生徒樵渔贫可怜。一朝春秋俾几筵，盘辟无仪云周旋。酸薄酒醴瘠牲牷，神不顾飨何有焉。守土者谁废豆笾，尊俎不知知屯田。……陋邦风土难拘牵，思之心悸纷华颠。四月花开桃李妍，五月披裘听杜鹃。天寒屋破余几椽，没腰苦雪支头砖。瓜瓠堆盘老且坚，怪鱼入馔须连鬈。下箸瑟缩遑论钱，浮世人生惟食眠，君胡官此同郑虔。

他以杜甫的"广文先生官独冷"，表达愤激不平，在感慨自身处境恶劣之时也将视野扩及社会，"生徒樵渔贫可怜"，甚至连祭品也常空缺，礼乐教化更无从谈起。《癸未东州大饥，思欲赋诗纪事，客子兀兀，未暇以为。今年夏五，遇竹坞于兴圣寺斋，具述壬午沂州饥馑诸状，因感忆间闻所及，即事成吟，示竹坞，得五十八韵》一诗，记载了康熙四十二年（1703）山东灾害的惨状：

山东百州邑，告凶同日至。大吏但长吁，监司乏末议。无粟苦开仓，无谋苦决眦。更有苍鹰徒，肉食逞恣睢。……流亡里闬空，田庐卒污莱。骨肉鬻中途，大半沟壑弃。米价不肯平，县官秦越视。扰扰劓桑人，皮骨存愕眙。朝馔屋上茨，晚食道傍肌。榆面共柳糜，珍重至馈饴。春来复大疫，十室九户闭。兽疾中饿夫，牛医争相致。死者为虫沙，存者亦魑魅。

面对水灾，贪官污吏不顾百姓死活，抬高米价，盘剥灾民，以致出现人吃人的惨状。这触目惊心之景，是对盛世统治者极大的讽刺。王苹身处京师，听说故乡丰收在望，难以抑制喜悦之情："海右重有秋，岱畎来牟半。回首屡丰年，惊心无岁叹。一朝闻齐音，欢喜辍吟玩。碧浪连村翻，黄云隔陇散。遂使悬磬家，忽有腰镰伴。私愿满篝车，隐忧纾宵旦。吁嗟大小东，社少鸡豚案。山城虎冠横，野田兔葵乱。今年大获麦，气象应如盟。"他似乎看到了家乡麦浪滚滚的丰收之景，兴奋之余又不由忧虑，"回首屡丰年，惊心无岁叹"，即以前也有丰年的预兆，但因"山城虎冠横"，丰收变灾年。这是对杜甫"穷年忧黎民，叹息肠内热"直面悲惨人生精神的继承。

吴雯在《〈二十四泉草堂集〉序》中说："济南王子秋史少治诗，喜吟咏，气刚而行修已，得性情之正而又值风声广被之时，宜其处草泽而能具雅颂之才，独其所遭不偶，郁郁不得志，而其所发犹多为幽咽惨淡之音。"后又举韩愈《送孟东野序》的结尾："抑不知天将和其声而使鸣国家之盛耶?抑将穷饿其身，思愁其心肠，而使自鸣其不幸耶?"不管是得志而"鸣国家之盛"，还是失意而"自鸣不幸"，两者都是"不得其平则鸣"。"老树类奇士，秋深尚苋苋。愿风忽凭陵，不平鸣不已。"（《秋日杂诗四首·其一》）这种不平则鸣的寒士精神，一脉相承于《诗经》的写实讽喻以及《离骚》的愤懑以抒情之精神。

第三节 纪游诗：半榻青灯客子魂

清人魏裔介说："文不游不能奇，诗不游亦不能奇。何者? 人虽有思有怀，亦必以山水之气突兀激荡之，而后笔墨间具风雨争飞、云霞倏变之态。不然，坐守穷庐中，虽取两汉、六朝、三唐诗，咿呜摹拟，终是优孟衣冠，全无生动处。"[1] 王苹一生为衣食奔走，游幕之际，行踪遍及不少地方，所谓缘游幕而得游历，纪游诗一百多首，占其传世诗歌总量的十分之一。这些诗是诗人一生行事、履迹的复现，深情地诉说着客居异地的落寞心境。同时，诗人因外出游历，诗境大开，由闭塞的自我走向广阔的世俗天地，履痕处处，少了几分偏激冷漠，多了几分天地万物，"行藏欲誓先人家，诗卷姑存客子篇"（《岁暮杂怀十首·其十》）。

王苹一生所去之地大略与友人与仕途有关：山东省内的德州4次、临朐1次、淄川4次、汶泗（泰安、济阳、曲阜、蓬莱等地）5次、成山卫2次；省外的蒲州（今山西永济县）2次、江浙2次、河南1次、北京16次（见表4-1）。汶泗之游最多，在江苏、河南、临朐、北京等地所作诗歌较多。"水事无多即淮泗，山情大半在金焦。"（《题苍存雪江垂钓图二首》）其游历生活，多是漫游与宦游结合，逃离世俗，排解忧愁，为官而游、游中求宦。

一、客游广川

康熙二十六年（1687），29岁的王苹第二次乡试落第，家居不宁，行前作《与香坡》与友人赵于京告别："郡城(济南)风景依依，正自不恶，况仆性耽闲寂，岂肯一日相离！徒以此中除一二素心外，其余流俗所称知名之士，皆视仆如大黄巴豆，实不能容，故不得远依知己，暂作避秦之计。"遂客游广川（山东德州，古属广川郡），居田雯家，此处虽可以向恩师求学，但客居异乡依然寂寞苦闷，"客里焚香偏寂寞，村中载酒自逍遥。夜来梦入嬉春路，白雪楼前柳万条"（《丁卯二月德州怀泉上》），他在《与子静》一文中说虽然有"二三学子可与晤对，奈心情骚屑，兴会蹒跚"，他所思考的是"旧学销亡，今吾安在"。在《示叶生》中曰："涉世不如读书，求友不如静坐。好饰不如安贫，得名不如寡过。"王苹矛盾痛苦似万念俱灭，远游成为他化解挫折的一种方式。五年后，又客游德州，与田雯之弟田需论文。1706年和1710年赴京途中路过德州，写诗感怀："十载京华路未休，又看春草过陵州。东风吹得平生感，多在黄河古渡头。"（《过

[1] 魏裔介·兼济堂文集（卷六），北京：中华书局，2007：13215.

德州》）是的，这里承载了他太多的记忆。

二、汶泗山水

王苹还常常到泰安、济阳、曲阜、蓬莱等汶泗之地纾解心中忧愁，有五次。康熙三十八年（1699），"七载重为汶泗行，依然歧路一齐伧"（《早发奉符道中》），此为第五次乡试落第之后。四十八年（1709）冬天，"儒衣三十载，四为阕里行……老矣子夏儒，怀哉樊迟耕"（《曲阜谒先圣林墓书怀一首》），此为三年谋官无着落。在《过临清怀寺诗人谢茂秦》中吟咏后七子之一的谢榛，既表达对先人的缅怀与敬意，也暗含着自我的伤感："寒水双城野渡边，百年此地茂秦传。而今香巷知何处，也似江山空浩然。"五十二年（1713），自成山归里家居后，十一月二日又有汶泗之游，"汶泗频过双鬓短，科名自笑十年贫"（《将为汶泗之游感赋》），至曲阜，孔尚任招引，倾诉心曲，岁暮返济。

王苹在汶泗山水之游中，观景悟禅。王士禛曾说："说山水之胜，自是二谢。"[1]谢灵运在物象的描述之后往往引入玄理，通过自然形象参悟哲理。王苹的五古山水诗亦如此，巧妙地将禅理、禅味糅合其中，如《秋日与客登千佛山过法华庵茶话》一诗结尾流露出他对人生的感伤："劳生复何为，岭云正舒卷。"在登泰山作《登日观峰四首·其二》中，诗人同样领悟到了禅学的真谛："松磴乱空碧，山禽窥清晖。何来远寺钟，天风是耶非？矫首忘心想，回瞩息世机。屐声与石齿，下有白云飞。"

三、南游故土

王苹一生先后两次南游。第一次是康熙三十三年（1694）36岁，随颜光敩检讨，视学浙江，荟萃其间之诗作，编为《南浮集》。诗人四次落第，此行也为纾解忧愁。诗人先至丹阳（今江苏省南部）晚眺六朝旧地深秋之景，后游历燕子矶（江苏省南京市北郊观音门外，长江三大名矶之一）作《登燕子矶绝顶用新城公韵》：

---

[1] 何世璂. 然灯记闻 [M]. 上海：淞隐阁，清光绪五年（1879）.

江山二十三年别，老大重来上上头。地是并州如旧识，人非洗马对残秋。

投鞭妄语随烟冷，麾扇虚名逐水流。搔首六朝天堑在，不知寒日下沙洲。

自14岁随父迁济，至今已是23年，重回故地，感慨万千。扬州城中的洗马桥在萧瑟的寒秋中默默不语，见证着时间的流逝，而人却难以抵挡风尘的变迁。几经沧桑，苻坚"吾之众投鞭于江，足断其流"的妄语和秦淮二十四航之一的麾扇渡的辉煌早已随着滚滚尘烟逝去，古之天堑秦淮河今日还在，而六朝已湮没在历史的洪流里。王渔洋任扬州推官时曾独攀崖顶，于石壁上题下《夜登燕子矶》"悲慨下沾襟，此意谁当识"，名传金陵。王苹在此既悼古又伤己。在江宁（今南京），遇同宗画师王安节，叙所居济南二十四泉之风貌，嘱其为图，到句容（今江苏省东南部），拜访83岁的张鹿床，至广陵（今属扬州中心城区），作《广陵与从兄蔚园天池话旧》掩饰不住的遗憾和愧疚："细数宗门衰落甚，残更霜叶上寒厅。"故土江南是王苹一生魂牵梦绕之地，两年后，身处京城还时时回忆，"昔作江南行，地经吴越楚。官船苦闭置，兴会在何所。两岸过名山，苍翠纷如雨。任渠落篷窗，空听一枝橹。今朝风日好，嬉春思江浒。鱼庄放桃花，人家飞白羽。小市卖河豚，村盘堆粗粝。历历若目前，信美非吾土"（《长安春日遣怀六首·其五》）。

直至17年后即康熙四十九年（1710）才有第二次南游，九月逼除抵家，得诗若干首，辑为《南浮后集》。次年，作《〈南浮后集〉序》，序云："旅琐单只，穷冬雨雪，逾河涉江，往还四千余里，所至辄阻。中间祇入吴谒阁学徐公于昆山里第，赋诗四章，为不负余之跋涉。自余则愁忧病苦，一切坎壈拂乱之举，皆余夙昔所时有者，遂不复有诗。而对江都之寒流，览南徐之盛概，与其地仁贤游处，兴会偶及，又辄寓诸篇什。其语浅，其指近，聊以记一时之行迈而已。"行前有《长句留别都下诸同学》，颇能表明心志："神骏骨蚀昭王台，桑乾河流贾岛宅。衮衮软尘横古今，归乎归乎就鱼麦。""就鱼麦"化用唐代诗人元结的《贼退示官吏》"将家就鱼麦，归老江湖边"，表明宁愿弃官，归隐江湖，也绝不去做那种残民邀功、取媚于上的所谓贤臣。

王苹中进士四年，依然谋官无成，看清了"京华到处似弈棋，琵琶饭甑名士鲫。溺灰早伏燃灰时，今雨不来旧雨客"的现实，"怀归真作废愿文，山中大好有泉石"，他平静地面对眼前的起伏变化，"词场潦倒三十年，差免残杯谢冷炙。况思载酒江湖行，看山一路枫叶赤。沿洄浮玉入山阴，钱唐高浪望千尺。可知谁寄办装钱，此去我具山水癖。蹉跎病耳比冬郎，逼仄离居素心隔。从来人言长安好，今日西山插笋碧"，人人都说长安好，但在"我"看来，澄澈的自然山水才能放置纯净的心灵。诗人放下世间纷扰，怀揣着那颗备受摧残零落但又不甘颓败的炽热之心，全身心投入自然的怀抱。

此行途经卢沟桥宿奉符县，舟行大运河至江苏宿迁、高邮县甓社湖口、南京天宁寺，至昆山拜谒徐秉义，舟行望江苏邓尉之南太湖之滨的渔洋山，至江苏吴县，游无锡、镇江、扬州、淮南、山阳，之后归途入山东境，行经沂水县、泰安。一路山水，一路秋景，诗人借助忘机鸥鹭传达归隐之情：

归听寒泉蹋冷云，小园人外数鸥群。（《途次怀健夫即用其送别四绝句韵其一》）

桃花何处问鸥边，甓舍重过十七年。（《甓社湖口》）

吟残钓具数轻鸥，满地江湖欲白头。（《吴门道中》）

更有松鹤梅竹相伴：

搔首青冥里，松声更鹤声。（《题店壁》）

茶试名泉上，梅看拂水滨。（《舟中赠二南客》）

雪后官梅一番新，朱丝东阁净无尘。（《绝句》）

絮语听泉逢阿假，半肩松色到柴门。（《雪后张检讨毅文见过话旧》）

王苹依然保有那颗素心，"思君俎豆于陵好，只读农书种树书"（《途次怀健夫即用其送别四绝句韵·其四》），以健夫效仿于陵仲子隐居不仕表己志，"仕途聊复尔，吾道未全非。好是家泉上，东风起翠微"（《扬州雪后遣怀》）。秋冬的扬州，虽然少了春日烟花的氤氲，但遍地垂柳，依旧摇曳出满城绿波，如一幅书画长卷在眼前徐徐打开：

初地重过鬓渐丝，一溪寒绿十年时。（《冒雨入虎丘寺》）

昔年同过天宁寺，鸭脚风凋满院秋。今日重来深竹里，夕阳寒绿使人愁。（《天宁寺感忆从兄蔚园》）

斜阳燕子家仍在，东阁梅花客未贫。更是眼明群从好，也如寒绿上阶新。（《赋答从兄天池和韵》）

"寒绿"一词意义有所不同，前两首是深秋的悲凄寂寥，后一首借助燕子和梅花意象，表明初春的到来，这幽寒中的一层新绿，生机勃勃，或许，这是王苹对家族的美好期望，"临流却感门风在，质实谦和料尔知"（《江行怀侄星次》）。另外，王渔洋司理扬州时曾作《自招隐登夹山入竹林寺》，也有类似语句，"暝坐竹林里，山山静寒绿"，不知王苹是不是受其影响。同时，王苹又赋诗《舟行望渔洋山》《见殷彦来属客画桥小景寄新城公》表达对老师的思念与敬意。

两次故土之游给王苹留下了美好的记忆。《南浮集》与《南浮后集》详细记录了游踪，今天虽不能读其全貌，但透过现有诗篇，还是可以感受到王苹生命之旅的点滴触动，隽秀的山水也使他的诗歌呈现出更多的清丽之色。

四、客居京城

赴京城和成山卫则是为摆脱生活的贫苦不得不踏上的宦游行程。

王苹曾在康熙四十年（1701）的《西山纪游诗序》一文中称："盖余自甲戌来游上都，中间四入国门。"何曾料到，此后十年间（1701—1711）将年年奔赴京城，一生总计16次。"堕地在滹沱，远游从兹始。十四诉江淮，驾言归我里。岂识行路难，登临且欢喜。二十穷依人，西涉黄河水。向后岁月多，大半戒行李。前年渡钱唐，去家三千里。还山突未黔，又来燕市里。奔走于衣食，生世乃如此。"（《长安春日遣怀六首·其一》）王苹在京师留下了大量诗篇，记录了仕进科考、游幕的悲喜忧愁。

康熙三十五年（1696）王苹入国子监，第二次入京，依户部郎中田肇丽。时值京中丰台芍药盛开，而每年此时，家乡济南山南芍药沟都会繁花盛开，去年家居时王苹曾移植数本，植于泉上，故"春雨空庭，辄思泉上敷紫抽芽，依依风景。顾出而逼仄旅人，徒借为诗自遣，累百余篇""庶几永嘉诸人望洛之义乎"（《〈蓝尾山房集〉序》）以寄乡关之思。因芍药别称蓝尾，故诗集名为《蓝尾山房集》。如《长安春日遣怀六首》："济南似江南，山水天下无……风花作寒食，负此空踟蹰。"无奈只能"勾留复勾留，高歌京洛行"，八年后又作《芍药绝句八首》寄托乡关之思。这种客居异乡的羁愁在《夜坐怀泉上》一诗中更为浓厚："一溪寒绿圆官径，半榻青灯客子魂。"

康熙四十年（1701），王苹第四次入京，八月三日与瓦翰林孚尹一起游赏北京西山，往还21日，得诗37篇，纪游一卷，编《西山纪游诗》一卷，以记"褰裳挂颊之想"（《西山纪游诗序》）。一路兼程，"客中山水缘仍在，眼底登临兴未孤"（《八月三日出西直门望西山一带》），途中之乐不仅仅有"野水枯荷烟万顷，渔湾残照柳千株。鸀鹕一双横空去，飞向前山裂帛湖"（《高粱桥》）这样动静结合的自然景色，还有寻幽的乐趣，"劳生岩壑尽，明日更幽寻"（《寻碧云寺路不得晚投遗光寺宿》），入眼即美景，"老树折纸如马远，数峰破墨亦关仝。铃儿乱放碧涧底，钟子忽鸣黄叶中"（《山行即目》），这景致仿佛从马远和关仝两位画家笔下脱胎而来，但又不是静止的，铃儿花正盛开，金钟子在鸣叫，充满了勃勃生机。

其后接连九年入京。康熙四十二年（1703）45岁，礼部会试落第，返里途中借怀古以言落寞之情："席帽骑驴古战场，燕南赵北去茫茫。关河发白残花里，驿路衫青浊酒旁。"（《癸未三月白沟河道中》）四十三年（1704）赋诗《寒食绝句》："唐花落尽减心情，客子光阴鬓底生。屈指行年四十六，京华七度过清明。""半榻空墙草又黄，新栽秋竹学人长。此中门闭京尘隔，正好科头看夕阳。"（《题寓舍二首·其二》）即为诗人京城生活剪影，草黄竹长，岁月流逝，诗人谋官无望；在京城最为快乐的是与友人宴饮论诗，"遗山论到苏黄尽，介甫编成李杜非。扰扰词场尊酒在，且看塔影变云衣"（《访陈山人健夫西峰草堂适客携酒过饮论诗和健夫韵》）；诗人还常常随翰林编修刘岩游北京崇效寺，访住持雪坞上人，茶话遣闷。然而更多的日子是寂寞的，"老钝旅食成，东州欠无书"（《望家书不至用少陵韵》），唯有"斋前风叶笑先生"，"伧夫心情更不狂，京华竟过九端阳"（《重五雨中》），年过半百的王苹历经人生波折，已经失去了年轻时的气傲，内心的郁悒愁闷也无从排遣，"欲从饮来苦无伴，自登科后转多愁"（《排闷》），只得借助诗歌，将心中的愤恨懊悔凄凉一一道来，"几就朝窗暖，尘凝夕榻深（句下自注：寓客多晨出午归，晓起得一亲砚席，过此则喧沓矣）。浮沉曾未了，事事旅人心"（《长安闲居遣怀十首用唐人姚秘监韵·其五》）。浪迹京城，百无聊赖，"扰扰京城已白头，眼中难遣是勾留。日来何处无拘束，不在僧窗在酒楼"（《西河沿酒家题壁》），这听风雨绸缪的奔波何时才能结束？"烟痕不断霜痕浅，一路寒芜水四围"（《霸州道中》）。

诗人"浩荡长安欲十年，腾腾何处醉华颠"（《遣怀》），年年所见之景，"酒旗如旧识，春草自深愁"（《大通桥春望》），再如《题寓壁》，"鱼藻池东草渐肥，又从此地掩荆扉"，周而复始，真是"形或如灰似杜机"（唐顺之《有相士谓余四十六岁且死者诗以自笑》），依然"劳劳四十七年非，更是今朝与愿违"（《思归》）。康熙五十三年（1714）冬，小雪过后，辞成山卫之官的王苹赴京师，谋新职不得，"种种颠毛满洛尘，肯将裘敝悔游秦"（《十二月廿五日抵泉上》），五十六年丁酉（1717），最后一次入京，除了刊刻诗集，别无所获。

五、成山仕宦

如果说16次京城之旅充满了奔波之苦，那么康熙五十年（1711）冬至五十二年（1713）五月成山卫任职期间，留给王苹的则是一种被抛离的孤寂之苦。他写下了很多诗篇。

成山在山东荣成市东北，明初为防倭寇入侵而设卫，有官办卫学一所。明朝后期，威海卫、成山卫、靖海卫一并划归文登县，过去屯地劳作的军户不需再种地，卫所的寄生阶层加重了地方负担。清朝初期顺治二年（1645）开始裁卫并所，成山、靖海卫只设守备一人，负责管理卫中之事，兼屯田等事务。卫学教授一员，王苹即任此职。康熙二十年（1681）欲再次裁卫，"莱阳、文登二县及大嵩、成山、靖海三卫，士民联名公呈……"要求保留，直至雍正十三年（1735）四月，雍正帝下诏裁卫，设荣成、海阳二县。此地教育落后，"晚来墙缺西风急，笑数渔樵几度归"（《题〈朱雁山房图〉七绝句·其五》），王苹所管皆为该地秀才，秀才为谋生皆已与渔樵无异，似与内地州县之斯文者不同，"其地斥卤，生从事樵渔以活，不知文墨"（《上座主长白徐公启》），流露出无奈之意。在《将去成山感咏因示无学四首·其三》中言："我来开雪方绵蕞，君过论诗有石床。"不过，卫学教授也只是一个没有用武之地的闲职而已。

王苹一路途经明水、淄川、潍县、莱州、黄县。他借用谢灵运"浮舟千仞壑，总辔万寻颠"（《还旧园作见颜范二中书》）以叙述游踪开篇的方法引领读者步入行程，犹如进入山水长卷，"树老龙山长白路，桥分百脉净明泉"（《明水感旧》），"冲县四邻夕，河声白浪寒"（《潍县旅次》），"岁晚过黄县，人烟满翠微"（《黄县》）。诗人的复杂心情也随之一一呈现：

何日卖山易，平生行路难。离骚殊悔读，误我远游冠。（《潍县旅次》）

游子知吾分，劳人笑此生。垂鞭感风景，寒水对荒城。（《莱州》）

乱山行不尽，歧路问多非。……隔林至樵唱，应是负苓归。（《黄县》）

成山是中国大陆的最东端，古称天水郡，是"中国的好望角"，"九州之外更名州，此地何曾天尽头。可笑东门丞相篆，摩崖不见见沙鸥"（《题〈朱雁山房图〉七绝句·其二》），秦相李斯曾立古碑，并篆书"天尽头"三个字，而今早已不见。诗人自嘲自解"雪深门外夕阳迟，又是天涯别岁时。独笑先生如作达，激昂诉与野鸥知"（《十二月一日雪后》），"深冬、夕阳、饥鸟、鬓影、浊酒、松枝、白云、秦皇路、潮青、日主祠"，这一切就是荒城孤屿的所有，唯有与鸥鸟倾心交谈，"乱山一带知何处，但数寒鸦几点归"（《野望》），"窥""燎""数"等动词，真实再现了诗人的孤寂心情，生命就在这停滞的思维中，在这期盼与无望中点点滴滴流逝。"荒寒知似儋州否"（《绝句示石秀才》），诗人顿有苏轼被贬至儋州之落寞，极度的失望转化成辞官的渴望，"商略天涯成二老，诗简书尺只言归"（《除夕得质夫寄诗和答》）。因成山卫值穷海之滨，距历城七百公里，莅官数月，终不敢迎养老母，"病试宦情鸡肋少，拙营母养版兴迟"（《三月十日坐雨示儿泂》），遂投牒有司，乞假归养，一时未复。深冬的海岸山石崎峭，巨浪飞雪，气势磅礴。"忍饥海岸看残雪，坚闭山扉卧冷云。饷尔屠苏一尊酒，醉来好作《送穷文》。"（《送酒与石秀才襄白》）在与友人石襄白秀才的往来唱和中，王苹度过了在成山的第一个除夕，"海曲今宵灯火少，人家都在月明中"（《元夕》），本应亲人团圆之夜，却只能空羡他人。

在"葵藿人垂老，斋盐道更尊"（《雨后课竖子挑菜》）、"蒿莱但满门"（《友人馈斗栗》）的生活里，喝米汁度日，饮酒消愁，无药医病。唯有海味丰富，诗人感叹，"口腹乃累人，天涯感欲泣。沦落夫何如，朋好幸无缺。溉釜访墙东，梅花树下客"（《友人饷银溪巨鲫用东坡韵束谢》），友人相慰极为珍贵，"今朝一囊栗，旧雨半秋痕"（《友人馈斗栗》），如此，生命才不至于枯寂。

虽然"荒城二月不闻莺，满地东风草未生"（《寒食绝句》），但寒冬即将过去，"今日墙东好风景，半枝初放白梅花"（《二月晦日子太学宅盆梅初放即席四绝句·其一》），"秦庙桃花海上春，成山草色酒边新"（《无题绝句六首》）。春天的到来打开了王苹紧闭的心扉，多处游赏，"蹉跎平生类萧瑟，自喜真见三峰高。急呼成连如可作，朱弦遗音林水交"（《秦桥行》），流连于董桥曾隐居的松椒山、天水庵，看满园"海棠大放鼠姑肥"，感叹"春尽谁能独掩扉"，享受"蝶为土香冲屐上，燕知巢冷破云归。悠然有约邻翁喜，明日还来典薜衣"（《四月初三日过邻园》）之乐。然而，秋之萧瑟又使诗人陷入抑郁，"此身自笑是天涯""林壑心情虽有味，关河岁月只无家"（《宁海道中》），自蓬莱返回成山，荒城又一次掀开他内心的伤疤，"秋来肠断知何处，只在秦桥断岸东"（《秋望》）、"潮打荒城日下春，一年人住际秋冬"（《即目》），"斋朝盐暮仍为客，斗北箕南是改官。且把清谣送心曲，惊涛声里达长安"（《九月十九日飓风大作海水喧豗偶检箧衍得顾翰林秀野赠诗感旧用韵奉怀四首·其二》）。终于，康熙五十二年（1713）五月，乞假归养得准，"地偏独往看云起，心苦终为负米行。只有夸张逢海市，东风欲笑济南生"（《将去成山感咏因示无学四首》），自注："成山海市，土人亦不数见，四月二十二日，乃于墙缺见之，如长廊深树、高城戍楼，异矣！"这种孤独冷清的"闲赋成山闷荷锄"的生活以"夸张逢海市"的奇遇结束了。康熙五十三年（1714）秋，王苹赴成山卫请俸，"那知地僻儒衣满，都在秋风秋草边"（《抵成山诸生郊迎者数十人，赋示一首》），场面极为感人，是成山卫留给王苹最美的回忆。王苹将此期的诗歌编定为《袖海集》。

客居他乡的漫漫旅途中，王苹执着于诗歌创作，吟咏山川名胜、吊古伤怀，借纪游以抒发身世之感和不平之气。这些源于内心深处的呼唤吟唱，动人情怀，熠熠生辉。

表 4-1　王苹宦游分布

时间＼地点	德州	淄川	汶泗	成山卫	临朐	蒲州	江浙	河南	北京
1679						1			
1682						2			
1687	1								
1689		1							
1692	2								
1694							1		1
1696									2
1697		2							3
1698			1						
1699			2						
1700			3						
1701									4
1702									5
1703									6
1704									7
1705									8
1706	3							1	9
1707									10
1708									11
1709			4						12
1710	4						2		13
1711		3							14
1711.10—1713.5				1					
1713.11			5						
1714		4		2					15
1715					1				
1717									16

第四节 田园诗：对陶渊明的接受

历代诗人对陶渊明诗歌的认同与继承随着岁月的变迁渐次增多，不同时代不同境遇的诗人各取所需，都能从陶诗中读出不同的韵味，在灵魂与灵魂的共鸣中，延续着陶诗永远不灭的生命。王莘因与陶渊明有着相似的寒士经历、相同的生活情趣，对陶诗接受颇多，增强了对生活困苦的承受能力，对陶诗艺术与审美范式的接受，在其诗歌观念和诗文创作中也有鲜明的体现。其二百余首田园诗中，或直接提及陶渊明，或化用陶诗典故、意象、诗句以及意境的诗歌达百首之多。本节着眼于接受视角，分析王莘的田园诗，借此反映清代诗人对陶渊明接受的一个侧面。

一、王莘对陶渊明接受的原因

首先，受明清易代之际的隐逸风气影响。这主要是缘于清朝统治者以程朱理学钳制人们的思想意识，大兴文字狱，消弭汉民族的反抗意识，士人承受着屈辱，谨守底线，隐居不仕。

其次，他们有相似的人生经历。王莘仕宦多舛，遂于康熙五十二年（1713）引疾归里，隐居乡村终老。他亲历并目睹了寒士身居下僚的痛苦，他与陶渊明都经历了由仕而隐的人生轨迹，陶渊明对人生态度的超脱和淡然，深深吸引着王莘自发地向着"陶氏"生活方式靠拢。

最后，更为重要的是他们性情相似，有着相同的秉性操守和生活情趣。陶渊明追求心灵的自由洒脱，不堪"为五斗米折腰向乡里小儿"，而最终挂官归田。《归去来兮辞》中他提到为生计所迫才就任县令，最终还是因为"质性自然，非矫励所得，饥冻虽切，违己交病"而辞职归隐，《归园田居》中道出了对仕途的厌恶之情："少无适俗韵，性本爱丘山。误落尘网中，一去三十年。羁鸟恋旧林，池鱼思故渊……久在樊笼里，复得返自然。"陶渊明还曾在《晋故征西大将军长史孟府君传》述其本性："行不苟合，年无夸矜，未尝有喜愠之容。好酣酒，逾多不乱；至于忘怀得意，傍若无人。"钟嵘《诗品》将陶渊明推为"古今隐逸诗人之宗"[1]。王苹同样也是禀性归于自然：

爱随麋鹿迹，巾屦满晴岚。（《山行杂诗十首·其五》）

无故自远麋鹿性，有家翻梦鹊华山。（《己巳病起杂诗十首·其六》）

迂将禀性投新识，冷算明年食旧贫。（《岁暮遣怀十首·其七》）

性原难适俗，身已不禁愁。（《长安闲居遣怀十首用唐人姚秘监韵·其九》）

视仕途为樊笼，向往抛离尘杂：

伧夫合去挥锄否，扰扰尘中为底忙。（《偶咏》）

迟回燕子惊相语，似道伧夫只合归。（《送友人佐郡梁州三首·其二》）

在《病里十首·其十》中道："百亩艰难税，一囊羞涩钱。不通名士屐，久谢酒人筵。爱柳因山赋，和陶乞食篇。垂阳寂寂下，扶病耸诗肩。"不受馈赠，这恰与陶公"不为五斗米折腰"的精神吻合，"青鞋布袜风流甚，好踏泉声访隐沦"（《甲子人日》），他与陶公一样有着"守拙归田园"的人生志趣，深知自己不属于官场，"本分生涯惟种菜，寻常行乐只看山"（《春日述怀四首·其一》）。"那能官职如殷尹，纵有诗名岂李边。七十二泉须笑我，湖山管领竟华颠"，这首58岁的《自嘲》写尽其对诗歌与山水的倾心。

陶渊明在《五柳先生传》一文中作自画像："好读书，不求甚解，每有会意，便欣然忘食。性嗜酒。家贫不能常得……常著文章以自娱，颇示己志。"[2]王苹同样也以柳为友，诗中约有46处。"删存莫负空泉望，什伯惟教老树知"（《鹊山湖亭怀张明府鹿床三首·其三》），这老树便应是指陪伴其一生的那些柳树。"十载垂杨看比邻"（《己巳病起杂诗十首·其十》）、"两树垂杨又几围"（《赵上舍宣四过访话旧二首并柬令兄香坡·其一》）、"又见枯杨长碧丝"（《岁暮遣怀十首·其二》）、"柳尽花残又一年"（《秋怀诗十首·其八》）、"春变枯杨又几丝"（《岁暮杂怀十首·其四》），在日日相伴中捕捉自然的变化，"寂寂闭门时，柳花自开落"（《寒食》），自己的痛苦垂杨分担，"寂寥也自成料理，只有垂杨缕缕知"（《寒柳四首》），"祇只枯杨如笑我，心

---

[1]　钟嵘.诗品全译[M].贵州：贵州人民出版社，1992：92.

[2]　袁行霈.陶渊明集笺注[M].北京：中华书局，2003.

情竟似杜樊川"(《甓社湖口》），而每次外出回来，也有垂杨迎接，"归到柴门还插柳"（《寒食自涨口归》），晚年还专门为伴其一生的泉上柳写诗："池上长条水浸根，雪痕未了间霜痕。来看年少今头白，又历殷家几叶孙。"（《望水泉上柳》）。异地看到杨柳也分外亲切，"人家杨柳如相识，只少篱根鸭嘴船"（《浒山涨二绝句东行经此涨水渐减今弥望麦垅无复烟波矣·其二》）。春去冬来，四季皆柳，"春痕蕴藉家家柳，花气凭陵树树莺"（《己丑清明日登白雪楼》）、"摆落垂杨绿几群，颓垣满酿一秋云"（《秋怀四首·其四》）、"须眉净对寒峰直，门巷闲垂冻柳斜"（《雪中十首·其四》）、"垂杨寺路最销魂，去日长条几绿痕"（《无垢编修示见怀三绝句和韵奉束·其三》）。

王苹还以"林园主"一词表达对田园的向往，约6处，如：

当春爱作林园主，对酒思提将相权。（《除夕》）

闲抛将相权，爱作林园主。（《题涿州李中丞西溪草堂六首》）

明朝为语林园主，遮莫清晖对别筵。（《东圃山池留别颜上舍肃之》）

陶渊明好读书，"常著文章以自娱"（《五柳先生传》）。王苹对诗书亦有类似情怀："槐风竹翠北窗匀，手把残书读数巡"（《养疾僧庐遣怀十首·其二》）、"春来种菜还行药，老去贪书岂爱眠"（《夕阳寮和大轮道人四首·其一》）。因此，在创作目的上，二人是相似的。流连诗酒生活、执着于诗歌创作是王苹接受陶渊明的另一个契合点。这两点将在后面王苹的狂狷性格处细致分析，暂不赘述。

还需一提的是，王苹曾为京师落拓纵横的贡生赵维藩年作《赵东篱小传》，此人怪诞，不能诗而喜征名人诗，稍不如意，则谩骂嘲诮，"状貌嶔崎、胸无城府""慕陶潜之为人，自号东篱"，还为其赋诗两首《东篱诗为赵生赋》《赠赵生》。两人并无深厚友情，这似乎是王苹追慕陶渊明的体现。赵维藩任性求真的性情引起了王苹的共鸣，"身非仕隐惟耽酒，贫有心情但咏诗。合向越州岩壑去，与君处处似相宜"，借此抒发内心之情志。

无论是漂泊途中，还是回归故里，田园都是王苹心灵宁静的港湾。"乡里从谁笑此翁，柴门行菜夕阳红"（《束栉园·其一》）、"尽教萧瑟平生在，春草柴门未必非"（《深巷用前韵》），在这里他会自然而然地想到陶渊明、接受陶渊明。

二、王苹田园诗接受陶诗的艺术表现

王苹沉沦下僚，对农民、农事、农情有着深切的关注与体会，诗中多有陶味醇厚的田家语，田园诗的整体风格和陶诗一脉相承。

（一）直接提及陶渊明

此类有7处，现列举如下：

公荣亦任三升酒，元亮非矜五斗腰。（《岁暮遣怀十首·其八》）

爱柳囚山赋，和陶乞食篇。（《病里十首·其十》）

拟学渊明招近局，南村岂尽素心人。（《秋夕感怀六首·其一》）

往来不必陶柴桑，斋戒不必履道坊。（《甲申春日程少参坡士以其小照属题为作句》）

吾诗未和陶元亮，尔辈偏如鲁仲连。（《抵成山诸生郊迎者数十人赋示一首》）

身惭孟六堂堂去，岁逼陶潜故故来。（《岁暮感怀杂诗十二首》）

此会无庸陶栗里，今朝乃见赵东篱。（《东篱诗为赵生赋》）

这些诗句多表达了对陶之人格的敬慕，或借陶言志，或借慨叹陶之际遇言己。

（二）化用陶诗典故、意象、诗句

诗中化用陶诗典故列举如下：

素心（5处）

无赖年华次第消，春光偏与素心遥。（《岁暮遣怀十首·其八》）

拟学渊明招近局，南村岂尽素心人。（《秋夕感怀六首·其一》）

重累素心人，广厦欢颜庇。（《雨中括苍示甲戌见怀诗数篇感赋四首》）

生世何不谐，云谁素心人。（《水枝轩与天目夜话二首·其二》）

蹉跎病耳比冬郎，逼仄离居素心隔。（《长句留别都下诸同学》）

数晨夕（5处）

奉母灌蔬常教儿，书声泉声数晨夕。（《长句留别都下诸同学》）

竹许听秋数晨夕，袖容携海话团圞。（《辛卯七月将归东州述怀留别都门诸同学四首》）

书乱数晨夕，瓯香供劝酬。（《长安闲居遣怀十首用唐人姚秘监韵·其九》）

得君提倡数晨夕，差胜下棒争钳锤。（《题津门孟太学守斋小照》）

过从晨复夕，委巷即南村。（《客中述怀示从侄香祖上舍十首·其十》）

近局（3处）

拟学渊明招近局，南村岂尽素心人。（《秋夕感怀六首·其一》）

犹是只鸡招近局，依然山鸟怪儒衣。（《春日述怀四首·其四》）

近局赛社余，道我真庸惰。（《送别毅文检讨还淮上》）

桃源（3处）

桃源如可作，不胜此林塘。（《山行杂诗十首·其九》）

试问捕鱼人，桃源在何许？（《题垂竿戴笠图》）

熙熙如出桃源途，捞鰕射鸭充庖厨。（《长句题禹鸿胪慎斋卜居图》）

三径（2处）

竹外寒威三径满，墙阴蛩语一秋微。（《秋怀诗十首·其六》）

贫来但恃蒿三径，病后惟余水一村。（《雪中十首·其二》）

嗟来（2处）

嗟来又过桃花粥，归去虚抛杜宇天。（《遣怀》）

归去岂无味，嗟来宁有情。（《八月一日感怀赋寄儿洞四首·其一》）

北窗（1处）

有酒郎东篱，得诗皆上卷。何不北窗中，凉风赞画扇。（《赠赵生》）

还有很多化用陶渊明诗句、诗意，如：

"半开孤店熟新酒，一老掠钱赛社神"（《麻湾口号四首·其二》）、"瓮无酒熟浮蛆少，榻有云来擘絮频"（《雪中侍母孺人溪堂茶话因及平生感赋》）中"熟新酒""酒熟"之于陶诗"漉我新熟酒,只鸡招近局"(《归园田居·其五》)。"耦耕村旧约,抱影守空庐"(《香坡移居三首·其二》)、"安得耦耕汶阳去,松阴牛饭织荷衣"(《雨阻孔户部岸堂赋赠》)之于陶诗"商歌非吾事,依依在耦耕"(《辛丑岁七月赴假还江陵夜行涂口》)。"羲和方秉辔,峰顶光熹微"(《登日观峰四首·其二》)之于陶诗"问征夫以前路,恨晨光之熹微"(《归去来兮辞》)。"何处篠篆有敝庐,空存老树与清渠"(《南园》)、"耦耕村旧约,抱影守空庐"(《香坡移居三首·其二》)、"敝庐饶荒寒,荧荧煨枯蔓"(《水枝轩与天目夜话二首》)之于陶诗"众鸟欣有托,吾亦爱吾庐"(《读山海经·其一》)。"愁予不类秦人瘠,得句胜于漂母餐"(《留别乐园上舍限韵》)之于陶诗"感子漂母惠,愧我非韩才"(《乞食》)。"饥驱秋半到茅堂,榴实离离百个强"(《岁暮感怀杂诗十二首·其三》)之于陶诗"饥来驱我去,不知竟何之"(《乞食》)。

还有间接和陶,如《春日述怀四首·其二》:

学书学剑奈疏庸,合住巉岩第几重。词社于菟会自许,命宫磨蝎任相从。空存远志羞三釜,肯拟新街署七松。解道世情寒暖外,春云冉冉上高峰。

其中,"七松"是援引了唐代张乔的《七松亭》一诗意:"七松亭上望秦川,高鸟闲云满目前。已比子真耕谷口,岂同陶令卧江边。临崖把卷惊回烧,扫石留僧听远泉。明月影中宫漏近,珮声应宿使朝天。"

陶渊明生活在偏僻的乡村,极少有世俗的交际应酬,也极少有车马贵客造访。正因为没有俗事俗人打扰,所以"白日掩荆扉,虚室绝尘想"(《归园田居·其二》)、"长吟掩柴门,聊为陇亩民"(《劝农·其一》)、"园日涉以成趣,门虽设而常关"(《归去来兮辞》)。王苹生性内向,对陶渊明的幽居十分向往。其诗中"门"意象非常多,共有79处,以"柴门"最多有33处,其次为"荆扉"24处,除此之外还有"柴荆"7处、"松关"6处、"双扉"3处、"白板扉"2处、"扉"2处、"门"2处,其中,表示关门之意有37处,"掩荆扉"18处、"闭门(门闭)"11处、"键(掩)松关"4处、"闭柴关"1处、"深闭"1处、"关门"2处。

如此之多的"门"意象,使我们了解到了王苹柴门生活的丰富:从地点上看,有身处故里的"延伫风泉音,柴门在深竹"(《重阳日思归理溪堂读书》)、"竹里关门旧水边,春禽相唤隔春泉"(《溪堂偶成柬香坡太守》),有羁旅途中的

"鱼藻池东草渐肥，又从此地掩荆扉"（《题寓壁》）、"隔浦凫翁冻欲飞，人家犹自掩荆扉"（《霸州道中》），有客居他乡的"此中门闭京尘隔，正好科头看夕阳"（《题寓舍二首》）、"山自纵横海自围，草深一丈掩荆扉"（《题〈朱雁山房图〉七绝句》）；从时间上看，有春日的"老屋关云白板扉，春风欲变菜花肥"（《春日二首·其一》）、"过却花朝寒食近，一春半在闭门中"（《花朝绝句》），有秋日的"灯寒菊苦掩荆扉，何处淮南雁又归"（《冬夜读程松圆集有怀从姑父金丈远水》）、"搔首都亭秋色老，料应扫叶掩松关"（《途次怀健夫即用其送别四绝句韵》），有寒冬的"雪屯破屋掩荆扉，枯树寒泉响四围"（《雪中十首》）、"今日雪中闭门始，只教七十二泉知"（《雪中》）；从生活内容上看，有静心休养的"病榻经年卧，双扉尽日关"（《病里十首·其四》）、"樱笋风光病里春，柴门深处草痕新"（《己巳病起杂诗十首·其十》），有忘我求学的"辛苦十心知，门闭忍冬馆"（《客中选订三十年诗稿，属客抄成，感赋，十叠粲字韵》），有寻禅访友的"慈仁寺侧掩荆扉，旧雨能来即当归"（《夕阳寮和大轮道人四首·其四》），有友人诗书往来的"扫叶斜阳里，柴门有报书"（《得同年曹先辈浚原寄书》），有烹茶消遣的"最好溪堂小雪日，香温茶熟掩荆扉"（《小雪日绝句》），有守岁之夜的"手燎松柴偎曝余，溪门深闭岁将除"（《得李布衣小东寄书》）。当然，更多的还是充满自然之趣的"絮语听泉逢阿假，半肩松色到柴门"（《雪后张检讨毅文见过话旧》）。

凡此种种，诗人皆意在幽隐，"溪路独寻行药客，柴门忽过袖诗僧"（《秋日杂诗十首·其十》），"行药客""袖诗僧"都是诗人自我写照，"曲身无暖掩荆扉，米瓮书庋一榻圆。饮罢且完今日兴，年来不问此身归"（《岁暮遣怀十首·其一》），诗人任性自然，不问归何处，也不需问，归处就是尽兴与幽居。

（三）艺术风格似陶渊明

王苹接受陶渊明的艺术风格主要表现在以下两个方面：

其一，古朴淡雅之气。

如《长安闲居遣怀十首用唐人姚秘监韵》其八："老树隔邻绿，相看不世情。风流半墙影，鼓吹一蝉声。宿草多先友，余波几后生。同龛问弥勒，何故尚求名。"其九："病耳安能污，思量胜许由。性原难适俗，身已不禁愁。书乱数晨夕，瓯香供劝酬。因循销夏好，兀坐即深秋。"诗中流露了诗人"不戚戚于贫贱，不汲汲于富贵"（《五柳先生传》）之情。

"新笋千条欲过墙，高槐阴正午风凉。开门忽见邻翁喜，知是秧青麦尽黄"（《泉上》）写邻翁丰收后急于传递喜悦的瞬间情境，感情朴素真挚，与陶诗"清晨闻叩门，倒裳往自开。问子为谁欤？田父有好怀"（《饮酒·其九》）如出一辙。诗人不但好与处士、古先生交往，更喜与洗尽铅华的山野村夫同行，"残照东风野水昏，千丝杨柳乱柴门。行人袖短余寒在，笑指田家老瓦盆"（《河间大风即目》），诗歌以轻快的语调展现出乡村简单却充满趣味的所见所闻，一路颠簸，一路欢歌笑语。

"梦彼蓁藿佳，岂其必思鱼。延伫阿假来，归荷空山锄"（《望家书不至用少陵韵》）亦与陶诗"种豆南山下，草盛豆苗稀。晨兴理荒秽，带月荷锄归"（《归园田居·其三》）一样躬耕田亩。"团圞最喜亲闱健，笑我吟成破帽温"（《除夕》）写除夕之夜，亲人团聚之喜悦，尽享天伦之乐，与陶诗"携幼入室，有酒盈樽""景翳翳以将入，抚孤松而盘桓"解官归田的欣喜何其相似。

"春畦绿坼雨痕斜，闲诣南邻问种瓜。行到篱门好风景，一溪新水涨桃花"（《雨后》），与田夫野老共同分享收获的喜悦，共同探讨种瓜的技巧，颇有陶诗"相见无杂言，但道桑麻长"（《归园田居·其二》）的园居情趣。"但听农谈炊黍少，且看兄喜缚鸡肥。明朝赛罢村南社，料理空堂杜德机"（《晚归田舍感咏》），字里行间洋溢着缕缕田园气息，诗人从劳作中品尝到生活的真味，全诗给人一种淡定安适之感。"一段春畦绿，獠奴摘雨痕。长吟风味在，细数土看存。葵藿人垂老，齑盐道更尊。何当旧水上，剪韭闭柴门"（《雨后课竖子挑菜》），这雨中劳作之景，源于诗人的劳作生活，自然、浑朴、浓郁，带给我们真切的农家感受，而这也正是诗人"如何践平生，齐民识要领。农书更编摩，稳得长馋秉"（《题李上舍苍存种菜图》）梦想的体现。

但是，"剧怜贫贱身将老，苦爱渔樵愿亦违"（《雪中十首》）因家贫不得不放弃归隐，流露出诗人的无奈，以及对陶渊明"衣沾不足惜，但使愿无违"（《归园田居·其三》）的欣羡。"竹里清寒昼闭门，多君载酒还相存。酒边无雪不能醉，只许今朝破帽温"（《苦寒水秀才携尊见过》）更是无比向往陶渊明式的酒朋相伴、自由洒脱的生活。只是"浮沉曾作狂泉饮，险巇由他妒妇津。拟学渊明招近局，南村岂尽素心人"（《秋夕感怀六首·其一》），诗人期盼着"披草共来往"的友人，可以如陶渊明那样"闻多素心人，乐与数晨夕"（《移居》）。

其二，闲适清远之境。

在陶渊明笔下，白云、归鸟、菊花结缘，安闲疏旷，成为隐逸生活的不可或缺的要素，成为诗人逃离世俗、追求自由精神的寄托。王苹在诗歌意境上也着意继承与发扬陶渊明的"泛此忘忧物，远我遗世情"（《饮酒·其七》）的清远之风。

比如《岁暮遣怀十首·其八》：

无赖年华次第消，春光偏与素心遥。公荣亦任三升酒，元亮非矜五斗腰。

寒水养云将向晚，饥鸟散雪欲归樵。自惭书本迂闻见，不耐从人说市朝。

此诗前二联化用了陶渊明的诗文"素心""元亮""五斗腰"写无人知晓的寂寞、不为五斗米折腰的品性。颈联上半句写傍晚时分于泉水中看到天上浮云的倒影，云在一湾水中，自在舒卷、无忧无虑，故"寒水养云"，这是自由超脱的隐逸生活，下半句写饥鸟于雪后归樵，两句正对应陶诗"云无心以出岫，鸟倦飞而知返"（《归去来兮辞》），云的"出岫"是有意无意的，鸟因为"倦飞"归巢，一切都是顺其天性，正合陶渊明的精神。但尾联的"自惭""不耐"，又透露出诗人不平静的心。杜甫也曾拟陶作诗"水流心不竞，云在意俱迟"（《江亭》），这两句表面看来似乎抒发了一种水流不滞、心亦不竞、闲云自在、意与俱迟的悠闲平静的心境，但此时的杜甫身处四川，流离失所，面对"逝者如斯夫"的江水慨叹不已，水匆匆地流，而我的心不与你去争。面对时间的消逝，是不愿争，还是再也不能争？故此处言外之意是，水尚且可流，而自己却不能！这其实是一种更深的忧伤，是一种表面"欲罢"而暗喻"不能"的悲哀。他在尾联中说："故林归未得，排闷强裁诗。"这是一种欲出不得欲回不得的苦闷，故"云在意俱迟"。王苹的这首诗歌与杜甫有异曲同工之妙，用云与鸟的意象表现了人心与云水的默契，造化的顿悟，但同样又蕴含着一种欲归不得、欲出无奈的矛盾心态。

在王苹诗中，"云（霞）"意象出现了约14次，"秋云""云破""寒水养云""乱云""青云""云衣""白云""山云"，云已经成为王苹生命中的亲密伙伴，"只对云山添寂寞，渚禽沙鸟莫相疑"（《甲戌春日独游历下亭》）。

诗人于田园觅得澄澈的人生之趣。"通屣乱泉边，溪门满寒绿。幽人何处寻，正放几丛菊。延伫晚香余，黄叶下秋屋"（《访友人不值》），诗人任性而往，适性而归，"幽人何处寻，正放几丛菊"岂不正是陶诗"采菊东篱下，悠然见南山"（《饮酒·其三》）的自然之境！诗人所见皆由肺腑溢出，浑然天成，"厨烟冷竹中，一径春芜薄。寂寂闭门时，柳花自开落"（《寒食》），颇有陶诗"欲辨已忘言"之味，留给读者无尽的审美享受。"闭门深处竹修修，明月平临一径秋"（《中秋遣怀》），诗人在大自然中陶冶出的恬静平和的心境，渗透了色空的观念，柳花的自开自落是超越一切的洒脱，修竹中荡漾的明月体现的也是一种清静无扰之境。"卖得樱桃笋未生，隔邻风堕楝花轻。柴门草长日亭午，秖有新来燕子声。"（《三月廿四日》）这些诗歌洗练简净，并没有对景物作细致的刻画，而是重在表现对自然的微妙感受，舒淡近人，呈现出陶诗中的"禅意"，所谓笔淡情浓，象少韵远。

再如，"往来不必陶柴桑，斋戒不必履道坊"（《甲申春日程少参坡士以其小照属题为作句》）又隐然有陶诗"心远地自偏"（《饮酒·其五》）的超然出世。

这些诗作，都是王苹真性情的再现，也是对陶渊明人品和诗歌创作极为尊崇的体现。当诗人真正融入田园静悟人生时，或直言陶事，或化用陶意，颇得其味，虽然还达不到陶诗的至淳之境，但率真、自然、清远的诗学精神承袭陶诗，体现了王苹对陶诗艺术与审美范式的接受。

作为清初著名的山左诗人，王苹对陶渊明的接受丰富了陶渊明在清初的接受之链。

第五章 韵致与情趣的审美趋同

王苹的诗歌是其个性天才的充分展现，也是他在前辈先贤引导下的默默涵养，既有狂士的慷慨悲歌，也有隐士的清幽淡雅，极具艺术张力，邓之诚先生在《清诗纪事初编》中对其评价极高，"才情之富，语言之工，并世罕传"，绝非妄言。

第一节　不粘不脱：读画说诗相往复

"书画异名而同体"[1]，并称姊妹艺术的诗与画结合产生了题画诗。明代胡应麟言："题画诗自杜诸篇外，唐无继者。"[2]清代沈德潜言："唐以前未见题画诗，开此体者，老杜也。"[3]这种说法过于绝对。清代王士禛在《居易录》卷二中的描述似乎更为合理："宋淳熙间，孙绍远稽仲纂古今人题画诗八卷，为《声画集》。因念六朝已来，题画诗绝罕见。盛唐如李太白辈，间一为之，拙劣不工。王季友一篇虽小有致，不能佳也。杜子美始创为画松、画马、画鹰、画山水诸大

[1] 张彦远. 历代名画记 [M]. 杭州：浙江人民美术出版社，2019：2.

[2] 张小庄，陈期凡. 明代笔记日记绘画史料汇编 [M]. 上海：上海书画出版社，2019：247.

[3] 朱弃等，撰. 皖人诗话八种 [M]. 合肥：黄山书社，1995：299.

篇，搜奇抉奥，笔补造化。嗣是苏、黄二公，极妍尽态，物无遁形。虞伯生尤专工于此，《学古录》中歌行佳者，皆题画之作也。入明，刘槎轩、李西涯、沈石田辈，以追空同、大复，皆拟少陵。如有好事广而续之，亦佳事也。"

在这样一种诗歌氛围中，清初济南著名诗人王苹也创作了不少题画诗，颇为精到，有47题66首，大多作于1695年其赴京之后，或是评论绘画的题材内容、思想风格、吟咏物象，或在诗中寄寓个人身世之感等。

中国古代"诗画一体""诗画相通"，对于这一传统，历代都有评价，唐代诗人王维被称为"文人画"的始祖，北宋苏轼评价："味摩诘之诗，诗中有画；观摩诘之画，画中有诗。"（《东坡题跋·书摩诘蓝田烟雨图》）立足于绘画主张"诗画本一律"，把中国画提高到与诗同等齐观的地位。同时的张舜民也说："诗是无形画，画是有形诗。"（《画墁集卷一·跋百之诗画》）西方也认为"诗画同质"，比如古希腊诗人西蒙尼德斯有"画为不语诗，诗是能言画"[1]的观点。王苹的题画诗写得最多的是七绝，21题30首，其次是七律7题12首，其后是五古9题10首，七古8题8首，五绝2题6首，共47题66首。按题画诗内容分，题山水画诗34题46首，题人物画8题14首，题花鸟画5题6首。

如前所言，杜甫在题画诗方面的确给后人做了很好的范式，"其法全在不粘画上发论，如题画马、画鹰，必说到真马、真鹰，复从真马真鹰开出议论，后人可以为式。又如题画山水，有地名可按者，必写出登临凭吊之意；题画人物，有事实可粘者，必写出知人论世之意"[2]。所谓"不粘画上发论"，实际上就是超越了对画面对象的简单赏玩，不仅仅是摹形绘色，而是借题发挥，将对现实的思考和对人生的感受，融入其中。这样与一般的山水、咏物之作有所区别，具有独立的体式及其"不粘不脱，不即不离"的艺术表现品格。

一、构思精巧

为能达到"不粘不脱"的艺术效果，王苹精心构思安排。在诗中，抓住细微之处深深扣合题中之义，传神地再现画境，同时注重整体艺术氛围的营造，渲染象

---

[1]　钱锺书. 七缀集 [M]. 北京：生活·读书·新知三联书店，2002: 6.

[2]　朱弁等，撰. 皖人诗话八种 [M]. 合肥：黄山书社，1995: 299.

外之象的空灵神韵。如其七言古体题画诗《西峰草堂观主人〈邓尉探梅图〉，图为恽南田作》：

> 阖闾城西横山麓，万树梅花连光福。雪埋欲断不断峰，香积将转未转谷。
> 欹斜正侧多态度，远近疏密无拘束。何人理策出花间，忽上新图惊顾陆。
> 名场吟社陈健夫，画师词客恽正叔。相视相赏非偶然，都从粉墨知萧肃。
> 于虖！南田往矣三十年，断缣丹黕皆珠玉。枇杷没骨花落鱼，芙蓉戏鸭秋水绿。
> 今日得观即熙荃，趣举已成宣和录。溪山更是未易逢，水边雪后空极目。
> 不看梅花定不归，佳句流传供往复。希世之珍宛委藏，山堂开看松谡谡。

距苏州城西南30公里的江苏吴县光福乡邓尉山，方圆近十里植梅数十万株。梅开时节，满目香雪，人称"十里香雪"，所谓"遥看一片白，雪海波千顷"，故有"邓尉梅花甲天下"之称。康熙六下江南数度于此驻跸，声名大盛。这里种梅的历史可以追溯到东汉首任大司马邓禹。明清之时，每年二月，文人墨客来此地探梅成为江南的一大习俗。康熙二十八年（1689）二月，恽南田欲结集一本十开册页的山水《十万图》，皆以"万"字冠首题名：《万树秋声》《万松叠翠》《万竿烟雨》《万点青莲》《万山云起》《万壑争流》，还有倪云林清秘阁藏书楼的《万卷书楼》，在邓尉山十万梅海完成的便是《万横香雪》，"香雪海"自此得名。

王苹此诗层次丰富，层层渲染。开篇至"忽上新图惊顾陆"，再现了邓尉香雪海之盛景。"阖闾城西横山麓，万树梅花连光福"，开篇劈空而来，山麓相连，万树梅花，为我们展现了一个广阔的空间，铺天盖地的梅花已经跃出了画面的约束。"雪埋欲断不断峰，香积将转未转谷"则对应上两句，由视觉转向嗅觉，依然还是连绵不断的山峰和香气扑人的梅花，雪的洁白与梅花的色相衬，天地一片高洁，"欲断不断"的山峰和"将转未转"的山谷间都飘荡着梅花的幽香，写足了"香雪海"三个字。"欹斜正侧"四句，慢慢地将视野收回，由全景到细节的转换，写梅花横逸斜出、疏密交错的姿态风韵。是谁挂杖探梅，这美景似乎让东晋画家顾恺之和南朝宋画家陆探微也叹为观止。不知这是不是作者的幻想？至此，浓墨重彩地呈现了"邓尉探梅"四字。"名场吟社"四句，点出此图由画师词客恽正叔作，由吟社陈健夫收藏，而"我"今又赏画，因画相知相赏，这辗转的知音之得非常宝贵。至此，完整地将题目诠释完毕。

从"于虖"之后至"佳句流传"十句，重点描述在恽南田的和图上。恽南田（1663—1690）名格，字惟大、寿平、正叔，号南田，清初四大画家之一，承徐崇嗣没骨画法，创造了一种笔法透逸，设色明净，格调清雅的"恽体"花卉画风，被尊为"写生正派"。其独树一帜，又被称为常州派花卉，影响波及大江南北，史载："家家南田，户户正叔。"《宣和画谱》记宋徽宗朝内府所藏图画，二十卷，收画家二百三十一人，名画六千三百九十六轴，宋代郭熙、黄筌皆收录其中。王苹说今日看恽南田之可堪比熙筌，而这杰出正来源于继承与创新。恽南田曾说"作画须先入古人法度之中，纵横恣肆，方能脱落时径，洗发新趣也"，又说："以古人为师犹未能臻妙，必进而师抚造化，庶几极妍尽态而为大雅之宗。""不看梅花定不归"为南田题句，正是其"师造化"的体现，同时也是所有探梅之人心之意志的再现。"希世之珍"两句对应西峰草堂观品赏此画，松声风声相伴。

这首诗的"不粘不脱，不即不离"，其一，表现在"雪埋欲断不断峰，香积将转未转谷"的绵远画意；其二，在于作者入其画，又出其画的独特审美幻象令人称奇，"何人理策出花间，忽上新图惊顾陆"；其三，诗歌包含的内在意蕴极为丰富：相知相赏的珍贵情感、梅花的高洁意趣、慕古赏艺的人生雅致、恽南田"师造化"的创作方法，这些象外之象无限延展了诗歌的意蕴。

王苹诗风与淡远雅洁的南宗画风气脉相通。其所题画科中，题山水的诗最具清逸的境界。如五言古诗《题赵上舍蘖园所藏张酉文〈梅花卷子〉用元人马虚中墨梅韵》：

一干纵古香，一枝积苔色。轮囷半着花，争具岁寒力。泼墨上室中，何当抱砚泣。邈然冰雪成，墨气斜更直。世无南宗人，凭谁分白黑。依稀竹外好，准拟空庭得。北风掩荆扉，羁栖博食息。行作林园主，更不为人识。把卷向残阳，寒空尽目极。

诗歌以梅之素雅淡然之气荡开诗篇，冰雪袭人中，梅花与竹傲然挺立，而居于其间的幽人独来独往，手把诗卷斜倚残阳，流露出诗人坚定摒弃世俗的肃然之气和深远的意境。

再如《颞顾舍人侠君秀野园图》"一峰取山情，一壑成水事。禽如浮丘经，人自尊卢至。是名秀野园，标举延古意"，所投射的是诗人追古慕野、忘怀山水天地间的人生情怀。

不即不离的构思模式也决定了其题画七绝的意境浑融，如《题曹先辈希文〈云起图〉绝句》：

我昔钓鳌东海上，春涛万里变春空。茫茫身世亦如是，领取云多水阔中。

前两句扣合云起，天地之间一片茫茫，然而，这前面动态的"春涛"变"春空"的骤然之景和后面静态的"云多水阔"之景不过是画面的外在映像，人生的一瞬与永恒、变与不变才是作者所要表现的辩证思考。所以，真正茫茫的是创作主体，是诗人内在的冥冥思考和主观精神。诗中将自然与人、客体与主体交融，在似画与非画、似我与非我的交织中体现出天人合一的人生感悟，将艺术与自然完美地结合起来。

再如《题陈孝廉射文画"落叶满长安"诗意二绝句》：

其一

席帽西风欲十年，雪湾寒叶虎坊烟。寻常除道逢京尹，却少清吟贾浪仙。

题目中"落叶"句出自贾岛《忆江上吴处士》："秋风吹渭水，落叶满长安。"贾岛未中进士前在京城长安时结识了一个隐居不仕的朋友吴处士，后来吴处士离开长安到福建一带，贾岛很思念他，写了两首诗，这是其中之一。全诗反复勾勒题目中的"忆"字，诗人在凄冷的秋风中怀念朋友，又忆及往昔过从之好。其中"渭水""长安"两句，是此日长安之秋，是此际诗人之情：秋风的萧瑟从渭水拂来，长安城里尽是黄叶飘飞。王苹28岁时曾以"乱泉声里谁通屐，黄叶林间自著书""黄叶下时牛背晚，青山缺处酒人行"之句受王士禛激赏，赞为"清拔绝俗"，获得海内诗坛的认同，以"王黄叶"之诗名远近乡里30余年，他对"黄叶"有格外深厚的情感，康熙四十九年（1710），王苹考中进士之后连续四年赴京谋官无成，故陈射文此画令王苹感受颇深。诗中前两句，以画中景物铺排，既是写贾岛，也是写自己。"寻常"两句是指贾岛受京兆尹韩愈赏识，而后中进士，不需长吁短叹，而"我"依然还是落寞不已，借此表达自己十年来仕进之途中的孤寂之情。

二、气韵生动

徐复观在《中国艺术精神》中说："庄学的清、虚、玄、远，实系'韵'的性格，'韵'的内容；中国画的主流，始终是在庄学精神中发展。"[1]这个"韵"既是指诗歌结构上的气韵灵动，更是指诗歌中的声韵，以及象外所呈现出的无穷韵味。画写心，诗同样也是心灵的呈现，追求清幽淡远，妙在象外，审美的精神品格，是王苹的题画诗所在，"米家画法相沿袭，笔墨能分大小无。今日秋窗看好手，经营却在雨模糊"（《观白田王彝周作画》）。

王苹的题画诗注重气韵生动、流畅自然的艺术特点。如《题〈望海图〉二首·其二》：

十潮忽远近，拄颊吹天风。长鲸跋浪开，初日射波红。望见安期生，海市正茫茫。

诗中使用精进有力的动词，画面充满了运动感。在这茫茫海市，作者忽然看见了黄老哲学与方仙道文化的传人，被陶弘景奉为"北极真人"的安期生，在这波涛纵横的大海中追求个人的修炼，将诗意由"忽远近"的动态落脚到"茫茫"的平静，在动静结合中追求一种平衡之美和冲和之韵。"大石横波心，欲漱幽人齿。空江红叶寒，风月半竿耳"（《题丁勖庵秋江图》）亦是如此。

再如《题西泠徐鼎墨竹》："修修几个水泠泠，墨气凝为石气青。自与可来五百载，谁传钩勒凤凰翎。"一种流动的气息、竹的气节在这个有动态感的画面中呈现。

再看《题朱上舍素存种莎亭山石》：

一峰刺天如关仝，一崖虎视如马远。一冈苍润如河阳，一径溟蒙如北苑。

高下荦确石自古，色学秋空涩春藓。岩禽将还仍未还，谷烟欲转曾不转。

泉落横翠响空池，鱼苗大上波澈滟。领取山情水事多，因依雨莎风柳善。

自是丘壑罗君胸，画师应从寻粉本。不过亭皋五六年，重过清晖何缱绻。

著色屏风锦字中，却忆少宣留吟卷。华不注侵莲子湖，水底看山开菡萏。

持较幽栖将无同，云根相赏分岱畎。好待霜深石气青，须记萧晨呼剥芰。

开篇四句以排比的句式列举了四位不同风格的画家来刻画山石多姿的形貌，

---

[1] 徐复观. 中国艺术精神 [M]. 沈阳：春风文艺出版社，1987：156.

一气贯穿而下，既有五代后梁画家关仝笔下气势雄伟的北方山川，一峰高耸入云刺天，又有擅画"边角之景"的马远笔下的"一崖虎视"，正如前人所指出的"全境不多，其小幅或峭峰直上而不见其顶，或绝壁直下而不见其脚，或近山参天而远山则低，或孤舟泛月而一人独坐"；既有宋代山水画家郭熙峰峦秀起、云烟变幻之景，又有南唐画家董源之作的"多写江南真山，不为奇峭之笔"（宋代沈括语），其蕴含的丰富意趣，颇耐人玩赏。"高下荦确"八句从视觉、听觉等角度写山石久远、苔藓如秋空之碧、山间鸟雀盘桓、烟岚雾霭迷蒙缭绕、泉水清澈翠绿叮咚之音。"自是丘壑"四句为过渡，赞赏画师技巧。"著色屏风"四句写山石之美引人思绪纷飞，无论是刘少宣的《济南客居》"船行著色屏风里，人在回文锦字中"，还是华不注山、莲子湖的"相赏""剥芡"，都是最美的记忆。

宋代范温《潜溪诗眼》中，提及"韵"字一意："盖尝闻之撞钟，大声已去，余音复来，悠扬宛转，声外之音，其是之谓矣。"天地之间自然万物的声响乃是韵味的重要组成，如《题文虎祥琴图》："何事舍凄坐翠微，霜根应记奉庭围。林香倚徒新慈竹，石气勾留旧素衣。径自凄迷莎更绿，山如蕴藉藓初肥。哀弦抛得檀栾处，知为风多不忍挥。"写哀弦缭绕于秀竹间，在林间回响，悲凄动人，连风声都不忍心打断它。再如《题鸥边洗盏图·其二》："山房无匿峰，老树有花著。水禽一声过，涧底松子落。岩岩积书岩，秋来种红药。"诗人的"鸥群旧相识"在静寂的天地间飞过，松子自然而然落下，一切都是静悄悄的，诉说着大自然的秘密，或悲凄、或幽微、或深远的天籁之韵蕴含着无尽的灵妙。诗人通过与自然的接触，用心感悟人与天地万物的关系，由内心自然而然生发出的一种感觉，即"悟"。

对于题画诗，"声外之音"更多的还是指诗歌所呈现的画外之意，言外之味，如人在亲近自然的愉悦洒脱闲逸，"笋脯鱼泔橙缕丝，春香瓮熟结冬时。若耶多少闲风味，却画空山看折枝"（《题老莲画绝句》）。如《题朱上舍子青橡村图》："一角湖山柳万条，分曹稼圃集渔樵。平章秋事高原暮，知在西风听木桥。""一角湖山柳万条"是一种清雅之境，"分曹稼圃集渔樵"乃是隐逸脱尘之举，诗人借题画寓个人感慨，流露出对自然归依的情趣，"老树空村寒绿肥，半山独客在斜晖。可知石凳骑驴滑，似向僧窗看雪归"（《题画》）。

再如《题胡生画册》：

雨树挟秋痕，孤亭蚀苔色。远峰正夕阳，叶落深一尺。不见辋川人，此中布瑶席。

前四句写出了山水原野的深秋晚景，诗人选择富有季节和时间特征的景物：雨树、秋痕、孤亭、苔色、远峰、夕阳、叶落，远近结合，勾勒出一幅和谐幽静而又富有生机的田园山水画。诗中嵌入了《辋川闲居赠裴秀才迪》之典故，似乎可以想见诗人王维倚杖柴门、临风听蝉的安逸神态，流露出超然物外的情致；只是不见醉酒狂歌的裴迪狂士，他一定是在山中吧。诗歌注重了画面的呈现，在山水自然与人的冥思中，物我一体，情景交融，诗中有画，画中有诗。"门闭城南路，萧然嗜苦吟。苔闲双屐厚，绿静一庭深。结夏惟开巷，斜阳正在林。交休移竖子，梧叶自沉沉"（《题橡村桐阴清昼图》）颇有王维诗歌的禅味。

《题程比部小照二首·其一》："古厅岳色积，解带秋树间。时闻唱筹声，汶河复潺湲。飞鸿归何处，蒿莱正前山。"在古色苍茫的背景中，有唱筹声、有溪水潺湲声，而飞鸿到底要归向何处？顾恺之说："手挥五弦易，目送归鸿难。"（《晋书·顾恺之传》）而要想将这个画面丰满，就必须借助"迁想妙得"。晋顾恺之《魏晋胜流画赞》："凡画，人最难，次山水，次狗马。台榭，一定器耳，难成而易好，不待迁想妙得也"。[1]这里谈的虽然是绘画，但与诗文创作的原理是相通的。在刘勰《文心雕龙·神思》可以找到对应的理论，"思理为妙，神与物游"，指的就是"迁想"；"至精而后阐其妙"，则指"妙得"。后清代王士禛则以"神韵"具化"妙"字，并借助想象把握内在神韵。

受王士禛影响，王芑在题画诗中运用这样一种方法，超越眼前的客观物象，飞驰想象，细化情思，将生活和自然中的精妙体会和认识熔铸到诗中，从而使诗歌气韵生动。

我们来看以下三首诗：

半墙乔木孤卿第，一角春山右史楼。是我少年吟眺处，逢君含墨画风流。（《赠画者二绝句》）

---

[1] 张彦远.历代名画记[M].杭州：浙江人民美术出版社，2019：89.

一帆曾挂射阳湖，寒绿人家柳未枯。转忆旧游如画里，耕渔半是水模糊。（《为田上舍右君题石湖诗意图二绝句·其二》）

秋烟秋草水模糊，不见菱丝野鹊呼。破墨一花兼数叶，思量中有鹊山湖。（《题画》）

这三首诗都有一个共同的特点，前两句写景，后两句深入观照，进行充分的审美想象，"是我少年""转忆旧游""思量中"，这种观画后的神思妙想，是其昔日旧游的一种投射。在这种迷离朦胧的晕染之中，诗人的思绪也进入了一种迷离惝恍的状态，仿佛回到了那曾经的美好记忆中。其诗中多有对将来归隐的无限期盼和构想，在《题成上舍周卜江园图诗五首》中，各侧重不同的方面，对所曾经拥有的幽居生活和所向往的生活进行了描述：

《罗屋》

谖琴倚高阁，老蔓青垂垂。秋山忽皆响，正开金粟时。嗒然悦幽事，惟结尊卢思。

《问鸥亭》

我爱陵州句，水禽无数飞。对兹溪堂夕，诗思转因依。喧寂将无同，月明鸥未归。

《药房》

残雪满夕阳，古香出旧竹。幽人冲寒来，修廊立几田。冻鹤松根眠，林寒声谡谡。

《水木明瑟轩》

柳陌莲塘边，直似水西路。曲曲动乡思，碧筒销夏处。世有两齐州，平分郦亭注。

《渔家》

村口柳欲黄，饮根生春水。东风草未齐，绿涨渔舟起。苓箬下残阳，柴门独徒倚。

作者的这种愿望如此强烈，以至这些景致时时刻刻都会在他心头浮现，在这些题画诗中，我们看到的是诗人的心理投射。再如《题垂竿戴笠图》："半竿落梅风，一笠花朝雨。试问捕鱼人，桃源在何许？"诗人如许问。在《长句题禹鸿胪慎斋卜居图》如是答：

苍筤深处连溪隅，径转草阁林楸梧。䙡冠卉服山泽臞，横陈目榻堆典谟。箖箊翠落沾眉须，嗒然自谓游尊卢。门前少长三人俱，窗里遥识南村徒。或来市北约市酤，不尔墙东锄芋区。稚子挽衣眼睢盱，犬迎篱根鸡将雏。熙熙如出桃源途，捞鲲射鸭充庖厨。爨烟幕历炊雕胡，笭箵船尾斜阳晴。

这里不就是桃花源的世界吗？一切的纷争机心远离，唯有纯真质朴的自然。《题施太学揖山戴笠问津图》："头上竹皮相因依，江湖满地归未归。迷阳迷阳和者稀，桃花流水渔郎矶。"所以，所题之画不过是触动他灵感的引子而已，"上下议论河注东，颜状激昂羞负裘。酒酣以往出兹图，读画说诗相往复"（《题海木藤下修书图》）。

王苹的题画诗以"不粘不脱，不即不离"为艺术范式，以心观景，以心思物，在与物象的主客观交互中，追求更多可意会不可言传的境界，这其实也是中国绘画所讲究的"外师造化，中得心源"[1]。

第二节 诗律法度：杜门深处经营少

王苹师承田雯，对盛唐诗人杜甫极为尊崇，"少陵乃大宗，昌黎其本支"（《大水泊过门人于无学东始山房，论诗数日，濒行，辄成三十六韵留别》），"杜房门户春萝长，王谢风流秋草新。始信儿童不识字，剑南诗句咏斯晨"（《八月四日再游城南十九叠前韵》）更是见出杜甫的影响。王苹继承了杜甫苦心吟咏的精神，追求诗歌的圆融精美，"杜门深处经营少，对酒中间耆旧稀"（《七月廿七日处暑遣怀》），本节着重分析王苹对杜甫章法句法的接受情况。

明人胡应麟说："五言律体……唯工部诸作，气象嵬峨，规模宏远，当其神来境诣，错综幻化，不可端倪，千古以还，一人而已。"[2] 沈德潜说："杜诗近体，气局阔大，使事典切，而人所不可及处，尤在错综任意，寓变化于严整之中，斯足凌轹千古。"[3] 由此可见杜甫律诗成就之高。据浦起龙《读杜心解》载，杜甫一生作诗1458首，五律626首，七律113首，律诗约占诗歌的二分之一。杜甫极为重视作诗之法，如"思飘云物外，律中鬼神惊。毫发无纤憾，波澜老更成"

---

[1] 张彦远. 历代名画记 [M]. 杭州：浙江人民美术出版社，2019：161.

[2] 吴文治. 明诗话全编 [M]. 南京：江苏古籍出版社，2000：5484.

[3] 沈德潜. 唐诗别裁集 [M]. 北京：中华书局，1975：150.

（《敬赠郑谏议十韵》）、"遣词必中律"（《桥陵诗三十韵》）及"晚节渐于诗律细"（《遣闷戏呈路十九曹长》）等，近体诗（尤其是七律）在杜甫手中不断成熟臻于完美，与绝句、五律平起平坐。因此，杜诗对律、法的重视深深影响着王苹。

王苹写律诗较多，七律475首，五律173首，共648首，占诗歌总数的一半还多。他不断地学习杜甫在律体方面的经验，苦心斟酌，在章法句法方面不断尝试，努力探索。

一、对杜诗"四节式""二节式"章法的学习

诗有字法、句法、章法。章法包含了字法句法，指全篇的开阖变化，起、承、转、合，八句四联，各有所用。胡应麟说："作诗不过情景二端，如五言律体，前起后结，中四句，二言景，二言情，此通例也。……老杜诸篇，虽中联言景不少，大率以情间之。"[1] 韩成武的《杜甫律诗章法研究》则进一步分析为："杜甫律诗的章法，大体可分为两种格局，一种是以每联为一个意段的'四节式'，一种是以四句为一个意段的'二节式'。"[2]

登临、咏怀类作品中，杜甫常常用"四节式"章法，如写于成都的《登岳阳楼》：

昔闻洞庭水，今上岳阳楼。吴楚东南坼，乾坤日夜浮。

亲朋无一字，老病有孤舟。戎马关山北，凭轩涕泗流。

首联点题，颔联写登楼所见洞庭之景，前句以湖水之空阔衬托一己身世之凄凉，颈联所叙亲朋无音，老病孤寂，与之一脉相承；后句以湖水动荡之势传达对国家时局的忧虑，与尾联"戎马关山北"相呼应。末句以细节"涕泗流"结情，传达出对个人离乱和国家战乱的伤叹。全诗遵循了点题→写景→言事→结情的章法。

王苹亦在创作上努力追求，如《宁海道中》：

[1]　吴文治.明诗话全编 [M].南京：江苏古籍出版社，2000：5489.

[2]　韩成武.杜甫律诗章法研究 [J].商丘师范学院学报，2004（6）.

猎猎西风打帽斜，此身自笑是天涯。云埋穷海之罘碣，秋放空山桔梗花。

林壑心情虽有味，关河岁月只无家。剧怜岛屿青冥里，马首依稀对鹊华。

首联"西风打帽斜""天涯"揭示出是在"道中"，颔联写之罘山上云海之景，秋天漫山遍野开满了桔梗花。颈联言事，承上写面对如许林壑风光、关河岁月，"虽有味"但"只无家"，诗人漂泊路上，没有家的归属，再次呼应首联"此身自笑是天涯"并顺承颔联"穷海、空山"之孤寂。颔联与颈联在写景与言事上一定要做到在情感上的相互联系，如金圣叹所言："诗至五六虽转，然遂尽脱三四，唐之律诗无是也。"[1]"作诗至五六，笑则始尽其乐，哭则始尽其哀。"尾联"马首依稀对鹊华"重申思乡之情，揭示出全篇情感的缘由，且远望众山，绵绵千里，乡情如是，给人以无穷回味。全诗以道中思乡为主线贯穿。

再如《壬戌三月河中留别吴征士天章一首》：

别筵忽漫惨离颜，驴背今朝又出关。烟水一装函谷路，春风十日太行山。

诗成虢尾秦头处，梦在河声岳色间。回首金鹅好风景，柳花飘堕正斑斑。

首联点题，"别筵、出关"，暗写"河中留别"，饮酒话别的筵席之上，叙相聚之乐，时间在觥筹交错、笑语欢颜中流逝，离别的一刻即将到来。颔联"函谷路、太行山"再次补叙诗题，"烟水、春风"暗写"壬戌三月"，烟波浩渺暮霭沉沉，离愁弥漫在天地间。颈联言事，写于一生中作诗，梦想在天地间驰骋，既赠别友人天章，也喻己。尾联以"柳花飘堕"的细节点出离别的悲情，那斑斑点点的，是空中飘舞的柳花，还是泪痕？此处既有离别的淡淡哀伤，又有对未来的期盼展望。

杜诗尾联往往韵味悠然，细节中蕴含着丰富的情感。叶羲昂说："结句亦须矫健而有余意……杜甫'明朝有封事，数问夜如何'，皆句格天然，而无卑弱之病。"[2]再如《登岳阳楼》的"凭轩涕泗流"，《春望》的"白头搔更短，浑欲不胜簪"，《登高》的"潦倒新停浊酒杯"等。数问、涕泗流、搔首、停杯等具体行为，丰富了诗歌画面，情感得以无限延伸。

[1] 金雍.金圣叹选批唐诗六百首[M].北京：北京出版社，1989：29.

[2] 陈伯海，主编.唐诗汇评[M].杭州：浙江教育出版社，1995：3314.

王苹的七律尾联也格外用了很多细节行为，蕴含的情感极为丰富，或悲伤、惆怅，或欢欣：

搔首从前真作达，工夫自苦笑先生。（《岁暮遣怀十首·其六》）

尽是家居好风景，客中细数又经年。（《壬午三月怀泉上》）

这些细节深藏于作者内心深处，其中也有对杜甫的借鉴，如"何当梦入承平路，枕上居然赋早朝"（《春日二首·其二》），科举功名在梦中萦绕，彻夜难寝，与杜甫"明朝有封事，数问夜如何"（《春宿左省》）有异曲同工之妙。

杜甫的咏物诗多以"二节式"章法布局。前两联的四句描写物之形态特征，后两联的四句由此引申联想，寄托作者的情感，传达作者的审美情趣。如杜诗《病马》：

乘尔亦已久，天寒关塞深。尘中老尽力，岁晚病伤心。

毛骨岂殊众？驯良犹至今。物微意不浅，感动一沉吟。

前四句刻画了马的外在表现，辛劳疲病，奔走天地间，后四句由此而写马的品格，因其"驯良"主人不禁为这"不浅"之"意"感动而沉吟。作者虽在咏马，实则借此颂扬这种朴素耐劳、坚毅忠厚的人生品格。

再来看王诗《风氏园老松》：

金源老树性难驯，留得支离偃蹇身。斜倚无容巢鹤子，横陈秖好数龙鳞。

十围藓涩今年雨，一寸花深隔岁春。历尽贞元几朝士，凭将美荫属诗人。

前四句写老松"难驯"，虽老迈，但依然横逸斜出，不受拘束。后面四句由外及内，写老松虽然"难驯"，但其荫下仍有十围藓、一寸花，依然以其美荫福禄后人，深入揭示出老松清寒奇崛的精神境界。诗人借助于咏老松写自己本性难移，传达内心的不羁之情。由此可见，"二节式"章法前后两节之间物象引发情志，同样也是一脉相承的格局。

二、对杜诗错综幻化的开篇与颔颈两联的继承学习

下面着重从诗歌的开篇、颔颈两联的变化上分析王苹对杜甫的继承与学习。

（一）开篇的错综幻化

在体制短小的近体诗中，做到言有尽而意无穷，"起"甚为关键。不管是杨载的"起处，要突兀高远，如狂风卷浪，势欲滔天"（《诗法家数》），还是范梈的"大抵起处要平直"（《诗法正论》），抑或是黄叔灿的"领得有神"（《唐诗笺注》），都致力于诗歌开篇的经营。王苹学习了杜诗对开篇的经营。

第一种，起见地见时以发端。

"起见地见时，杜之恒矩。"（黄生《杜诗说》）如杜诗："水阔苍梧野，天高白帝秋"（《暮秋将归秦留别湖南幕府亲友》），上句点明地点"苍梧野"，下句点明时间"秋"。

看王诗："行过龙山东路长，又从驴背松斜阳"（《青羊店题壁》），上句点明地点"龙山"，下句点明时间"斜阳"。"改岁忽人日，萧然旧水东"（《人日》），上句点明时间"人日"，下句点明地点"旧水东"。首联介绍时间与地点，后面便在这个特定的时空环境中写景叙事抒情。以《上巳溪口闲步》为例试加分析：

> 一角殷园望水泉，家居解禊是今年。杏花比雪东风里，芳草如衫夕照边。
>
> 巷曲几经积寒叶，村深曾记赴春筵。揉蓝处处群鸥识，只少柴门旧菜田。

开篇点明闲步地点"殷园望水泉"与时间"解禊是今年"。以下紧承而来，颔联写远望之景，颈联写近景巷曲、积寒叶及其所引起的回忆"赴春筵"，结尾处则抒发闲步之情："群鸥识"，对应颈联下句"村深曾记赴春筵"，原来都是旧相识，只是柴门旧菜田还未长熟，侧面写出对家居归隐的渴望。诗中闲步之景与闲步之情都是从首联所交代的特定时空中自然生发而来的。

第二种，开门见山以发端。

首联一开篇就紧紧抓住题旨，"起联须突兀，须峭拔方得题势，入手平衍，则通身无力气矣"（冒春荣《葚原说诗》），如杜诗《悲秋》。

> 凉风动万里，群盗尚纵横。家远传书日，秋来为客情。

愁窥高鸟过，老逐众人行。始欲投三峡，何由见两京。

仇兆鳌《杜诗详注》评曰：开篇写情言景紧扣"悲秋"之题，渲染气氛，总摄全篇。"首句，悲秋之景，次句，悲秋之意。"

看王诗《早发奉符道中》：

七载重为汶泗行，依然歧路一齐伧。山中侵晓寒泉苦，驴背逢村野烧明。

老树霜浓缘枸杞，坏塘风急冻鸡鹜。短亭还在长城口，应笑劳人第几程。

开篇以"重为汶泗行"入手，点出"歧路一齐伧"，开篇就道破题意，渲染出深重的仕途多舛，劳人奔波之苦。颔联"侵晓"点出时间"早"，后面紧紧围绕路上的奔波。尾联以短亭长亭之离别苦写劳人的奔波，以自嘲的口吻写劳人的矛盾心理。

第三种，问答以发端。

明代高琦《文章一贯》中把"设为问答以发端"作为"起端八法"的第一法。通过设疑置问的方式启人深思，往往是无疑而问，为后面诗歌意境的延展打开空间。如杜诗《蜀相》：

丞相祠堂何处寻，锦官城外柏森森。映阶碧草自春色，隔叶黄鹂空好音。

三顾频烦天下计，两朝开济老臣心。出师未捷身先死，长使英雄泪满襟。

此诗以设问起，上、下两句，一问一答，寓满人世沧桑之感，引人在后面的写景与抒怀中感悟思索。

看王莘的《南园》：

何处篱笆有敝庐，空存老树与清渠。乱泉声里谁通展，黄叶林间自著书。

草色又新秋去后，菊花争放雁来初。菘畦舍北余多少，取次呼童一荷锄。

在一引一发中，写此园天下无，为后面的田园之乐造势，引人无限遐想。

再如：

迁酸弟子竟何如，屋破秋风未卜居。（《奉怀德州公楚中二首·其二》）

载福何如载羽轻，棘端虎尾几回更。（《十月六日述怀二首》）

以上几种多属于直接入题，杜甫律诗中还有不从正面落笔、曲径通幽、含蓄入题，如《客至》：

> 舍南舍北皆春水，但见群鸥日日来。花径不曾缘客扫，蓬门今始为君开。
>
> 盘飧市远无兼味，樽酒家贫只旧醅。肯与邻翁相对饮，隔篱呼取尽余杯。

诗的题目是"客至"，但却以春水绕舍、群鸥相伴渲染其清幽僻静的环境开篇，并未提及客至，开篇的寂寞闲居生活就为后面极力表现"客"的喜悦之情做了铺垫，前抑后扬，巧妙自然。看王苹的《灯下怀括苍民部》：

> 残更渐逼鲤鱼风，屋似维摩败壁通。一寸酒鳞灯穗下，半林秋响雁声中。
>
> 竹深蔽榻帏分绿，霜冷堆门叶自红。记与田郎同此夕，老槐明月九河东。

题目是"灯下怀括苍民部"，但开篇却没有写怀，先写了"屋似维摩败壁通"以达摩在少林寺"面壁而坐，终日默默"长达九年，壁为之穿来写自己深夜独守陋室静默而思之状，闻听秋风林响雁声，饮酒消愁，看灯花落下，写尽秋的悲凉，直至最后一联才以"记与田郎同此夕"点破"怀"字，前面的静默都是因为这心中深厚的情意，极尽悲伤与思念。

除此之外，从诗歌语言形式角度看，许印芳《律髓辑要》中指出："起句排对，杜律多此。"如：

> 细草微风岸，危樯独夜舟。（《旅夜书怀》）
>
> 风急天高猿啸哀，渚清沙白鸟飞回。（《登高》）

王苹诗中亦多起句对仗，有十多处，如：

> 病榻经年卧，双扉尽日关。（《病里十首·其一》）
>
> 看竹悲张叟，开巫泪寒翁。（《病里十首·其七》）
>
> 虚名得自传经客，委巷来过种菜人。（《东蔡国博龙文二首·其二》）
>
> 红叶正当秋寂寂，白门偶对去堂堂。（《江宁留别吾宗安书》）
>
> 言别忽成四千里，论交已是十年余。（《送友人佐郡梁州三首·其一》）

（二）颔颈两联的错综幻化

"律诗对仗灵活而不拘滞。"[1]杜甫律诗注重创新求变，追求整饬匀称之美，但又不缺少腾挪变化，韩晓光的《杜甫律诗对仗联之间的变化》一文将其颔、颈

---

[1] 莫砺锋.唐宋诗歌论集[M].南京：凤凰出版社，2007：78.

两联的变化分为14种，时空、感觉、动静、情景、人物、虚实、阔细、赋比、婉直。下面参照这些变化各举一例分析王苹对杜甫的学习。

其一，情感内容

1. 时空交错

前后两联一联表现时间，另一联则表达空间。如杜诗《咏怀古迹》：

怅望千秋一洒泪，萧条异代不同时。江山故宅空文藻，云雨荒台岂梦思。

王苹有《客中述怀示从侄香祖上舍十首·其一》：

虚抛秋已半，真见鬓成丝。万里功名会，平生山水期。

前联体现时间，后联着眼于空间，时空交迭，拓展诗歌审美境界。

2. 感觉交错

前后两联一联描写视觉形象，另一联则描写听觉、嗅觉等其他感觉形象。如杜诗《九日五首》：

采花香泛泛，坐客醉纷纷。野树歌还倚，秋砧醒却闻。

王苹有《养疾僧庐遣怀十首·其七》：

深深老屋鸱夷气，漠漠墙余钗股形。红袖裁诗临妙墨，白头对酒上寒厅。

前联中"鸱夷气"，是写酒香，"钗股形"赞美钱谦益题在墙上的字之美好。"红袖"指虞山、河东君在亭中的题诗之美好，"白头对酒"，指虞山即钱谦益与德水对酒。可见，前联写了酒香和书法之美，嗅觉与视觉，后联则颠倒，写诗书之美与酒香，视觉与嗅觉。两联组合起来，就呈现出了一种回环的感觉变化之美，萦绕着诗酒之美之乐之趣。视听结合，有声有色，颇富情趣。再如《灯下怀括苍民部》：

一寸酒鳞灯穗下，半林秋响雁声中。竹深蔽榻帷分绿，霜冷堆门叶自红。

前联"酒鳞灯穗"写酒面波纹（酒蚁）灯花，是视觉，"秋响雁声"写听觉。后联"竹深"是视觉，"霜冷"是感觉，一联中还有绿、红的色彩变化。这样，画面丰富又有层次。

3. 动静交错

两联中一联写动态，另一联写静态。如杜甫《水槛赏心二首》：

澄江平少岸，幽树晚多花。细雨鱼儿出，微风燕子斜。

王苹有《春日二首·其二》：

莺宣夏令争调舌，柳别春风懒折腰。茅屋阴浓多水竹，板桥烟破半渔樵。

前联中的"莺宣""争调舌""柳别""懒折腰"表现的是一种夏日的喧闹，后联则呈现的是静谧隐逸的氛围，两联先动后静，生趣盎然，既有变化又显得十分和谐。

4. 情景交错

两联中一联侧重写景，另一联则侧重抒情，正如谢榛在《四溟诗话》中所说："景乃情之媒，情乃诗之胚，合而为诗。"如杜诗《登高》：

无边落木萧萧下，不尽长江滚滚来。万里悲秋常作客，百年多病独登台。

这种情况王苹诗中较多，如《十二月廿二日海上》：

半肩云雪如行脚，满目荆榛比谪居。始信白头登第晚，却输黄叶闭门初。

前联用比喻写眼前之景，海上的云雾回转、所居之处的孤苦寂寞。后联抒发此时虽登第但却不如往昔黄叶隐居之时的快乐自在。

5. 人物交错

两联中一联写物，另一联则写人。如杜诗《江村》：

自去自来堂上燕，相亲相近水中鸥。老妻画纸为棋局，稚子敲针作钓钩。

看王苹的《春日二首·其一》

荒唐世事全无据，流落词场那得归。燕语侵帏寻蝶梦，桐绵贴水学鸥飞。

两联中一联写人，另一联咏物，以物写人，以"寻蝶梦""学鸥飞"表明清幽守贫的志向。这种情况在王苹诗中也较多，还有先物后人的：

菊寒云雪少，园废水烟多。礼佛乃无语，闻禽如且过。（《大雪日偶成》）

6. 阔细交错

两联中一联境界宏阔，另一联则境界工细，是整中求变之手法。如被李梦阳评为"前半阔大，后半工细也"[1]的杜诗《送翰林张司马南海勒碑》：

诏从三殿去，碑到百蛮开。野馆浓花发，春帆细雨来。

看王苹的《九月初四日感怀一首》：

---

[1] 仇兆鳌，注.杜诗详注[M].北京：中华书局，1979：7.

126

半生寂寞真如此，一第峥嵘亦偶然。榜下声闻如嚼蜡，眼中朋辈任登仙。

前联写一生的落寞，偶然的登第，时空变换。后联写登第揭榜时的具体情景，深入细致地呈现这种命运的不可把握的慨叹。

其二，艺术手法

1. 赋比交错

两联中一联铺陈其事，后一联援喻设譬。如杜诗《奉简高三十五使君》：

骅骝开道路，鹰隼出风尘。行色秋将晚，交情老更亲。

王苹有《上巳溪口闲步》：

杏花比雪东风里，芳草如衫夕照边。巷曲几经积寒叶，村深曾记赴春筵。

前联用比喻写春天杏花纷飞，芳草连天之景，后联用赋铺排描写。

2. 婉直交错

两联中一联直接描述，另一联是借助用典委婉表达。如杜诗《秋兴》：

信宿渔人还泛泛，清秋燕子故飞飞。匡衡抗疏功名薄，刘向传经心事违。

王苹有《送友人佐郡梁州三首·其一》：

专城却羡熊车贵，垂老才离席帽初。用世纡筹盐铁论，息机甘愧治安书。

前联用直笔记友人去做地方官，后联诗人借典故委婉表达对友人的期望。

3. 顺逆交错

一联用顺叙或平叙，另一联则用倒叙，先抚今而后忆昔。如杜甫《舟中》：

结缆排鱼网，连樯并米船。今朝云细薄，昨夜月清圆。

前联描写眼前所见：结缆排网，连樯并船，是平叙；后联则由眼前云细薄之景写到昨夜月清圆之景，时序倒换中传达出诗人漂泊之孤独寂寞。

王苹有《读南海集感怀新城公三首·其二》：

今朝东海上，一卷北窗时。此事无推挽，何人更总持。

前联先抚今，后忆昔，形成逆挽跌宕之势；后联为常规语序。如此一正一变交错，富于变化。

4. 句法交错

张中行先生在《诗词读写丛话》中曾提出："律诗中间两联结构不可用同一

个模式，否则算合掌。"此处结构即指诗的句法结构。如杜甫的《峡口二首》：

去矣英雄事，荒哉割据心。芦花留客晚，枫树坐猿深。

前联用倒装句，"去矣英雄事"即"英雄事去矣"的倒装；后联则用常规句。

王苹有《雪中十首·其八》

官笔分曹编月表，昏灯无寐录风诗。经营剩水残山事，辛苦丛篁冻鹤知。

前联为常规句，后联倒装，"辛苦丛篁冻鹤知"的正常语序是"冻鹤丛篁知辛苦"。

5. 语气交错

两联中一联用肯定语气，另一联则用疑问语气或否定语气。如杜甫《因许八奉寄江宁旻上人》：

旧来好事今能否，老去新诗谁与传？棋局动随幽涧竹，袈裟忆上泛湖船。

一疑一信，错落有致。

王苹有《八月一日感怀赋寄儿泂四首·其一》：

归去岂无味，嗟来宁有情。秋从黄叶听，山向赤霞耕。

6. 节奏交错

七律的句法结构大多数是二二三、二二一二和二二二一节奏，"少陵深于古体，运古于律，所以开阖变化，施无不宜"。如杜甫《宿府》诗句节奏的变化：

永夜角声悲 / 自语，中天月色好 / 谁看。风尘荏苒 / 音书绝，关塞萧条 / 行路难。

杜甫打破了七律固有音步，前联为"5/2"节奏，后联则为"4/3"节奏，语言具有很强的弹性与张力。

王苹有《雪中十首·其七》：

归路巾车 / 黄叶满，逐门村径 / 白云浓。却愁 / 病骨支秋屋，独赏 / 寒音蚀晚峰。

前联为"4/3"节奏，后联则为"2/5"节奏，此处节奏变化看似不和谐，佶屈聱牙，诗人在这样的音步中宣泄内心的愤激，写出诗人的清寒奇崛之性情。

三、字法

王苹着意于章法句法的营造，同样在字法方面也细细斟酌。

（一）对仗的内容

杜甫喜用对仗，内容可分时空对、颜色对、数字对等。王苹诗中无时空对，后两类较多。颜色对可分为三种：一是景物自然颜色之对，如杜甫的"六月青稻多，千畦碧泉乱"（《行宫张望补稻畦水归》），此类王苹诗中最多，如，"放鸭栏空满寒绿，叉鱼船小破揉蓝"（《偶过湖上感咏》）、"云垂波涨春阴白，寒尽鸦归社树青"（《成山二月》）；二是颜色的借对，如杜甫的"晋室丹阳尹，公孙白帝城"（《送元二适江左》），王苹有"闲分开士青精饭，戏看邻翁白打钱"（《壬午三月怀泉上》）；三是借颜色表达象征意义的对仗，如杜甫的"白发千茎雪，丹心一寸灰"（《郑驸马池台喜遇郑广文同饮》），王苹有"青磷碧血三千里，白骨黄河二十年"（《挽贾蕴生秀才》）、"诗称青春胜老铁，书成紫海类亡羊"（《曲阜客中孔户部东塘招隐话旧》）。

杜诗中数字对多为一与一的对仗，如"亲朋无一字，老病有孤舟"（《登岳阳楼》），王苹诗中较少，如"日上禽言喧独树，秋还雁字署单门"（《秋怀十首·其九》）；杜诗中还有一与多的对仗、多与多的对仗，如"相看万里外，同是一浮萍"（《巴西驿亭观江涨呈窦使君二首·其二》）、"系舟身万里，伏枕泪双流"（《九日五首·其五》），王苹这两类较多，如一与多，"一寸酒鳞灯穗下，半林秋响雁声中"（《灯下怀括苍民部》）、"诸山未醒重阳酒，乱帙平分一亩宫"（《秋怀十首·其一》），多与多，"百瓮有齑安福命，三升无酒学逢迎"（《秋夕感怀六首·其二》）、"十笏维摩心似壁，七徵伽女咒如簧"（《题箦斋〈情禅图〉四首》）。王苹律诗数字对中以"一""十""百""千""万"为多，除此之外还有"二""三""四""五""七"等数字。

（二）对仗的格式

在对仗的格式方面，杜甫力求"命意创格，与诸家不同"，王苹亦追随。

1. 当句对

当句对即"句中对"。钱锺书《谈艺录》中认为"此体创于少陵"。如杜诗：

风急天高猿啸哀，渚清沙白鸟飞回（《登高》）

王苹诗中亦有：

可怜酒境花时里，偏去泉声岳影间。（《己巳病起杂诗十首·其六》）

还家衰柳枯荷后，过我残山剩水居。（《叶丈存庵罢官归过泉上》）

"酒境"对"花时"，"泉声"对"岳影"，极为工整雅秀，映衬诗人闲适的心态；"衰柳"对"枯荷"，"残山"对"剩水"，凸显一片萧条之境。

2. 续句对

续句对，即从字面上看对仗两联每一联的两句皆各自成对，但在语义表达上却是一、三句语义相续，二、四句语义相续。如杜甫《大历三年春白帝城放船出瞿塘峡》：

神女峰娟妙，昭君宅有无。曲留明怨惜，梦尽失欢娱。

从语义角度看是一、四句语义相续，二、三句语义相续，从而构成对仗，即"神女峰娟妙，梦尽失欢娱"与"昭君宅有无，曲留明怨惜"成对。

看王苹《村居岁暮杂诗十首·其三》：

五十年来吟啸客，一千里路短长亭。孤怀驴背风兼雪，老眼书中白更青。

"五十年来吟啸客，老眼书中白更青"与"一千里路短长亭，孤怀驴背风兼雪"成对。

朱自清先生曾经说过："诗之变自杜始。"[1]王苹紧随杜甫律诗创作追求"萧散不为绳墨所窘"，在对仗的语言形式与语义表达之间造成一种"不谐和"的错位，既保持了律诗平稳凝重的旋律，又在充满弹性与张力的语义场中寻得轻盈变化的审美感觉。

（三）叠音词和联绵词

王苹还向杜甫学习多用叠音词和联绵词。"双字用于五言，视七言为难。盖一联十字耳，苟轻易放过，则何取也。老杜虽不以此见工，然亦每加之意矣。"[2]如，"青青竹笋迎船出，白白江鱼入馔来"（《送王十五判官扶侍还黔中得开

---

[1] 朱自清.诗言志辨[M].长沙：湖南人民出版社，2010：04.

[2] 常振国，降云.历代诗话论作家[M].长沙：湖南人民出版社，1984：300.

字》）。王苹七律中叠音词有70多处，对举或单独出现。对举如，"憕胜岁岁年年是，刺促朝朝暮暮非"（《秋怀诗十首·其六》）、"春痕蕴藉家家柳，花气凭陵树树莺"（《己丑清明日登白雪楼》）。单句如"蒙蒙春雁印拖蓝"（《三叠前韵答丹山》），还有"漠漠、昏昏、年年、处处、交交"等。

双声、叠韵联绵词可以增强诗歌的音乐感，"早在《诗经》《楚辞》里便已经有了。但有意的运用却始于六朝，杜甫则是古典诗人中用得最多和最精的"[1]。如杜诗"风尘荏苒音书绝，关塞萧条行路难"（《宿府》），"荏苒""萧条"，双声对迭韵。王苹诗中也很多，"花事蹒跚三日雨，名心冷落五更钟"（《秋怀诗十首·其一》），"蹒跚""冷落"，叠韵对双声；单句中的"流落、濩落、躬耕、崚嶒、交绝、峥嵘等，读后"如两玉相扣，取其铿锵"[2]，婉转动听。

王苹很多诗歌化用杜甫诗句，如《辛酉秋怀十首·其九》"断续溪流四五尺，凋伤枫树两三旬"，"凋伤枫树"出自杜诗"玉露凋伤枫树林"（《秋兴八首》），弥天盖地的秋色，无所不在的失路闲愁。"海国鱼龙惊寂寞，山城歌吹动黄昏"（《元夕无灯无酒感叹成诗三首·其一》）出自杜诗"鱼龙寂寞秋江冷，故国平居有所思"（《秋兴八首》）。

四、审美观照方式

另外，王苹还借鉴了杜甫化入式的审美观照方式，如王苹的《题垂竿戴笠图》之于杜甫的《赤谷西崦人家》：

半竿落梅风，一笠花朝雨。试问捕鱼人，桃源在何许？（《题垂竿戴笠图》）

跻险不自喧，出郊已清目。溪回日气暖，径转山田熟。鸟雀依茅茨，藩篱带松菊。如行武陵暮，欲问桃源宿。（《赤谷西崦人家》）

杜甫《赤谷西崦人家》采用了一种"化入式的审美观照方式，是创作主体不自觉地融入所描写的环境中（景色和生活）去了，是自我与环境的互融、互证"[3]。王苹的《题垂竿戴笠图》亦是如此，写意与写实交融。创作主体隐于诗

---

[1] 萧涤非.杜甫研究[M].济南：齐鲁书社，1980：113.

[2] 王夫之.姜斋诗话[M].上海：上海古籍出版社，1978：935.

[3] 李剑锋.元前陶渊明接受史[M].济南：齐鲁书社，2002：154.

中，以景物写实开篇，"半竿落梅风，一笠花朝雨"，其后，创作主体以"试问捕鱼人"的行路人身份出现，这明显是对杜诗"欲问桃源宿"的借鉴。

总之，王苹很善于向杜甫学习七律的章法、句法，因其穷居下僚，性格孤僻，七律中少了一分杜甫的雄健悲壮，多了几许陶渊明王维的山水田园之味和贾岛的穷苦哀愁与深幽华美。

第三节 清奇古澹：黄叶诗与林泉诗

"绿杨城郭是扬州，爱尔清吟到白头。好手更逢成小簇，尚书诗句信风流。"在这首《见殷彦来属客画桥小景寄新城公》中，王苹一句"爱尔清吟到白头"既表明了他对恩师神韵诗风的向往，也流露出对自己的期许。

王士禛在《池北偶谈》卷十八《神韵》中论述"神韵"时谈道："汾阳孔文谷云：'诗以达性，然须清远为尚。'薛西原论诗，独取谢康乐、王摩诘、孟浩然、韦应物，言：'白云抱幽石，绿筱媚清涟'，清也；'表灵物莫赏，蕴真谁为传'，远也；'何必丝与竹，山水有清音'，'景昃鸣禽集，水木湛清华'，清远兼之也。总其妙在神韵矣。'神韵二字，予向论诗，首为学人拈出，不知先见于此。"[1]可见，王士禛的神韵诗创作是以"清远"为尚。

对这种和谐自然、清新深远的意境，王士禛在《鬲津草堂诗集序》中细论道："昔司空表圣作《诗品》凡二十四，有谓'冲淡'者，曰'遇之匪深，即之愈稀'；有谓'自然'者，曰'俯拾即是，不取诸邻'；有谓'清奇'者，曰'神出古异，淡不可收'。是三者，品之最上。"[2]王苹的诗歌在意象的选择、物象的修饰语和意境构图等方面都呈现出"冲淡""自然""清奇"的特点，形成"不涉理路""不著一字"的清远古澹之风。

作为评定诗歌的重要审美范畴，"意象是融入了主观情意的客观物象，或者

---

[1] 王士禛.王士禛全集 [M]. 济南：齐鲁书社，2007：3275.
[2] 王士禛.王士禛全集 [M]. 济南：齐鲁书社，2007：1798.

是借助客观物象表现出来的主观情意"[1]。意象对于诗歌意境的呈现起着至关重要的作用。朱光潜在《诗的隐与显》中说："我以为诗的要素有三种：就骨子里说，它要表现一种情趣；就表面说，它有意象，有声音。我们可以说，诗以情趣为主，情趣见于声音，寓于意象。"诗歌借助这种着意之象便能够臻至永恒。

每位诗人都有自己常用的意象群，如屈原的香草美人、陶渊明的菊等，现将王苹诗歌常用意象统计如表5-1所示：

表 5-1

类别								
山水	泉（溪水）	山	江（河）	池	湖			
	159	20	3	1	1			
花草树木	竹	叶	垂杨（柳）	草	槐	松	芙蓉	
	88	79	46	21	16	10	7	
虫鱼鸟兽	雁	鸥	蝙蝠	蛩（虫）	驴背	荒鸡		
	18	15	6	6	3	4		
天体气象	夕阳	雪	雨	烟	云（霞）	月	霜	晨	藤
	47	25	24	20	14	11	9	6	4

可见，生性寡淡、与世不谐的王苹视线所及多为自然意象，以泉（溪水）、竹、叶、垂杨、雁、鸥、夕阳意象为多，诗歌呈现出凄冷、寂静、萧瑟、清幽的风貌。

一、王黄叶与"叶"意象

时至今日，提到济南王苹，人们最津津乐道的就是"王黄叶"。王苹的诗歌中，"叶"之意象清奇拔俗，约有79处，使用频率排名第三，具体使用"黄叶（叶黄）"，约有52处。"黄叶"串起了他波折的一生。

28岁时，受王士禛推举，以"乱泉声里谁通屐，黄叶林间自著书""黄叶下时牛背晚，青山缺处酒人行"之句声名天下。然而，此后的30多年，王苹在仕途之路上起起伏伏，如同秋日翻飞的"黄叶"，背负着落魄和羞耻，飘零天涯。

47岁时，王苹在《读〈南海集〉感怀新城公三首·其三》中感叹：

[1]　袁行霈.中国诗歌艺术研究[M].北京：北京大学出版社，1987：06.

可笑王黄叶，孤怀二十年。得名自公始，失路复谁怜？

凄断屯河口，飘零杜曲边。行将骑驴去，清制问田归。

49岁时，中进士谋官不成的王苹再次借诗慨叹，赋诗《寒夜读〈池北偶谈〉感题卷首》：

残客残书漫作缘，霜晨头白软红边。才名零落王黄叶，孤负尚书二十年。

两个"残"字，一个"漫"字道出心中苦闷，49年来行尽万里路，不过是天地一"残客"，读破万卷书，写尽千种情，不过是人间一卷"残书"，而今只能漫随缘深缘浅。已经记不得这是多少个辗转难眠的夜晚，晨霜又起，鬓发又白，天边的红日已缓缓升起，繁华喧嚣即将来临，可曾经的"王黄叶"早已埋没在漫天的风雪中，生花妙笔也随着秋尽而凋零，只留下对尚书的深深愧疚与遗憾。白色、红色、黄色交替出现，在这样一幅本应热闹绚烂却最终萧条残败的图景里，王苹无数次地质问过自己，"这是我吗？！"20年来的苦闷与挣扎时时萦绕心头，生命的每分每秒都被它占据。或许，某个时刻，它会被另一种痛苦和快乐暂时替代，然而，当一切归于寂静，它就会不由自主地弥漫心间，带着尘世的纷扰，带着奔波的疲惫，诗人唯有无穷的落寞，"世事从来秋后叶，才名今日海边鸥"（《夕照精舍访泰州二首》）。

52岁时，王苹又作《题〈渔洋诗话〉卷尾二绝句》，对渔洋师品题赏拔铭感于心，又间有一时之诗名的失落和对渔洋师的愧疚。其二：

老有心情似牧之，江湖载酒复何时。人间也自呼黄叶，却少崔华七字诗。

此外，还有两处，"博得王黄叶，虚名到白头。诗为前辈许，老被少年羞"（《雪后得清苑郭先辈南洲寄书辄赋四首作答·其三》），"凭谁为道王黄叶，海上飘零竟欲还"（《读孙宫赞莪山黔行日记感题卷首》）都是一生之虚名的慨叹。甚至还将"王黄叶"简称为"黄叶"指代自己，约有六首：

十载寻秋处，平生负米心。剧怜黄叶在，隔树响寒音。（《北园晓行》）

未能免俗车兼笠，岂不怀归钓与耕。奔走频年黄叶老，登临何处夕阳明。（《十月六日述怀二首》）

不才真忝窃，黄叶有人呼。（《答元城黄同年尚从四首·其三》）

乡味持鳌健，吟俦对雁斜。剧怜黄叶暮，浩荡醉京华。（《鲁瞻招同受宣小饮》）

斜晖看画我邈然，黄叶长廊呼法喜。（《南徐张山人芝南为余作禅喜小照赋长句赠之》）

席帽习习黄叶寒，偶为前辈许登坛。烛如意气三条尽，泪是功名两袖看。（《九月十九日飓风大作海水喧豗偶检箧衍得顾翰林秀野赠诗感旧用韵奉怀四首》）

诗人多层次多侧面地抒发了一生的痛苦与期待，一生爱"寻秋""怀归钓与耕"、常"斜晖看画""呼法喜"，但"负米"终使其只能成为心中的念想，因"不才""黄叶暮"时才"浩荡醉京华"。在这生之不幸的叹惋中，"黄叶"既指景色，也指自己，一语双关。

（一）从苏轼而来的"黄叶村"

王苹写"黄叶"最为有名的是《秋居赤霞山庄感咏》：

柴门寂寂夕阳横，满地蓼花野水明。黄叶下时牛背晚，青山缺处酒人行。

因循丙舍身将隐，料理丁年志未成。搔首西风终濩落，不知何日始躬耕。

说起"黄叶"诗，北宋苏轼的《书李世南所画秋景·其一》为人所熟知："野水参差落涨痕，疏林欹倒出霜根。扁舟一棹归何处，家在江南黄叶村。"诗中展现了画中所描绘的秋日之景：野水、疏林、扁舟、黄叶，为何问及"归何处"，乃是佛教中以杨树黄叶为金，比喻天上乐果，能止人间众恶。所以，这黄叶又有着淡淡的归隐之义。"黄叶村"并不具体指哪一个村庄，而是指秋日充满了浓郁闲适悠然气息的村庄。

王苹此诗上承苏轼，又进一步丰满。"柴门""夕阳""蓼花""野水"，首联两句补充了"野水参差落涨痕"的意境，颔联写山林黄叶。王苹将"酒人"嵌置在"青山""缺处"这一自然环境中，宛如一幅归家图，落日余晖下牧童骑牛、酒人踽踽而行，"晚"字化用杜牧"停车坐爱枫林晚，霜叶红于二月花"之景，更添秋日的凄清优美。颈联的"丙舍"与"丁年"之工对，以干支纪年写岁月流逝，"志未成"尚不能归隐，只能无奈地期待未来，"妄思清净退，丙舍筑西畴"（《雪后得清苑郭先辈南洲寄书辄赋四首作答·其三》）。这欲退不得的矛盾深化了苏轼"扁舟一棹归何处”的归隐之情，苏诗感情隐而未发，王诗生生地剖开了伤口给人看，将仕与隐之间的心理冲突展现得更为清晰。尾联更是发出了"不知何日"的叹问，将这种痛苦无限深化，那徘徊在"青山缺处"的"酒人"似也终将随着秋风如黄叶般凋零，落魄的失意中融汇着对天人合一的自然追求。

再看一首《南园》：

何处篠篸有敝庐，空存老树与清渠。乱泉声里谁通屐，黄叶林间自著书。

草色又新秋去后，菊花争放雁归来。菭畦舍北余多少，取次呼童一荷锄。

竹林丛生，陋室之中，老树之旁，清渠之侧，泉声淙淙，黄叶飘零，这里就是诗人"自著书"之南园，画面到此，似乎有些孤寂凄凉，但颔联一转，"草色又新""菊花争放""雁归来"，瞬间让这画面充满了生机，尾联借孩童的嬉戏带来了灵动与飞扬。虽然落寞但脱去尘俗的诗人形象呼之欲出。较于前首，此诗延续了对归隐的渴望之情，更热烈地呈现了田园的惬意和自得之乐。

王苹一生中，"黄叶"无处不在，"巷南黄叶路"（《客中述怀示从侄香祖上舍十首·其四》）、"长廊黄叶萧萧处"（《石堂感忆祖珍道人》）、"行过满山黄叶声"（《九日与客游秋口孙氏柿岩山房》）、"门前黄叶下船多"（《怀抑庵津门》）、"酒怀黄叶三家市"（《九月廿一日偶作》）、"秋坟黄叶向烟嘀"（《与句容孔上舍竹巢话鹿床明府往事感赋》），当然更少不了泉畔的黄叶，"始羡寒泉黄叶秋"（《送李秀才讷斋省试》）、"双泉黄叶下"（《秋日杂诗十首用唐人张司业秋居韵》），还有寺院的黄叶，"黄叶秋垂精进幢"（《温经室》）、"秋怀殿古多黄叶"（《丙申人日净业庵礼佛》）。

黄叶漫天，诗人听秋声，感秋威，"黄叶下山风，且听秋窗乱"（《长句怀梅上舍螺龛》）、"秋从黄叶听，山向赤霞耕"（《八月一日感怀赋寄儿泂四首·其一》），黄叶声中还伴着水声，"黄叶寒流秋声威，云涛泱莽频指挥"（《题施太学揖山戴笠问津图》）、"到来众水白云气，行过满山黄叶声"（《九日与客游秋口孙氏柿岩山房》），窸窣的落叶中还携着雁声，更增添了无限凄凉，"发白即今饮伴少，叶黄从此雁声多"（《甲午立秋感咏》）、"玉河水咽雁声哀，一冢秋坟足草莱。谁剪寒衣黄叶路，西风吹与纸钱财"（《东城展十八叔氏墓》）。

不仅听秋声，诗人更将漫天黄叶翩飞的姿态一一化作诗情："灯上夜堂黄叶雨"（《送次儿滚师西村秋获》），黄叶如雨连绵不绝，离愁亦如此，"都是岩公寥阒处，隔帘黄叶更纷纷"（《秋夕怀雷叟卖卜湖上》）；"灯挑砚北青衫泪，心绕江南黄叶时"（《秋怀诗十首·其五》），诗人借黄叶在天地间被风吹动的无限缭绕之态写尽对江南家乡之思，"绕"字用得颇妙，既指黄叶飘零交织，也凸显了内心愁苦之多之杂之痛。再与上句结合，深夜挑灯、砚北思乡、泪湿青衫的诗人宛在眼前。"小船冲雨到丹阳，烟水中间望射堂。多少六朝风景在，一帆黄叶落渔庄"（《雨泊丹阳》），一帆黄叶飘飘悠悠，满载着深挚的思念停泊在渔庄，时间之久，距离之远，情难自抑。一个"落"字，将小帆与黄叶飘零天涯的轻盈之态写尽，又笼罩着淡淡的忧伤。不过，诗人也常常从悲秋中跳将出来，"眼中但有几黄叶，竹外新添寒绿肥"（《九月十九日飓风大作海水喧豗偶检箧衍得顾翰林秀野赠诗感旧用韵奉怀四首》），黄叶已凋，竹生新绿，诗中洋溢着对春的渴盼，对理想的追求，"灯绿一千余里梦，叶黄七十二泉秋"（《雨中夜坐念从兄元铭将归述怀送别》）。

在构筑诗句时，王苹常将"黄叶"与"白头（头白）"对举，约有6处，且都作于49岁之后。"巷南黄叶路，海右白头人"（《客中述怀示从侄香祖上舍十首·其四》）、"双泉黄叶下，十载白头归"（《秋日杂诗十首用唐人张司业秋居韵》）、"头白难忘鬲津路，叶黄已到鹊山湖"（《闰七夕感怀》）、"始信白头登第晚，却输黄叶闭门初"（《十二月廿二日海上》）、"秋怀殿古多黄叶，春对僧残尽白头"（《丙申人日净业庵礼佛》）。王苹不断用这两个意象慨叹着梦想与现实的差距。除此之外还用"白云""白杨"对举，"归路巾车黄叶满，逐门村径白云浓"（《雪中十首·其七》）、"老至诗篇黄叶少，春来门巷白杨多"（《香坡言有为余延誉者》），黄叶由"满"至"少"，人生也渐渐步入荒芜。

（二） "崔黄叶"及黄叶诗

尽管王苹一生无甚功名，但其诗歌创作绝不负"王黄叶"之名。值得注意的一个现象是，与他同时还有一位"崔黄叶"："人间也自呼黄叶，却少崔华七字诗。"

（《〈题渔洋诗话〉卷尾二绝句》）这位崔华（字蕴玉，一字不雕，江苏太仓人）是王渔洋的门人，居太仓直塘，性孤洁寡合，其诗清异出尘，亦因王士禛的赏识而被人们称为"崔黄叶"，《渔洋诗话》云："太仓崔华不雕，工诗画。常有句云：'……丹枫江冷人初去，黄叶声多酒不辞'，此例甚多，余目为崔黄叶。"凄凉萧瑟的秋日，诗人饮酒送别友人，友人渐远，黄叶声声作响，弥漫天地之间，离愁也越来越浓。崔诗中的"黄叶"与王苹略有不同，其意已经脱离了苏诗之境，更为清冷，成为别情的烘托了。嘉庆间诗人崔旭（字晓林，号念堂）被张问陶以"渔洋门下士崔不雕"，目之"直胜崔黄叶"，可见崔华在当时也是颇为有名，所以，王苹略有自卑之意。但就诗而论，王诗意境似乎更为开阔一些，崔诗则略显局促。

此事还可说明，捡拾"黄叶"入诗，似乎是当时的风尚。其后还有几人用到"黄叶村"。敦诚《四松堂集》有《寄怀曹雪芹》一诗，末句云："残杯冷炙有德色，不如著书黄叶村。"这里很明显是化用王苹"黄叶林间自著书"之意。《晚晴簃诗汇》所载乾隆年间怡贤亲王允祥之子宁良郡王题为《送过亭先生秉铎鸡泽》的诗中有"可堪秋雨秋风后，黄叶空山自著书"，亦出于王苹之诗，"林间"一词换成"空山"，过于绝尘幽寂，不如王诗以泉声、叶声所营造的闲雅之境。

另外，还有法式善《寄王柳村》之句："海陵邓孝威，选诗黄叶村。"此处要先从上句的邓孝威讲起，他著有《诗观》四集，后乾隆间开《四库全书》馆，因书中有应禁之人，奉旨抽毁。邓孝威曾作《题息夫人庙》一诗广为流传，《红楼梦》第一百二十回引了其中两句："千古艰难惟一死，伤心岂独息夫人。"法式善所言"选诗黄叶村"之"选诗"即指邓孝威探寻编辑《诗观》一事，而"黄叶村"正是其编辑《诗观》之地。可见，清康乾之时，从苏轼承传而来的"黄叶村"已为文人所熟，多指代秋日景色怡人的村居。

（三）红叶正当秋寂寂：由"黄叶"到"红叶"

除了"黄叶"之外，王苹诗中还有不少"红叶"意象，作为补充，呈现了更为丰富的审美感受。"黄叶"与"红叶"，虽然同为"叶"，但因颜色不同，质感不同，情感亦殊。枯黄的树叶，极为普通，色彩有深浅，叶面或完整或残破，当其风中飘舞，或铺满地面，动静交替的瞬间，就是一个生命的终止。叹黄叶凋零衰败，叹生之脆弱，叹年华不再，叹一事无成……

红叶比之于黄叶，不很常见，往往指枫柏、柿叶等，而且常常是成林，杜牧有："停车坐爱枫林晚，霜叶红于二月花。"暖色调的红叶在王苹笔下依然是冷艳凄清的，"红叶正当秋寂寂"（《江宁留别吾宗安书》）、"霜冷堆门叶自红"（《灯下怀括苍民部》）、"烂醉一场红叶下，横吹铁笛闹荒村"（《园居四绝句·其三》），想必是那绚烂的红色惹起了诗人的伤心事，激起了诗人的癫狂痴态，酒兴、诗兴交织回荡，"老态飞扬红叶下，兴来放脚乱山隅"（《叶先生七十》）。

且来看其笔下红叶纷飞中的诗兴，"不若骑驴红叶路，来过压次与论诗"（《聊城赵生持德州公〈品茶歌〉过访，述公相念，即事书怀四首·其三》）、"七十二峰红叶里，可能处处有新诗"（《大汶口怀赵同年》），也有宁静悠远的，"路转苍萝山脊上，寺藏红叶夕阳边"（《杏子口》），一抹红晕之中，寻得寺庙，颇有峰回路转之妙。

诗人记录着叶落瞬间的心灵震颤，"吾意蹉跎惊落叶，满头尘土逐虚名"（《辛酉秋怀十首·其八》），一个"惊"字，似猛然醒悟因追逐虚名而误了人间最美的生命真谛，"叶落侵头一水闻，芦帘木榻过烟云"（《秋怀诗十首·其二》），叶入水的一瞬，云轻轻拂过，在自然的变幻中诗人慨叹着"空堂更自添秋卷，多在萧萧叶落中"（《柬梓园·其一》），终其一生，诗人营造出清远古澹、含蓄蕴藉的诗歌意境。

二、林泉诗

古人说：智者乐水，仁者乐山。王苹居于望水泉畔，又有鹊山、千佛山相伴，诗人于水之清幽山之静穆中栖息疲惫的身心，求得一片从容与自在。远行在外，看他乡青山绿水，便也会遥想故园风景，朝朝暮暮，唯有山水自然能让漂泊的心安定。

水类意象中，王苹侧重于"泉""溪""池""水"这类狭小深幽的意象，多达159处，凸显出清雅、幽静、秀丽之柔美以及水的深长韵味。其中，居于首位的是"泉"意象，有122处，透出清泠的意韵。诗人以审美的心态观照日日与之相伴的泉水，无论是其自然清澈之色还是叮咚作响之音，抑或是甘洌之味，都深深融入了诗人的生命。诗人听泉、看泉、烹泉，泉水各有风姿，其中，最突出的就是听泉意象。

　　诗中写"泉声"有15处，原本泉落石上就一种声音，但诗人在不同时刻、不同情境听泉，泉声也变得多姿多彩，好似一组组乐曲，分外别致。晴日，好友来访，"欣兹人日晴，出郭试泉声"（《癸亥泉上迎春柬张鹿床明府》）；雨天，"畦荒雨气惊寒蝶，池涨泉声下野鸥"（《行药溪上》），泉声和雨声交织，"寒随风势阔，泉赴雨声繁"（《深冬坐雨》）；黄昏，"风光澹沲偏惘怅，且傍泉声送夕晖"（《春日二首·其一》）；月下，"秋灯花气蒸茅屋，明月泉声上板桥"（《秋怀诗十首·其七》）。甚至于"泉声彻夜响空城，旧梦方回雁语惊"（《辛酉秋怀十首·其一》），自朝至夕，都有泉声相伴，这也正是作者所期望的，"僻地泉声去不归，平生萧瑟恋清晖"（《秋怀诗十首·其六》）。既然如此，那就一次次"青鞋布袜风流甚，好踏泉声访隐沦"（《甲子人日》），又或者是"乱泉声里谁通屐，黄叶林间自著书"（《南园》）。当然，除去水流的自然之声，还有洗砚、洗钵之声，"窥园来蝶影，洗砚得泉声"（《香坡移居三首·其一》）、"晚来行药空池上，洗钵泉声似弄弦"（《岁暮杂怀十首·其五》），水声泠泠中，映衬的是诗人闲适的心态。即便旅宿在外，也有泉声相伴，"倦投空寺宿，夜听乱泉声"（《山行杂诗十首·其二》）。

　　除此之外，诗人还用了"泉音"一词，"延伫风泉音，柴门在深竹"（《重阳日思归理溪堂读书》）更凸显了其音乐性，"闲情只在溪南路，多少泉流隔树闻"（《秋怀四首·其四》），"隔树闻"引人无限想象，或奔腾或潺湲，这泉声的美妙是值得侧耳倾听的。于是，也就有了那美好的记忆，"雨开扫雪后，交忆听泉初"（《雪后得清苑郭先辈南洲寄书辄赋四首作答·其一》）。因殷士儋曾居于此园，所以，这里的泉声对王苹也就有着特殊的含义，"泉响如呼殷正甫，风多欲哭李沧溟"（《赵上舍宣四过访话旧二首并柬令兄香坡·其二》）。

泉水奔涌之态如何呢？诗人喜用"乱"字来凸显水之奔流不息，约有11处，"通屐乱泉边"（《访友人不值》）、"乱泉背雨出荒村"（《秋怀四首·其三》），而作者的梦想就是"岿然诗老乱泉间"（《江宁张秀才僧持见访》）、"归来但得乱泉听"（《九月廿一日偶作》）；选用"空"字写泉水的空明澄澈并映衬内心的些许落寞，约有8处，"到家负米空泉上"（《留别乐园上舍限韵》）、"空泉好署无名客"（《秋怀六首·其六》）；选用"寒"字折射生活的凄清，约有8处，"山中侵晓寒泉苦"（《早发奉符道中》）、"寒泉草又生"（《得赵太守香坡书却寄四首·其四》）。春日来临，诗人笔下的泉也生机勃勃起来，"竹里关门旧水边，春禽相唤隔春泉"（《溪堂偶成柬香坡太守》）、"草际泉痕自有诗，霞飞燕影定空池"（《辛酉秋怀十首·其五》）。

诗人喜用"泉头"称呼所居之处，约有10处，"十年老屋破泉头"（《葺屋四首·其一》）、"牢落泉头二十年"（《养疾僧庐遣怀十首·其四》），光阴流逝中，"几日泉头草又生"（《己丑清明日登白雪楼》）、"泉头行药发离骚"（《涉园》）。诗人还将"乱"字与"泉头"组合，"偏觅题名孤店壁，远存老友乱泉头"（《养疾僧庐遣怀十首·其九》），好一个"乱泉头"，这里就是诗人的精神家园。

诗人被泉包围着，"泉滴沾我衣"（《秋日与客登千佛山过法华庵茶话》）、"浮沉曾作狂泉饮"（《秋夕感怀六首》）、"茶试名泉上，梅看拂水滨"（《舟中赠二南客》），这样的生活好不惬意。因此，每每客居他乡，便会无限思念泉上，"不晴不雨半寒食，却忆东风廿四泉。几朵春山深竹里，半村野水乱花前"（《壬午三月怀泉上》）、"轧轧宫鸦欲暮村，此时泉气上柴门"（《夜坐怀泉上》），而每次回到故里，诗中则溢满了喜悦之情，"寒风几日蹋重重，还我梅花竹叶中。正是残年好风景，半园雪霁夕阳红"（《抵泉上》）。

诗人常常觉得自己就是山水主人，"柳黄冻解草堂前，管领东风廿四泉"（《岁暮杂怀十首·其十》）、"七十二泉须笑我，湖山管领竟华颠"（《自嘲》）。泉就是他的好友，孤寒寂寞，都有泉相知心，相陪伴，"七十二泉上，人家多清晖"（《送客之济南·其二》）、"今日雪中闭门始，只教七十二泉知"
（《雪中》），甚至亲昵地视泉为家人，"只有南州好心事，家泉问我涩秋苔"
（《答泰初》）。

除了"金线池"，诗人笔下还有其他的济南名泉，"石湾泉上闭柴门，拨尽炉
灰短昼昏"（《聊城赵生持德州公〈品茶歌〉过访，述公相念，即事书怀四首·
其一》）、"疾过芙蓉泉，一见嗟坎坷"（《送别毅文检讨还淮上》）、"树老龙
山长白路，桥分百脉净明泉"（《明水感旧》）、"只剩杜康泉上住，一湾寒水两
垂杨"（《东蔡国博龙文二首》）。

当然，王苹诗中写得最多的还是所居之望水泉，只是多隐去泉名，直呼其名
的有4处，如"望水泉边宅，棠川石畔人。青萝补风雨，白发际冬春"（《雪后得
清苑郭先辈南洲寄书辄赋四首作答·其二》），其次是山中之柳泉，有3处，如
"羡尔南山好读书，水枝春草柳泉鱼"（《张秀才芝圃读书山中却寄》）、"濯足
柳泉听石雨，采芝水峪荷烟锄"（《寿叶丈村庵二绝句》）。除了写家乡的泉，
还写在外所见之泉如《杨柳塘听泉用少陵太平寺泉眼韵》等诗。

王苹对泉意象的偏爱，不仅是因为家居泉上，更是因为泉意象的寓意深远。
"僧残老树余双寺，佛冷空泉自六朝"（《九月十八日与杭州客游千佛山，余不至
是山者十四年矣》），在佛教中，清澈明净的泉水是僧人经常观照之物。《观
无量寿经》中即有"泉池功德"一说，"十方世界诸往生者，皆于七宝池莲花中，
自然化生，悉受清虚之身，无极之体，但有自然快乐之音。是故彼国，名为极
乐"[1]。称极乐世界的水具有八种功德，《称赞净土经》云："何等名为八功德
水，一者澄净，二者清冷，三者甘美，四者轻软，五者泽润，六者安和……"[2]
《无量寿经》把"作水想"作为第五观的净业修持方式："次作水想：见水澄清，
亦令明了，无分散意；既见水已，当起冰想……"[3]所以，面对清净澄澈的泉水净
业修持，洗濯尘埃，便是诗人心之所想，"经幢垂野蔓，石鼎饭春禽。坐卧残碑
下，风泉净客心"（《山行杂诗十首·其八》）。在这个观照的过程中，诗人常
常悟得禅理，"泉生无意处，茶熟既眠余"（《秋日杂诗二首·其一》）、"欲寻

[1] 瞿平，章弘，注译. 净土诸经今译 [M]. 北京：中国社会科学出版社，1994：123.
[2] 瞿平，章弘，注译. 净土诸经今译 [M]. 北京：中国社会科学出版社，1994：123.
[3] 瞿平，章弘，注译. 净土诸经今译 [M]. 北京：中国社会科学出版社，1994：123.

转境无消息，望断青溪白鹭洲"（《己巳病起杂诗十首·其九》）。

诗人笔下的水意象，还有"溪"12处，如"青溪、溪窗、溪路、溪堂、旧溪、溪柳、乱溪水"。直接以"水"出现的有26处，多指泉水溪水，出现次数最多的仍是"乱水"，有4处，"瓦钵无衣乱水明"（《秋怀六首·其二》）、"一池乱水听争掣"（《己巳病起杂诗十首·其十》）、"乱水啮颓垣"（《香坡移居三首·其三》）、"乱水且听山溜响（《湘草携尊过饯》），与前面的"乱泉"有异曲同工之妙，写出了泉之活泼灵动。

诗人还捕捉到了水面上的柳绵纷纷之景，一为动态，"燕语侵帏寻蝶梦，桐绵贴水学鸥飞"（《春日二首·其一》）；一为静态，"菜甲渐分水漠漠，柳绵多并水昏昏"（《行药园上》）。还有"寒水、水荒、暗水、剩水"等，体现了作者孤寂的心情，"寒水以怜心事好，春灯早结后来思"（《寄无垢二首》）、"花老可怜幽事尽，水荒且放酒人来"（《园居四绝句·其四》）、"万竹园荒石气青，依然暗水带春星"（《葺屋四首·其四》），水是这个小园的命脉，"树暖莺为报春鸟，园荒水是主林神"。事业未成，诗人常常觉得愧对亲如父老的泉水，"一事未成羞历水，半生有梦怆江潭"（《养疾僧庐遣怀十首·其十》）。

"还家衰柳枯荷后，过我残山剩水居"（《叶丈存庵罢官归过泉上》），诗人笔下山的意象有20处，侧重于山的凄凉残破，其中"乱山"4处，"颓垣放过乱山青"（《己巳病起杂诗十首·其五》）、"乱山藏破寺"（《山行杂诗十首·其八》），还有"残山、空山、晚山、不尽山"。山与水常常是对举的，或者是句中自对，"经营剩水残山事"（《雪中十首·其八》），或者是上下两句相对，"一带寒流浸晚山，水村寂寂闭柴关"（《明水即目》）、"偏怜破屋空临水，细数斜阳不尽山"（《江宁张秀才僧持见访》）。诗人的生活就是"二分柳色一分山"（《葺屋四首·其二》），"山川病后羞歧路"（《东蔡国博龙文二首》），诗人日日对山，其眼中的山也是有灵气的，"霜痕随岸破，山气向城深"（《北园晓行》），诗人常常向山倾诉内心的愤恨和苦闷，"何曾一卮酒，将恨问山灵"（《寄江南周上舍龙客三首·其一》）、"孤嶂孤花漫寂寥，山灵应笑发萧萧"（《九月十八日与杭州客游千佛山，余不至是山者十四年矣》），山与水俨然成了生命中不可缺少的一部分。

花草树木类的意象中，因王苹居万竹园，自然"竹"的意象出现较多，有88处，在其情感世界中，竹居于非常重要的地位。

王苹的咏竹诗内容非常丰富。据笔者初步统计，咏竹诗大体包括以下部分。就涉竹环境而言有屋边竹、竹斋、竹户、竹屋、竹窗、竹荫、竹外、竹里、竹径等；就艺术情象而言有雨竹、水竹、深竹、秋竹、苦竹、竹影、竹色、竹声、竹间晖等；就本身部位而言有竹鞭、竹叶等；就竹制品而言有竹皮冠、竹皮巾等。还有专门咏竹的诗，如《对雨中新篁忆园竹》《题竹林园于湖上精舍》等。

王苹一生居于竹中，"吾庐万竹园，乱水啮颓垣"（《香坡移居三首·其三》），"荒园竹及三千个，老树春来四十年"（《草堂》）。一年四季，都有竹相伴，试看：春日，"野花一径隔春渠，苦竹修修裹敝庐"（《行饭舍后望子静书屋意殊惘惘也》）；夏日，"半载乡关岂遂初，雨中休夏竹中居"（《寄括苍》）；秋日，"竹外寒威三径满，墙阴蛮语一秋微"（《秋怀诗十首·其六》）；冬日，"丛篁残雪岁将除"（《淄川归感咏》）。诗人幽居竹中，自足自乐，何等的澄明心境，真可谓遥接陶渊明"吾亦爱吾庐"之风。

对诗人而言，最美妙的事情就是赏竹娱兴，"两版长关源上路，一房恰受竹间晖"（《岁暮遣怀十首·其九》）。这"竹间晖"又是什么样的呢？

首先是自然的美景。黄昏时，"竹里闲居又夕阳"（《偶咏》），夜色中，"满地月浮松竹影"（《元夕无灯无酒感叹成诗三首·其三》），更为惬意的是在竹下休息，或是"竹下睡美经春雨，篱下眭开半野香"（《夏日杂诗·其一》），或是"竹深蔽榻帏分绿，霜冷堆门叶自红"（《灯下怀括苍民部》），或是"乱藤裹竹闭柴荆，间绿初黄炙屋明"（《秋怀四首·其一》）。闲暇数竹，也成为诗人乐此不疲的休闲活动，"竹数秋痕可十双，移床就绿背西窗"（《秋怀诗十首·其四》），最有趣的是"儿童自数新慈竹，门巷曾过旧醉翁"（《东方学博一峰为草堂作图》）。

在这变幻的色影中，诗人的观察细微至极，善于捕捉动态，将自然的宁静展现，"竹叶乍舒禽磔磔，柳条欲变水粼粼"（《戊寅人日》），竹叶在水中慢慢展开的动态，好似慢镜头。"药栏雨冷燕巢空，秋竹鞭长破屋东"（《晚晴绝句》），因天冷，燕巢都已空，而竹子依然长势旺盛，一个动词"破"字凸显了竹子的横空出世，将竹子的不畏严寒与凛冽的性格表现得有力、饱满。两处动态的描写截然不同，前者舒缓，后者剑拔弩张。

王苹的诗歌构筑具有幽深意境，呈现出清美的韵味。竹与泉池对举，"莺啼细雨泉头树，鱼上轻烟竹里盆"（《雨后二绝句·其二》），莺啼、鱼跃点缀其间，声光色影，更显示了田园之美，诗情画意中全是景语。"山池有梦鱼苗长，竹径无人燕子飞"（《思归》）则是一幅极为安静的画面，鱼苗生之，燕子飞舞，一切是动态的，但又是静谧的。在这样动与静的结合中，有一种禅境的幽静和深远。因为竹林是与泉在一起的，水汽氤氲围绕竹间，又有一种似梦似幻的仙境之感。竹还常与云对举，"压屋山云中，沾窗水竹疏"（《香坡移居三首·其二》），"药房深竹里，鹤径乱云间"（《山行杂诗十首·其六》），云雾缭绕之中，竹林掩映。

其次是与亲朋的竹中之乐。与友竹中聚饮是诗人最爱：

竹里清寒昼闭门，多君载酒还相存。（《苦寒水秀才携尊见过》）

报书到日水连村，读向当年竹里门。（《寄天津黄秀才六吉二首·其二》）

搔首溪前溪后竹，此中曾记剪春蔬。（《溪堂寒甚与芝圃燎松柴相向辄赋》）

雪后梅黄才半树，竹中酒绿正盈螺。（《曲阜留别肃之上舍》）

王苹生性耿直，对朋友倾情相待，这些与友嗜竹、赏竹的诗，留给他美好的回忆与无尽的思念。竹节年年生新，而友人却天各一方，"竹声檐溜上溪堂，顿忆湖南旧雨凉"（《雨中柬史西庐》），相见无日，不免让人心中怅然，"竹许听秋数晨夕，袖容携海话团圞"（《辛卯七月将归东州述怀留别都门诸同学四首》）。

竹中读书、写诗分外惬意，"随分泉头开药裹，径行竹里认诗痕"（《己巳病起杂诗十首·其一》）、"灯寒竹里手对书，曾到殷家园子无"（《淄川客中寄黄秀才子静》），自己于竹中努力读书，同时也寄希望于儿辈，"但课儿挑竹里灯"（《出都一首》）、"竹屋秋灯穗欲成，萧然但有读书声"（《溪堂夜坐听儿子读书感咏》）。与儿子书信往来常谈园竹，"旧竹手载三百个，今年添得百竿余。儿曹若解檀圆好，应向中间去读书"（《儿子来信言今年园竹甚盛戏批纸尾》），因竹子甚盛，竟掩饰不住内心的兴奋，催促儿子去竹间读书。"儿子书频至，家居报水东。溪添数行竹，邻补二株桐"（《客中述怀示从侄香祖上舍十首》），谈水东之景，如同问候家人，亲切自如。不管何时归来，"水竹依然似故人"（《过张秀才海曙故居》）。

竹林本是隐士的象征，在世俗喧闹中保持竹林之想的境界，不正是君子穷其一生所追求的吗？一生爱竹的王苹在外，也总要以竹为伴，宿居柳泉观时，"药房深竹里，鹤径乱云间"（《山行杂诗十首·其六》），旅居京城时，在居所前后遍栽绿竹，"半榻空墙草又黄，新栽秋竹学人长"（《题寓舍二首·其二》），一年草又黄，岁月流逝，新竹不断长高，诗人渐老，却只能留滞京城，"眼底何人展重九，斋前风叶笑先生。如何抛得秋冬际，不在溪堂听竹声"（《九月十三日》），流露出掩饰不住的伤感和思乡之情。晚年王苹自称种竹先生，《村居岁暮杂诗十首·其二》：

> 溪前溪后鸟绝飞，苍凉一望爨烟微。日黄巷曲人偏少，寒绿园空雪已稀。
> 昔梦湖山总无恙，晚逢文酒欲何依。萧然渐被东坡误，种竹先生貌不肥。

王苹50岁时归省荒村，面对眼前萧瑟凄凉之景，心生慨叹：湖山风光依旧秀美，绿竹环绕，我这个穷书生为东坡诗文所误，仍然清寒寂寞，晚境赋诗饮酒，心情彷徨无所凭依。化用苏轼"可使食无肉，不可使居无竹，无肉令人瘦，无竹令人俗"（《於潜僧绿筠轩》）之典，"误"字乃反用其意，坚守虚心，守节不渝。诗人在其八中吟咏："半间逼仄小书堂，扫地焚香廿载强。壁暗已成数丛竹，檐低还压几垂杨。早时甘苦灯窗在，短昼清寒风味长。也识后生须解惜，老夫曾此得篇章。"自己就像那数丛竹，默默地长，不管甘与苦，保持着品性。"竹上青霄直"（《咏朱丝玉壶堂梅竹》），"修修几个水泠泠，墨气凝为石气青"（《题西泠徐鼎墨竹》），托竹言志，以竹比德。其咏竹诗表现出对气节的推崇，"不知竹里雪一尺，开门大笑性所耽。平生耐冷身手好，客子垂老人情谙"（《北归逼除对竹中风雪有怀箕斋明府长句》），由诗人开门所见竹子深埋雪中的画面入，诗人大笑，既笑竹子，也笑自己。竹是"岁寒三友"之一，傲雪斗霜，

146

它的青翠原色与雪之洁白相呼应，其凛冽环境中的顽强生命力，让王苹赞叹不已，所谓高风绝尘、穷且益坚，风骨之潇洒凛然。王苹耻随流俗，将为人的铮铮傲骨与竹之冰霜精神合二为一："忽漫空堂逼岁除，修修旧竹欲何如。且呼稚子谋开瓮，早任家人笑著书。富贵可来禅悦后，英雄易老酒悲初。东风正暖柴门远，取次桃花水一渠。"（《除夕二首·其一》）自己就似那修修旧竹，人竹齐一，物我难分，宛如庄生梦蝶之化境。

"中条竹隐吴征士，名在词场四十年"（《题〈渔洋诗话〉卷尾二绝句·其一》）更是流露出对其友竹中隐士吴雯的欣羡。在《题草堂壁》中，诗人写道："北归两月病兀兀，今朝开窗看旧竹。竹外秋声动地来，竹里秋声堕茅屋。"这竹里竹外，摄人心魂，"曾是平泉宰相居，西风菜甲有人锄"的归隐生活正是王苹心驰神往的，无奈"二百年来石发疏，清池老树今何如"，终是有些许身不由己的无奈与惆怅。王苹一生选择于竹中居，晚年毅然推掉白雪山长一职，只有竹子的世界是清凉干净的，"哪能重束带，只合竹中居"（《二月十一日》）、"往还穷海三千里，徒倚丛篁二十春"（《偶咏》）。

第四节 清淡冲远：审美感受与意境

诗人常常置身于天地景观之中去捕捉细碎的自然之景，注重在瞬息变幻中细致呈现空寂之景，体现了深幽清远的审美取向。其对所选物象进行限定或补充的修饰语往往也是颓败衰残、冷寂阴寒的，从而使自然界之景笼罩在凄冷、幽寂之中，如视觉色彩"青、翠、绿"，感官感觉角度的"清""寒"等。

在视觉色彩方面，王苹格外偏爱"青、绿（翠）"等描绘物象。这些色彩所呈现的画面是与"清"这个字和《释名·释言语》中的解释"清也，去浊远秽，色如青也"相一致的。

如诗中的"绿（翠）碧"约有44处，多指各类植物的色彩，如垂杨、山、草、藤、竹，"摆落垂杨绿几群"（《秋怀四首·其四》）、"如今句夺春山绿"（《无垢编修示见怀三绝句和韵奉柬·其一》）。还有描写水的，"河桥绿拥酒徒轻"（《己丑清明日登白雪楼》）、"屋绕涨痕三面碧"（《雨中柬史西庐》），如是，整个小园都笼罩在碧绿之中，"绿净荒园翠暖余，东风亦笑好家居"（《留介臣揖山小饮》），诗人常常灯下苦读，"满卷皆风雨，哦罢寒灯绿"（《读闽县林烈妇表节录感书其后录为高云客作耳复生耳，烈哉义不辱》）。

"青"字约有30处，所修饰的自然类多指山水花草树木，如"青溪、海岳青、乱山青、青云、秧青、青萝、青藤"等，社会文化类则有"青蓑、青衫、灯自青、青门酒、青油幕、青笠、青磷"等。有时"青"与"绿"会同时出现在对句中，"芳草欲成连野绿，丛篁草放傍泉青"（《岁暮遣怀十首·其五》），更多还是青与白对举，约有24处，其中以"白"修饰头发的就占了10处，如，"青蓑容我遂初服，白发逼人方少年"（《辛酉秋怀十首·其七》）、"客子吟髭白，禅房灯影青"（《寺居杂诗六首·其五》）、"青萝补风雨，白发际冬春"（《雪后得清苑郭先辈南洲寄书辄赋四首作答·其二》）、"忧生共惜鬓将白，对酒频挑灯自青"（《广陵与从兄蔚园天池话旧》）、"眼青海右浮云处，头白京华落叶中"（《东州榜至方与肃之对酒念诸同学下第感愤成咏》），这种种青白映衬中折射的是岁月流逝中诗人悲哀落寞的心境，除此之外，还有"青磷碧血三千里，白骨黄河二十年"（《挽贾蕴生秀才》）、"飞扬秋赋青云上，寂寞寒灯白眼明"（《寄无垢二首》）、"浮沉身世织青笠，零落诗章探白囊"（《岁暮杂怀十首·其七》）、"眼入水霜白，鞭垂海岳青"（《寄江南周上舍龙客三首·其一》），亦是种种凄凄之境。

从感官感觉角度看，"清"在温度上偏于冷，王苹喜用的"寒"字也在这方面使诗歌呈现出了"清"的韵味。

一个"寒"字修饰了生活中的方方面面，约有48处。描写肤觉的有，"空斋寥阒寒于水（《秋怀诗十首·其八》）、"中人寒薄木棉温"（《秋怀诗十首·其九》）；描写山水的最多，约8处，如"寒水以怜心事好"（《寄无垢二首》）、"过墙寒溜声声去"（《岁暮遣怀十首·其一》）；描写花草树木的有"寒柳空堤夕照明"（《晚泊宿迁县二绝句·其一》）、"登堂寒菊晋征君"（《秋怀诗十首·其二》）；描写虫鱼鸟兽的有"寒禽投树急"（《此日》）、"一庭苦语听寒蛩"（《秋怀诗十首·其三》）、"古瓦昏时蝙蝠寒"（《秋怀六首·其一》）、"西风料峭野鸢寒"（《西村三绝句·其一》）、"畦荒雨气惊寒蝶"（《行药溪上》）；描写天体气象时，写寒气各有不同，"寒随风势阔，泉赴雨声繁"（《深冬坐雨》）这是写寒气风势猛烈渐强，同时还伴着纷繁的泉声雨声，使人从视觉听觉都感受到了寒冷，再如，"一带寒流雁阵昏，高原风物总消魂"（《西村三绝句·其三》），这是写雁阵南飞带来寒的气息使人销魂，还有"冷翠寒烟满药房"（《秋怀诗十首·其十》）、"寒空尽目极"（《题赵上舍蘩园所藏张西文梅花卷子用元人马虚中墨梅韵》）、"满袖寒云归竹中"（《抵泉上得无垢寄书云五月生女》）、"一假枯荷寒雨后"（《园居》）；描写声音的有"寒音"，6处，是各种不同的声音的碰撞，或是泉声、黄叶声交织，"蹦逆泉脉自溶溶，废圃招携日下春。归路巾车黄叶满，逐门村径白云浓。却愁病骨支秋屋，独赏寒音蚀晚峰"（《雪中十首·其五》），或是风声，"愿风忽凭陵，不平鸣不已。寒音落空庭，凄断愁双耳"（《秋日杂诗四首·其一》），或是水声、黄叶声交织，"老鹳桥西路，茫茫下水禽。……剧怜黄叶在，隔树响寒音"（《北园晓行》），或是泉声、竹林声、饮酒声、汲井声的交织，"半亩苔云破，空泉水竹深。垫巾余酒味，汲井有寒音"（《芝圃兄弟见过》），或是"万壑响寒音"（《登日观峰四首·其三》），自然界的清寒映衬着诗人内心的清寒。还有其他的如"心弱梦竦郊刺促，床寒井冻甫风流"（《岁暮遣怀十首·其三》）、"北食闲吟态度清，官寒偏尔有心情"（《无垢编修示见怀三绝句和韵奉柬·其一》）。而且，"寒"字与"绿"组合在一起，或指灯光、竹林、柳枝之色，"哦罢寒灯绿"（《读闽县林烈妇表节录感书其后录为高云客作耳复生耳，烈哉义不辱》）、"溪门满寒绿"（《访友人不值》）、"几日不来寒绿长"（《柬芝圃》）、"夕阳寒绿使人愁"（《天宁寺感忆从兄蔚园》）、"寒绿园空雪已稀"（《村居岁暮杂诗十首·其二》）、"更是眼明群从好，也如寒绿上阶新"（《赋答从兄天池和韵》），都是一种清冷的感觉，这种种"寒"都为诗歌增添了清幽之韵。

王苹诗中的这些清冷幽寒的自然景物大都是作为诗人内在心理的外在投射，

诗歌情境往往是日暮、深秋或者是一天中的朝与暮，时间和物象辉映中更添一丝悲凉之意。"柴门关落日，寒水任荒荒"（《赋答术秀才石发》）、"风将木叶报寒更"（《辛酉秋怀十首·其三》）、"荒阴漠漠变朝寒"（《辛酉秋怀十首·其四》）。有的是一句中连用两个"寒"字，"石壁西风老蔓斜，又惊寒雨吹寒鸦"（《曲阜阻雨》）。诗人还有一首题为《乍寒》的诗：

乍寒竹里赋秋居，拄颊西风落照余。委巷轩来谁好鹤，短衣叶满独骑驴。

醉怜狂态其犹昔，老觉人情不似初。只有溪南粳数亩，料量归理旧烟锄。

开篇以"乍寒"二字入，然后中间二联一气贯注，逐层生发，"谁好鹤，独骑驴""老觉人情不似初"点出不仅是外界自然的凄寒，更是心寒，尾联处最终只有粳数亩、旧烟锄相陪伴，写尽"寒"之题意。

不仅如此，诗人还格外选取了与"寒"类似的"冻"字，以此来补充这种清冷，约有9处，多写自然界的鸟类之"冻"，"冻雀争业竹"（《淄川王秀才敏入以其手图先像自刻墓表装成卷轴属赋》）、"空村听彻冻鸟饥"（《雪中十首》）、"辛苦丛篁冻鹤知"（《雪中十首·其八》）、"冻鹤声欲变"（《留别从第晋三叠前韵》）、"坏塘风急冻鸡鹍"（《早发奉符道中》），还有植物，"鹤窥涧户冻余苔"（《十月晦日》）。有时，"冻"字与"寒"字同时出现，"须眉净对寒峰直，门巷闲垂冻柳斜"（《雪中十首·其四》）、"隔浦凫翁冻欲飞，人家犹自掩荆扉。烟痕不断霜痕浅，一路寒芜水四围"（《霸州道中》），承受了冻寒之苦的诗人也才有了这"奇寒逼仄冻诗痕"（《雪中十首·其二》）。同时，孤寂、虚空、荒芜也往往与"寒"联系在一起，"孤舟寒水月明中"（《晚泊宿迁县二绝句·其二》）、"寒水浮苔留屋影，虚村得树起秋声"（《辛酉秋怀十首·其一》）、"敝庐饶荒寒，荧荧煨枯蔓"（《水枝轩与天目夜话二首》）。

这些修饰语使得诗歌语言呈现出清丽、冲淡之貌。"清"与"远"在诗歌中往往是融合在一起的，此处只是为了便于论述王荛的诗歌风格才分开阐述。下面再格外分析一下王荛诗中"远"的呈现。

"何谓远？沧溟万顷，飞鸟决眥者是也。"[1]从外在的视觉意义上看，"远"表

---

[1]　陶明睿·诗说杂记卷七·上海古籍出版社.

现为视觉的广阔高远，以平视为主，或远观，视点往往位于一览无余的广阔之处。如平野，"草黄庭际际，人远意如何"（《怀张国博良哉平原》）；如山巅，《登日观峰四首》其一："扪萝翠湿衣，遐睇沧州晓。初日何苍凉，海气远飘渺。"其二："何来远寺钟，天风是耶非？""行过龙山东路长，又从驴背送斜阳"（《青羊店题壁》）；如水面，"野水不知深几许，半陂秋涨到柴门（《西河沿酒家题壁》），这种因空间距离的延长而带来的视觉效果，烘托出整首诗歌的神韵之貌。再如以下写于旅途中的这三首。

寒柳空堤夕照明，南来又见大河横。人家一带钟吾驿，半在涛声半雁声。（《晚泊宿迁县二绝句·其一》）

吟残钓具数轻鸥，满地江湖欲白头。岁晚只知前路远，半帆寒雨过苏州。（《吴门道中》）

于兹何处女郎孤，一路荒山野水俱。吟尽枯荷三十里，知君袖有锦秋湖。（《束桥园》）

诗人对前方之路的期盼在地点的频频转换中不断绵延，给人以悠长之感。除平视之外，还有以仰视带来的高远之境，如《送鲁瞻之官青州长句》："岳色蒙蒙势东下，苍翠纷如万弩射。逶迤长白起数峰，天空修眉斗娅姹。"

外在层面的空间之"远"无限扩大了诗歌的意蕴，诗人的情感思绪在这个广阔的空间里延展，或朦胧或幽远。诗人注重从视觉、听觉、味觉等多角度来展现清远之韵。

在视觉方面，诗人撷取斑斑点点中蕴含着悠远韵味的生活之"痕"拓宽了情感表现空间。痕，泛指痕迹，如刘禹锡的"苔痕上阶绿"（《陋室铭》），贾岛的"鸟归沙有迹，帆过浪无痕"（《江亭晚望》），都是抓住了生活与自然中的细微之处。王苹诗中"痕"约有40处，有的直接脱胎于贾诗，如"涨痕远断愚公谷，沙路斜连鲍叔祠"（《淄河》）与"茶色浮鲛市，帆痕落水田"（《海镜庵与文悦上人茶话》）。

诗中以"秋痕"最多，约9处，如"雨树挟秋痕"（《题胡生画册》）、"秋痕欲上衣"（《饮孚尹宅》）、"逢君席帽拂秋痕"（《陆秀才岳亭见过话旧》）、

"半壁秋痕残菊在"（《东行前一夕感咏》）、"蜡泪秋痕一夕生"（《秋夕观剧》），也有"春痕"，"春痕蕴藉家家柳"（《己丑清明日登白雪楼》）、"衣上春痕新酒户"（《城东草堂观樵谷户部作大字并所购绛帖辄赋长句赠之》）；还有各种植物之"痕"，"草际泉痕自有诗"（《辛酉秋怀十首·其五》）、"窗破山痕在"（《寓园示李秀才丹言》）、"破寺闲邻橘柚痕"（《秋怀诗十首·其九》）、"柴门深处草痕新"（《己巳病起杂诗十首·其十》）、"去日长条几绿痕"（《无垢编修示见怀三绝句和韵奉柬·其三》）、"石发痕添却老舒"（《留介臣揖山小饮》）、"添得秋居旧藓痕"（《积雨后从墙缺晚眺》）；天体气象之"痕"，"草面凭陵匼月痕"（《秋怀诗十首·其十》）、"菊本苔深见雨痕"（《种菜》）、"霜痕随岸破"（《北园晓行》）、"残数雪痕慈竹冷"（《感咏》）。有的一句中用两个"痕"字，"烟痕不断霜痕浅，一路寒芜水四围"（《霸州道中》）、"池上长条水浸根，雪痕未了间霜痕"（《望水泉上柳》）。生活点点滴滴的痕迹——入诗，"二十七年真一梦，词场流落泪痕斜"，交织着人生的贫寒，"漏痕也似元和脚"（《再题汉夫别业三首·其一》）、"壁数漏痕秋室白"（《将去成山感咏因示无学四首》）、"雁痕不至药栏空"（《东州榜至方与肃之对酒念诸同学下第感愤成咏》），流连于"菊少西风旧酒痕"（《九日》），忘情于"径行竹里认诗痕"（《己巳病起杂诗十首·其一》）、"奇寒逼仄冻诗痕"（《雪中十首·其二》）、"茅堂谢屐痕"（《深冬坐雨》），点点行行，总是凄凉意。

诗人还注重听觉、嗅觉的清远之韵，如"清香"，"秋灯花气蒸茅屋"（《秋怀诗十首·其七》）、"瓯香窗冷寄清安"（《秋怀六首·其一》）、"题名尚带酒痕香"（《湖上酒家见诗老周庄题名》）、"送君一路枣花里，直到徂徕香未休"（《送别赵同年二绝句》），在这些清新淡远之香中，最令诗人陶醉和难忘的是"挑灯翻帙读山姜，音旨关怀道阻长。论史诸篇心自远，祭户数首墨凝香"（《秋夕感怀六首·其四》），墨香汇聚着书香永久地封存在诗人的记忆里。

不仅如此，诗人更着意向心灵深层探寻，"只是不堪凄绝处，荒榛凉雨乱蛩声"（《寺斋二绝句》），在白日不能承受的苦痛中，诗人的情感无以释放，便聚集在梦中，约有22处。或是回忆，"旧梦方回雁语惊"（《辛酉秋怀十首·其一》）、"二十七年真一梦"（《秋怀六首·其六》）、"瘦年冷梦任膏腾"（《雪中十首·其十》）、"寥阒灯开梦"（《秋日杂诗二首·其一》），或是对归隐的向往，"渔樵我梦长"（《柬友二首·其二》）、"入梦池塘著山色"（《园居四绝句·其一》）、"夜来梦入嬉春路"（《丁卯二月德州怀泉上》）、"有家翻梦鹊华山"（《己巳病起杂诗十首·其六》）、"有梦稳青山"（《病里十首·其一》），或是对故乡的思念，"支枕梦秦淮"（《病里十首·其六》）、"半生有梦怆江潭"（《养疾僧庐遣怀十首·其十》），或是怀念友人，"香浓燕识销魂路，艳冷峰窥梦雨天"（《对瓶中芍药》）、"只有关怀故人处，日来京洛梦悠悠"（《正月晦日有怀括苍民部四首·其一》）。

在梦中，追维过去，企盼未来，然而，一切回到现实中，就变得近在眼前，却触手难得，"半生梦在天章阁"（《自嘲》），这种时空交织的远是诗人清远之境的深层心灵呈现。

意象和修饰语最终还是要融合在"静谧、闲适"的诗歌意境中，以此呈现清远之格，如《秋怀诗十首·其一》：

秋声跋扈土垣东，促迫村庄万树红。雁阵昏黄浮野水，虫吟惨淡讼酸风。

诸山未醒重阳酒，乱帙平分一亩宫。细读农书闲把瓮，且将种菜认英雄。

首联写秋风强劲，横扫院墙，似乎一瞬间推动万树枫叶红遍村庄，宛如电影画面的快进，有岑参的"忽如一夜春风来，千树万树梨花开"之动感。颔联写大雁南归，野水虫吟，秋风惨淡令人倍感辛酸，这里是凄寒静态的呈现。诸山沉寂，似乎醉于重阳酒，实际凸显人之醉。尾联用刘备典故，告诫自己，安于陋室，定心读书种田，静水流深。诗中画面由动态的秋风吹叶渐入静态的雁归虫吟，诗人面对沉寂的山峰与清简的陋室陷入内心的思量，"细读农书闲把瓮"，一个"细"字和"闲"字，流露出了诗人清净的心态和冲淡的情怀。尽管整首诗前面有秋声萦绕，但审美主体的情感状态和审美状态是处于静态的，融合着禅宗隐逸之趣。所以，最终诗歌呈现的是一种闲适的境界。

禅心使他能够时时静坐山林，寻得自然的生命意韵。自然山水成为他生命灵感的源泉，浸润其中，沉潜"道""佛"，在禅悟的理论体悟与自然的感性形象契合中获得心灵的宁静，如《山行杂诗十首·其八》：

乱山藏破寺，一水在幽岑。樵唱多于谷，钟声半在林。

经幢垂野蔓，石鼎饭春禽。坐卧残碑下，风泉净客心。

十首山行诗大部分是与佛寺有关，不管是"倦投空寺宿，夜听乱泉声"，还是"雪磴寒仍在，来寻竺老庵"，在寻与遇的过程中皆能"净客心"，此词出自苏辙的"林泉净客心"，这种"爱随麋鹿迹"的追寻，是一种天性的回归，是对心中禅的找寻。慧能《坛经·机缘品第七》："汝今当信，佛知见者，只汝自心，更无别佛。"慧能《坛经·付嘱品第十》："尔欲得作佛，莫随万物。心生，种种法生，心灭，种种法灭。一心不生，万法无咎。"对佛理的体悟是一个渐进的过程，王苹经常去寺庙，从而向内心的世界转换，渐渐与佛教境界相契合，"条衣垂塔影，贝叶满墙阴。绿浸跏趺坐，山空去住心"（《示开士可忍》）。

从"风泉净客心"到"山空去住心"，诗人在大自然中一步步靠近佛门，1700年，42岁的王苹第五次乡试落第，赋诗《秋日与客登千佛山过法华庵茶话》。

初日山径凉，松花深一寸。泉滴沾我衣，屐齿络藤蔓。游侣互攀跻，仰看法幢建。乘崖佛螺存，新晴石发嫩。秋在第几峰，声随塔铃远。嗒然心想忘，忽发渔樵愿。登登陟经楼，湖波明匹练。雉堞漫因依，人家如蚁旋。断连下方尘，窗中晨风善。银榜更题名，升沉递相变。……劳生复何为，岭云正舒卷。

此诗写了登山的整个过程。游人互相拥挤攀登，争相拜佛，登到山顶向下望去，人小如蚁旋，沉迷世情、奔波劳碌，诗人慨叹何苦如此辛劳地争名夺利，看山上的云卷云舒，才是自然之道。诗中流露出他对禅理的精深体悟。在北京西山游览时作《寺居杂诗六首》，每首都似一幅寺居生活剪影，微妙的心理感受隐含其中，体现出外界自然之宁静与诗人内心之空寂的吻合，流露出与禅相伴的快乐，如其五："客子吟髭白，禅房灯影青。可能居士服，却笑少微星。兀坐量诗格，高眠枕酒瓶。一龛对弥勒，点点上流萤。"诗人"半月僧楼看雨晴"（《留别西山寺楼》），捕捉了许多一瞬间的景致，"曲曲寒流岭半斜，谷南谷北落松花。一声斋鼓日亭午，飞下寺门无数鸦"（《退谷口号》）；"腊屐偏容客，看云合住僧"（《退谷坐亭子上》）。孤苦羁栖的人生境遇中，诗人受佛教影响，追求虚幻自然之境，诗歌亦流露出清远、空幽的艺术境界。

王维诗中注重表现自然空间里光影的变化，"善于抓住景物受阳光照射的最美的一瞬间，真实地描绘了带色彩的光线照在不同质的物体上所产生的不同明亮程度的反射效果，写出了自然光线增加给原物体的色彩美"[1]。王苹也格外注意这一点，如《登日观峰四首·其三》，"日上岳势尊，罗列芙蓉绿。群峰纷来朝，苍霭如膏沐。引领乱峰颠，抗策移晴旭。藻景含林岑，叠叠春波縠。余霞正卷舒，朝霏忽断续。万壑响寒音，松花落巾幅"，写出了太阳初升，在山峦、树林、云海上的反光，及其景物在光影中的动态变化和不同的色彩层次，整个画面生动传神。

诗人注重诗歌整体氛围的烘托渲染，语言凝练简洁，清远之韵淡然而出，《西村三绝句·其三》：

一带寒流雁阵昏，高原风物总销魂。纸灰何事随人舞，不放青衫出墓门。

这是王苹27岁时写给已逝的妻子张孺人的，"纸灰何事随人舞，不放青衫出墓门"，漫天的纸灰随风飘散在空中，那挥舞的姿态，似在倾诉着内心的孤独，又似挽留诗人。"随人"，人走，它也欲走，但却能走到哪里去呢？"不放"，似乎妻子紧紧抓住诗人的手不松开。这一切也只能是诗人的想象，无法在现实的世界里实现。诗人想象着妻子的孤独，这更是他失去妻子之后的伤心痛楚。诗人就眼前景物来写，抓住了漫天飞舞的纸灰的姿态，赋予其人的感觉，将悼亡的悲痛传达得淋漓尽致，痛入骨髓，所谓"蕴藉含蓄，意在言外"，不禁让人想起苏轼的"十年生死两茫茫"。

王苹写诗注重意象的选择和诗歌意境的营造，显示了他在艺术创作过程中对清远古澹派诗风的自觉追求。

---

[1] 龙平.析王维山水诗中的取景艺术[J].社会科学家，1989（4）：79.

第六章 诗学承传与清初诗坛

第一节 王苹与济南诗派

明代中期至清代中叶是山东文学最繁盛的一个阶段，如王士禛所言"吾乡风雅，明季最盛"[1]，形成了济南、青州两大诗歌中心。济南作为府学之地，儒学发达、书院兴盛、藏书丰富等，盛极一时的"济南诗派"就是在这样的环境中诞生的。

王士禛为边贡诗集所作序中说："以为吾'济南诗派'，大昌于华泉（边贡）、沧溟（李攀龙）二氏，而荜路蓝缕之功，又以边氏为首。"后又补充说，"历下诗派，始盛于弘正四杰之边尚书华泉，再盛于嘉隆七子之李观察沧溟"。[2]由此，正式对"济南诗派"概念予以确认。至于王士禛的神韵诗派，一般都没有将其纳入济南诗派。张晓媛的《济南诗派研究》则根据"《济南府志·齐河诗》（卷七十）中郝允秀《客有询济南历代诗人者作此答之》中，他认为济南历代诗人中，出色的有：边贡、李攀龙、许邦才、邢侗、高珩、王士禛、田雯、冯延橌、王苹"[3]。将济南诗派的时空延展纵伸，"空间范围上，选择'府'这一行政区域范围作为研究

[1] 王士禛.古夫于亭杂录[M].北京：中华书局，1988：77.

[2] 王士禛.渔洋诗话[M].济南：齐鲁书社，2007：4765.

[3] 张晓媛.济南诗派研究[D].济南：山东大学，2007.

的根本承载体""时间跨度上，自明弘治时到清康熙朝止""这样就把济南诗派的发展分为三个时期，由边贡的调丽情真、古澹闲适的复古风格，到后七子领袖李攀龙复古格调中雄浑苍凉的家国情怀，再到'一代正宗'王渔洋的神韵诗风，由此串联起明清两代二百年来济南诗歌史，从而大大提高了济南乃至山东在明清诗坛的地位"。[1]

由此看来，"王门诗人"王苹是济南诗派的重要一员，其颇具神韵诗风但又有其独特个性的诗歌对济南诗派的振兴也有一定的作用。王苹能成为济南诗派的一员，与其对诗歌的热爱与关注及其诗歌的成就是分不开的。

王苹自幼随父迁至济南，在毗邻白雪楼的望水泉畔卜居，先后作了很多诗慨叹诗坛盛衰之事。王苹极为尊崇李攀龙，同时也为殷士儋和许邦才才名被掩叹息，更为济南诗派后继无人而忧虑。王苹曾引师德州田公《论诗绝句》云："吾乡边李号前民，趵突泉头墨迹新。眼底《渔洋》《蚕尾》外，诗人空作济南人。"既叹济南作诗之人，边李之后除渔洋似后继无人，亦慨叹自己妄意学诗，垂三十年，茫无究竟。

白雪楼建于嘉靖三十七年(1558)，45岁的李攀龙辞官故里筑于历城东郊，其后"宾客造门，率谢不见，大吏至，亦然"，悠游于济南湖山之间，"以是得简傲声"。[2]白雪楼，又称鲍山楼、山楼，李攀龙《酬李东昌写寄白雪楼图并序》自云："楼在郡东三十里许鲍山，前望太麓。西北眺华不注诸山，大小清河交络其下，左瞰长白、平陵之野，海气所际。每一登临，郁为胜观……"[3]楼名取宋玉《对楚王问》赋中"阳春白雪"，曲高和寡之意。白雪楼初在韩仓店，后改建于百花洲，在王府后碧霞宫西，许邦才诗所谓"湖上楼"也。明万历年间山东按察使叶梦熊重建于趵突泉上。清初著名文学家、山东提学使施闰章为重修墓碑。康熙二十五年（1686），山东巡抚张鹏、布政使黄元骥再次重葺趵突泉白雪楼纪念李攀龙，增建白雪书院学舍后堂，并复其明代旧名"历山书院"。

王苹诗中多次提及白雪楼，如：

[1] 张晓媛.济南诗派研究[D].济南：山东大学，2007.

[2] 张廷玉.明史[M].北京：中华书局，1974：7377.

[3] 李攀龙.沧溟先生集[M].上海：上海古籍出版社，1992：150—151.

白雪楼

将寻山谷黄桑院，且上沧溟白雪楼。（《养疾僧庐遣怀十首·其九》）

剧怜负锸诸生事，白雪楼中见几人。（《闻猗氏方伯谪戍塞外》）

私怜白雪高楼上，瓦钵无烟乱山明。（《秋怀六首·其三》）

剧怜白雪楼前路，一片秋冬画不成。（《泉上即目》）

最有名的是《中丞丹徒张公南溟、方伯晋江黄公天驭重葺白雪楼社集，同赵孝廉丰原纪事四首》。其一先写集于白雪楼中的唱和者之盛，后写李攀龙为一代宗师，斯文不绝，"吁嗟一瓣香，空自存寰宇。黄金属何人，白雪谁领取"。如唐代陈子昂一样开一代风气，谁来继承呢？"吾徒生其乡，遥遥典型古。眷兹宗风微，相将硬语补。慎勿倚南荣，闲挥白玉麈。"今之诗风衰微，应以优秀的诗歌继承先人，而不要只是空谈。其二写好友齐聚，写诗相赏。"顿忆沧溟公，词场经血战。文采老于菟，中原奉最殿。是时只弇州，投句如邮传。余子各峥嵘，秖充座末选。"以虎来喻李攀龙之诗苑的地位，中原诗人奉其诗为衡量标准。"令子复能文，家风应不变。再传胡飘零，麦饭春风唁。感之重迟回，就叶烧破砚。"李攀龙之子长子李驹"博学能文章，有父风"（王世贞《李于鳞先生传》），末二句有感于李攀龙身后飘零，故就枯叶燃火而烧砚石化墨汁之冰结以写感慨。

七年之后，王苹又写《秋日杂诗四首》，再次慨叹对李攀龙的尊崇以及对济南诗派传承的期盼。李攀龙"岿然白雪楼，天地留诗篇"，上承边贡之风雅，下推荐扶持许殿卿，但后继无人，今文坛之盛，荟会高官喜奖拔后进之士，参加白雪楼社集的人为诗较艺而竞争，"或拟霞千丈，或如泉万斛。或叩寂寞音，或披琅玗腹。或比大国楚，凭陵至蓼六。能事自卷舒，知载诗书福。一卷天地间，奔走及六福”，如若天下能“庶几嗣前修，东海风可复”，李攀龙所开创的济南诗派的文风便可以恢复。

值得注意的是诗中对许殿卿的慨叹，"殿卿自骀宕，于公附庸耳"，指出殿卿之诗的特点正是舒缓自在。诸评论家历来认为许邦才只是因李攀龙大力褒奖，又与七子相游才得以扬名。如《皇明诗选》中认为："于鳞函称殿卿，其《梁园集》殊不称，绝句差快意。"[1]钱谦益《列朝诗集小传》："殿卿与于鳞相友善，著《海右倡和集》，因于鳞以闻于当世。今之尊奉济南（李攀龙）者，视殿卿直附骥之蝇耳。"[2]其实不然，兵部尚书杨博、工部尚书朱衡、兵部右侍郎蔡汝柄宦游山东时，都对许邦才之诗甚为推崇。《海岳灵秀集》中评价他"殿卿与李于鳞同调相唱和，气格不逮，然于鳞诗多客气，而殿卿温厚或过之"似乎较为客观。朱彝尊认为王世贞"取舍似未公也"，应将邦才列入广、续五子，而非只列入"四十子"中。王渔洋也指出："许左史殿卿少与沧溟倡和，齐名乡曲，今《梁园正续集》诗，殊不足当沧溟下驷何也？弘正间历下有刘天民希尹者，官吏部郎，同时，视边尚书华泉稍后，其诗古选实胜边，特近体不逮耳；而左史独擅名者，则以沧溟、彝州辈张之也，名讵足尽信哉！"[3]李攀龙在《与许殿卿》中说："新篇殊觉道上，神明垂应。但足下妙悟，求似即止，不肯由所不似以致其似，为遂有所隔乎？"[4]对此，王苹认为这是对许邦才的贬语，"黔中传诵梁园集，前辈何为独谤伤"（《济南先正咏十首·其八》），其《山行过许长史殿卿墓下》吟咏无人能赏识许殿卿，"乱峰高下东川路，一水沿回到墓门。我倚夕阳呼长史，鸟啼残雪忆梁园。中原紫气销沉尽，半竭春芜姓氏昏。可惜鹊山村里句，无人诧契与重论"有几许悲凉之意，也借许言己之失落。

王苹的《济南先正咏十首》组诗也很有价值。诗中分别吟咏李格非、辛弃疾、张养浩、刘天民、边贡、李攀龙、殷士儋、许邦才、袭勖、刘亮采十位先

[1] 朱彝尊，选编.明诗综 [M].北京：中华书局，2007：2414.

[2] 钱谦益.列朝诗集 [M].北京：中华书局，2007：4440.

[3] 王士禛.蚕尾续文集 [M].济南：齐鲁书社，2007：2297.

[4] 李攀龙.沧溟先生集 [M].上海：上海古籍出版社，1992：802.

正。试看几首：

其四咏刘天民："称诗吏部开边李，跌坐空山听柳泉。却被后生偷格律，气粗语大铄前贤。""偷格律"，语出白居易诗："每被老元偷格律。"老元指元稹，此用其语是谓后生受天民启迪与影响。之所以后生之辈受天民沾溉启迪，却贬损之，主要是因为天民诗文自有成就，然模仿太多，后生诟之。

其五咏边贡："王康何李公勍敌，公子名家复擅场。试看沾衣林雨句，尚书诗法岂寻常。"边贡之诗可与王康何李堪称敌手。其次子习，字仲学，以诗名，有"林雨忽沾衣"句，技艺也是高超精到。

其六咏李攀龙对后世的影响，其《太华山记》高华伟丽，为盛世所传："北地相承德靖年，华山游记到今传。残膏剩馥知多少，不及家门趵突泉。"

其七咏殷士儋："相国风流学杜甫，堂堂不让李于鳞。自遭新郑归田后，来往论诗洗耳人。"殷士儋（？—1582），字正夫，号棠川，历城人。嘉靖二十六年（1547）进士，隆庆元年（1567）擢侍读学士，隆庆二年（1568）拜礼部尚书。隆庆四年（1570）任文渊阁大学士，累官至武英殿大学士。遭权臣高拱弹劾，士儋于隆庆五年（1571）辞官归乡，"筑庐于泺水之滨，以经史自娱"。王苹此诗即写此事，以许由因尧之使者言为不善，乃临河洗耳之典喻其高洁，写其隐士清高脱俗。学者称棠川先生，诗文精湛，诗"体齐鲁之雅驯，兼燕赵之悲壮，禀吴越之婉丽，是吾乡一巨手"。万历十年（1582）卒，葬于党家庄东凤凰山南麓。著有《金舆山房稿》14卷、《明农轩乐府》。殷士儋墓至今尚存，现为山东省文物保护单位。因王苹居于万竹园，故诗中多次追忆先辈，也希望自己能受先辈影响。"望水泉边宅，棠川石畔人"（《雪后得清苑郭先辈南洲寄书辄赋四首作答·其二》），"少自书郎识华鹊，老从名士感殷边"（《送客北上》）诗后自注："棠川华泉诗名皆为沧溟所掩。"《秋日杂诗十首·其五》："白雪篇章开宝初，鲍山人远独踟躇。峥嵘王谢前尘尽，孤峭钟谭末法虚。凤纸名签高隐士，鸡林客问老尚书。激昂词社乘除感，准拟清宵梦石渠。"诗人在诗中反复提及殷士儋之诗名和归隐。

其十吟咏刘亮采："名垂乐府刘郎在，勾四酸咸曲调工。谁识风流兼六法，湖边破墨画秋空。"

刘亮采（生卒年不详），字公严，历城人，刘天民之孙。明万历十九年（1591）中举，翌年中进士第六名，授河南鹿邑知县。有"包公再世"之誉，后因父丧回籍守制。期满后补河南兰阳知县。治理水患，劝课农桑，与民休息，后升户部主事，不久因病辞官归里。于长清灵岩寺筑"面壁斋"，常年葛巾道服优游林间，慕名前来与之相游者络绎不绝。后卒于家，年65岁。

刘亮采曾撰《历城县志》，惜未就。工诗、善画，长于大书，时称"三绝"。其文泼辣，嬉笑怒骂皆成文章，有诗稿传世。还善口技，通音律，以舌抵腭作韵，可与丝竹合奏，为当时一大奇人。

前两句赞其工诗，后两句赞其善画，值得注意的是这里提及了六法，"六法"是中国古代品评美术作品的标准和重要美学原则，最早出现在南朝齐谢赫的著作《画品》中。主要内容依次为"气韵生动""骨法用笔""应物象形""随类赋彩""经营位置""传移模写"。这里用来说刘的画作之精妙，前面都是概括性的总结，而最后一句"湖边破墨画秋空"，以一个大写意总结全篇，令我们仿佛看到了刘随笔挥洒地吟诗作画、自由自在任情抒发的潇洒状态，而这种状态就是司空图《诗品》中所说的味外之味，也就是神韵的作派。选择刘亮采似乎也见出了王苹对其性情的赞赏。

王苹的诗歌点评皆能符合每位诗人的性格。贯穿全诗的情感主线是对这些先辈的尊崇，对诗歌的热爱。此诗后附有田雯的跋："元遗山云：'有心长作济南人'，《杂诗》十篇中，鹊山寒食，灵泉风露，极口道吾乡山水而诗人不与焉。末云扁舟藕花，清新发兴，则诗思炎倏，多欠韦郎五字，一往有深情矣。秋史舒卷吟怀，抑扬才致于先辈诸君子，流连追赏，各赋一绝，水明木瑟，风物当前，视延年《五君咏》、少陵《八哀诗》，殆又过之。"

《济南先正咏十首》是人物组诗，这种诗歌类型最初见于陶渊明《读史述九章》记夷齐、箕子等人，之后有颜延之《五君咏》、鲍照《蜀四贤咏》、王维《济上四贤咏》（三首）等诗，至杜甫《八哀诗》之后又有王禹偁《怀贤诗并序》等诗，皆为五古，至元好问《四哀诗》变为七律，王苹则以七绝写之。田雯称其超过杜甫虽然有些夸大，但其诗的确简雅有风神。

《八哀诗》被今人称为"有韵的《史记》，而且充满感情，呜咽淋漓"[1]，着重记叙了八个人一生的主要事迹，诗中叙事、写景、议论、抒情结合。诗人才不尽其用之哀是贯穿全诗的情感主线，同时各篇又以伤悼传主的亡逝收束，所哀者在八人之外，更为诗人自身和整个唐王朝由盛而衰而哀。

王苹的组诗则选取了济南著名的十位先正，涉及诗文曲各个领域，体现了济南之地文化艺术的纷呈和文化命脉延续，表达了对先贤的尊崇。创作手法对杜诗有所模仿，也运用史传笔法，但因近体诗短小无法铺排，便格外注重择取典型的事例，在短短28个字中刻画历史先贤的一生及其精神。点化史传之语入诗恰到好处，皆有所本，可谓无一字无来历，如"却被后生偷格律""试看沾衣林雨句""华山游记到今传"。在结构上各首较为一致：首二句概述平生最重要的活动凸显其个性，如李格非的"万卷纵横"，辛弃疾的"放浪湖山"，张养浩的"云庄十友"，刘天民的"称诗""开边李"等，都于首二句中道出。最后两句则在咏史的基础上以古鉴今，自叙心迹，含不尽之意于言表。如吟咏辛弃疾"忧时不数陈同甫，放浪湖山自激昂。一壑一丘聊寄耳，讵知俎豆在词场"。辛弃疾先后两次为政敌排挤，隐居江西上饶，赋闲20余年，放浪湖山，寄情山水，不忘家国大事，但也只能吟诗作赋而已，空有一腔抱负。王苹也性喜饮酒，行为放达，与世不谐，故诗中借此表达了自己郁郁不得志的情怀。咏许邦才、殷士儋等诗，流露出伤时叹惋之情。再如第七首的"来往论诗洗耳人"句表达了王苹本人对人生与时事的态度，第十首"湖边破墨画秋空"于无意间流露出王苹的审美情趣。

王苹虽祖籍浙江，但齐鲁文化是孕育他诗歌创作的摇篮，他对济南有深厚的感情，"此身长做济南人"，在诗坛渐趋衰落之时希望能为济南诗歌的振兴尽一己之力。当时的评论家翁方纲《访草堂遗址诗》有"诗名直接渔洋后，豪气犹追白雪前"之句，道出了王苹与渔洋、李攀龙诗歌上的承继关系。可见，他的确为济南诗派添上了华彩乐章，延续了渔洋的神韵诗风，但他毕竟势单力薄，无法挽回诗坛的颓败之局。

---

[1] 朱东润.杜甫叙论[M].北京：人民文学出版社，1981：165.

第二节 王苹的诗学承传

在清初山左诗坛，王苹是一个怪杰。这个"怪"一是表现在他的个人性格方面的孝与狂，更是表现在他的诗歌创作与诗学承传中。他是一个矛盾的结合体。他出身于儒学世家，父亲虽为一介武生，但却有着超过一般儒生的精神气节与胸怀抱负，不为一己之私，刚直敢言，真正可以称得上是一个儒士。父亲的这一血脉流淌在王苹身上，不断熔铸，最终汇聚成他的一腔热血，不平而鸣。他谈及自己诗歌方面的变化，提及由前期的"去俗甚远"到后期的"去俗弥近"，这个变化是一个不自觉的转变状态，是因际遇的变化、性情的质直所带来的不期而然的变化。对王苹个人而言，这并不是他所追求的理想诗歌境界，或者说是有些违背，但当这一切水到渠成地发生时，也就产生了应有的社会价值与功用。其诗酣畅淋漓地呈现寒士群体生活状态的凄苦，抨击朝政的黑暗，关注民瘼，于是，诗歌成为他手中的利剑。从这个意义上，在一定层面上是起到了以诗补史的作用。他面对民瘼所写的长诗颇有杜甫的厚重，他的不平而鸣颇具一种风骨气力。这种现实主义精神的呈现与他前期所喜爱的神韵审美风范，在当时看来，是矛盾的。但是，今天我们将神韵放在更为宏观的文化背景中去观照，才发现，神韵更是一种生命状态，王士禛认为，那是"优游不迫"与"沉着痛苦"的和谐统一。

既然如此，那么，近俗又有何不可？所以，王苹潜意识中对"俗"的排斥也是那个时代诗风的体现。但是，他的诗笔是不能被他的理论先行主导的，性情中的耿直让他一发而不可收。说到性情，其实，这在王苹身上也是非常矛盾的，他生性好静，故倾心神韵；他质直狂狷，故不平而鸣。于是，这两种看似极为不和谐的情感在他身上激荡，而最终熔铸出了他不同流俗的诗歌创作。

由此，我们可以看到，徐北文先生所指出的"王苹在诗道上服膺田雯崇尚的杜甫、韩愈、元稹、白居易、苏轼、黄庭坚和陆游的统系承传，然而在诗歌创作上却又走渔洋所倡导的神韵派的路子"[1]。有一定道理，但也不尽然。对王苹而言，山姜与渔洋途辙不同，双峰并峙，"从来好手不可遇，玉版几束添篇章。秖

---

[1] 徐北文.济南诗风的演变与神韵派诗人王苹 [J].济南大学学报 .1997（1）.

惜大历钜公少，风流崇奖怀山姜。渔洋岿然重海内，晨星磊落垂寒芒。贱子北部本寂寞，奚啻老健疲服箱。户小佳酝负白堕，才尽妙悟寻沧浪。瑟缩邾莒讵成国，敦盘之役高颃颃"（《九月十日李苍存招同李寅谷林吉人顾侠君汪陛交庄书田成周卜龚茶庵胡元方杨查岑吴荆山储礼执王玉衡集吕氏园亭以爱客满堂尽豪翰开筵上日思芳草为韵分得堂字》）。看似矛盾的事情，王苹其实在无意中将之融会贯通了，虽然，他自己也并不是非常明确这一点。所以，对于王苹的诗学承传，不是一个简单的宗唐与宗宋能够概括的，他综合百家之长，形成自己独特的诗歌风貌。

一、终生服膺田雯诗教

王苹35岁时在《薛再生诗序》中说："德州公称诗以杜、韩、苏、黄、陆为宗，而佐以中唐元、白诸家。"56岁时，请俸东行，道经熙学山中，赠其五百字诗《大水泊过门人于无学东始山房，论诗数日，濒行，辄成三十六韵留别》，诗中又以终生秉承的田雯诗教教导学生。王苹首先回忆学诗路上，"凤昔年十八，妄意学为诗"后"追逢吴与张，许我窥樊篱"，吴雯和张鹿床对其影响极深，二人都不注重儒家言志载道等诗教而以呈现心理审美体验的诗美为主，使其学艺入门得法，具有一定造诣。但在诗论上，"杜韩苏黄陆，指授真吾师。兀兀四十载，差能辨渑淄。少陵乃大宗，昌黎其本支。坡谷力排奡，弥天鹏翼垂。剑南盈万首，瀼西灯未衰。俎豆实相承，依归祇在兹"。这种以杜、韩为宗本，苏、黄、陆为枝干的观点是王苹早年受田雯影响，在与门生于熙学"经旬文字饮，细论老拾遗"中，他慨叹今之诗坛"大雅久不作，余波绮丽为。低回甫白语，磨垒勿迟迟""小摘寒畦绿，奉母守茅茨。读书续白华，庶几风雅基"。白华，引自《诗经·小雅》逸诗篇名。《诗序》："白华，孝子之洁白也……有其义而亡其词。"此句承接前句"奉母守茅茨"，故亦有借此力倡继承发扬《诗经》风雅传统之意。

《客中题德州公集后四首·其二》言诗学方面对己之影响：

杜韩俎豆自堂堂，坡谷风流复擅场。解得中间神韵在，后生方许读山姜。

田雯诗歌以杜韩为宗，"尚宋诗""好新异"，受德州前辈诗人卢世㴼影响，推举北宋诗人黄庭坚和苏轼，注重诗歌风格精神的薪火相传，其《古欢堂集》杂著卷一中说："今之谈风雅者，率分唐、宋而二之。不知唐之杜、韩，海内俎豆之矣。宋梅、欧、王、苏、黄、陆诸家，亦无不登少陵之堂，入昌黎之室。"[1]反对从时代角度强分唐、宋，认为宋诗源于唐诗，对宋诗的学习与研究可有助于对唐诗奥妙的把握与理解。王苹谨遵师之教诲："姑举所闻于吾师德州田公，曰：'为诗如作史，必兼才、学、识三者而后工。'"（《薛再生诗序》）师最爱白诗，王苹"并枕惟余白傅诗"（《辛酉秋怀十首·其十》），师以杜韩为宗，王苹慨叹"杜门深处经营少"（《七月廿七日处暑遣怀》），并常引用师之诗句，"挑灯翻帙读山姜，音旨关怀道阻长。论史诸篇心自远，祭户数首墨凝香。古人剿袭真能事，老态分明更不妨。一卷横陈木榻冷，师门万里泪沾裳"（《秋夕感怀六首·其四》），颈联化自山姜之"诗爱古人常剿袭，貌子老态太分明"，将年轻时"则诵读诗书，当谨循乎至教；效法仁义，庶不负乎宫墙。泼墨瞻驰，含毫延伫"（《上德州公书》）的誓言付诸实际。

因田雯爱白居易诗，亦因"无人不爱欧梅体，到处都传元白诗"（《村居岁暮杂诗十首·其六》），王苹对白居易亦追随，"老槐灯火护茅茨，并枕惟余白傅诗"（《辛酉秋怀十首·其十》）。引用白诗，如"瓶余卯饮三杯足，屋破秋风一卷横"（《秋怀六首·其三》）化自白诗《卯饮》"卯饮一杯眠一觉，世间何事不悠悠"；"每逢作客病支离，强起编排自咏诗。几许辛勤摇膝处，不堪冷淡寸心知"（《养疾僧庐遣怀十首·其八》）；"摇膝支颐是乐天，来禽一树杜亭前"（《病中四首·其三》），"摇膝"出自白居易《闻龟儿咏诗》"怜渠已解咏诗章，摇膝支颐学二郎"；"树暖莺为报春鸟"（《己卯正月初八日》）化自白诗《钱塘湖春行》"几处早莺争暖树"；"几时清净退，支枕梦无何"（《卧佛寺》）出自白诗《渭上钓鱼》"谁知对鱼坐，心在无何乡"；学习白体，作《偶作效白体一首》，效白诗浅切随意，不求典实的作法，同时效其旷放达观、乐天知足的生活态度，以及借诗谈佛、道义理的情趣；学习白居易"新篇日日成""旧句时时改"之精神，"莫问缁衣白传船"（《夕阳寮和大轮道人四首·其一》）。

王苹还受陆游影响，"对宇垂杨思汉树，循墙蟋蟀采唐风。满城近事人来

[1] 郭绍虞. 清诗话续编[M]. 上海：上海古籍出版社，1983：695.

说，诗本家家买放翁"（《秋怀六首·其四》），另有《出都一首》和韵陆游的《新凉夜坐有作》一诗。

王苹也像恩师那样，吸收百家之长。因身世坎坷，诗中多受屈原诗骚忧愤传统影响，加其性格狂狷，诗歌多有不平之鸣；因秉性朴拙，又深受"古今隐逸诗人之宗"（钟嵘《诗品》卷中）陶渊明的影响，诗歌富于田园气息；因好山川，又受谢灵运影响，诗歌注重体物造景之精微；因好佛归隐，山水诗又受王维影响。

如组诗《登日观峰四首》，其一"扪萝翠湿衣，遐睇沧州晓"之于王维的"山路元无雨，空翠湿人衣"（《山中》），"会当解尘缨，手弄青未了"之于杜甫的"岱宗夫如何，齐鲁青未了"与"会当凌绝顶，一览众山小"（《望岳》）。其二"羲和方秉辔，峰顶光熹微"之于陶潜的"问征夫以前路，恨晨光之熹微"（《归去来兮辞》）。其三"余霞正卷舒，朝霏忽断续"之于谢朓的"余霞散成绮，澄江静如练"（《晚登三山还望京邑》）。其四"蒸岚互颒洞，点黛变晨光"之于韩愈的"蒸岚相颒洞，表里忽通透"（《南山》），都是运用了黄庭坚的"脱胎换骨"法。

二、倾心王士禛神韵诗风

王苹诗歌暗含神韵诗风，神韵之诗论在以下两首诗中略有提及，先看《秋日杂诗十首·其一》：

> 岳色苍然赴玉函，萧晨山骨对巉巉。秋声满地疑霜角，雁阵横空若布帆。
> 选佛关头寻顿渐，论诗味外俱酸咸。那知幽讨无消息，漫着青州一领衫。

"选佛关头寻顿渐，论诗味外俱酸咸"，上句是以禅喻诗，严羽《沧浪诗话·诗辨》："大抵禅道惟在妙悟，诗道亦在妙悟。且孟襄阳学力下韩退之远甚，而其诗独出退之之上者，一味妙悟而已。惟悟乃为当行，乃为本色。""情性所至，妙不自寻，遇之自天，泠然希音。"（司空图《二十四诗品·实境》）这实际是在探索禅宗与诗学之间的关系。虽然神宗与诗学的"妙悟"在目的和原则上不同，但在方法论上相似，都是建立在自由生命基础上的升华和超越，王渔洋《香祖笔记》卷八载："舍筏登岸，禅家以为悟境，诗家以为化境，诗禅一致，等无差别。"王小舒说:"诗禅一致乃是渔洋首次提出来的,他的意思应该有两层,第一,二者都靠顿悟的思维方式,不用逻辑推理,不靠学问积累。第二,禅宗追求对现实世界和世俗生活的超脱,神韵诗也追求对外在现实和内在情欲的超越,在精神超越上,二者亦是一致的。"[1]王苹在这里以禅宗南北宗的"顿悟、渐悟之争",来隐喻司空图论诗的"味外之旨"。"味外之旨"是司空图对诗歌意境的审美理想,也是他论诗的主要艺术标准。司空图在《与李生论诗书》中,提出了诗歌的韵味问题,"味外之旨"本来也是譬喻的说法。在《与李生论诗书》中说道:"文之难而诗尤难。古今之喻多矣,愚以为辨于味而后可以言诗也。江岭之南,凡足资于适口者,若醋,非不酸也,止于酸而已;若盐,非不咸也,止于咸而已。中华之人所以充饥而遽辍者,知其咸酸之外,醇美者有所乏耳。……噫!近而不浮,远而不尽,然后可以言韵外之致耳。"

可见,"韵外之致"和"味外之旨"即"咸酸之外"的醇美的诗味才是司空图所要追求的诗歌的境界。那么如何达到"近而不浮,远而不尽"的艺术效果?在《与王驾评诗书》中,司空图说:"五言所得,长于思与境偕,乃诗家之所尚者。""思与境偕"即情景交融是产生深长韵味的重要途径。司空图的味外之说是和他的象外象理论结合在一起的,《与极浦书》中说:"象外之象,景外之景,岂容易可谈哉!"那么,从"酸咸之味"到"醇美之味",就需要外在景物转化为内心景物。这个转变的过程是如此神妙,《诗品缜密》中言:"是有真迹,如不可知。意象欲出,造化已奇。"正是秉承着这样一种神奇的创作状态,司空图在《实境》中有这样两句:"忽逢幽人,如见道心",这是在"思与境偕"的基础上的升华,"它提出了偶然性与必然性、理性与直觉、有限与无限、瞬间与永恒这样一些重要的问题"[2]。由此看来,这由表面之意到隐含之意的两重境界的转化过程就如同禅之由渐悟到顿悟,王苹之意正在此。

此后,王苹在《赋答门人于无学四首即送其读书山中》中不断谈及:"海峤何萧寂,诗情在此中。钟嵘品自好,严羽悟无穷。"《柬无学都下四首·其三》再次谈到了神韵诗的创作:

[1] 王小舒. 王渔洋与神韵诗 [M]. 济南: 山东文艺出版社, 2004: 118.
[2] 王小舒. 神韵诗学 [M]. 济南: 山东人民出版社, 2006.

成连刺船去杳冥，湘灵瑟罢君山青。松荫满地白鹤观，诗思如是清泠泠。

不著一字得风流，自成一家据上游。只须努力事精进，会心处即逍遥游。

首联上句用俞伯牙学琴的典故。俞伯牙跟从春秋时著名琴师成连学琴，三年不成。成连遂携伯牙乘船至海上蓬莱山，留宿伯牙使其"居习之"，便离开。伯牙闻海水激荡之声，山林寂寞，群鸟悲号，怆然而叹曰："先生将移我情！"乃援琴而歌，精神情致专一，遂为天下妙矣。这种妙悟，即神韵诗创作的关键。"神韵诗的宗旨是直捣人生本谛的，是一种对世界、对自然、对人生的超越领悟，这种领悟并不直接从社会生活中获得，而是通过观照自然山水，通过审美领会获得。"[1] 开篇首句定下全诗主旨，后面皆是围绕着这一点。下句典出自唐代诗人钱起应试时写的《湘灵鼓瑟》末句："曲终人不见，江上数峰青"，以湘灵瑟曲的神奇力量来写诗歌的妙悟境界，"君山青"既概括承接了前句之典故，也指学人的学业之山青翠，有生机，对学生无学寄予厚望。"不著一字"即出司空图《诗品·含蓄》："不著一字，尽得风流。语不涉己，若不堪忧。"谓作诗须求含蓄，通过形象化的语言表现，让读者自去心领神会，唯此，才能达到味外之旨的最高境界。尾联"会心处即逍遥游"，"会心"即严羽的妙悟，同时也再次回扣了诗歌开篇。神韵论正是建立在此基础之上，《香祖笔记》中说："表圣论诗，有二十四品，予最喜'不著一字，尽得风流'八字。"[2]

由此可见，王苹不拘于一家，虽然秉承田雯诗教，而且也努力地去实践以杜韩为宗，佐以中唐元、白诸家，比如，他在所擅长的今体诗方面对杜甫章法句法的继承，但在具体的诗歌审美上，俨然瓣香于渔洋。

三、王苹《寒柳四首》与王士禛《秋柳四章》比较

前面已经分析过王苹诗歌近于神韵诗风，一方面是说明王苹天性使然，另外不可忽视的是王士禛对他的影响。除了在诗中引用王士禛的诗句，还会作同题之诗，如《风氏园老松》，王士禛的清丽动人，王苹的更显清寒奇崛。《寒柳四

[1] 王小舒·神韵诗学 [M].济南：山东人民出版社，2006：286.
[2] 王士禛·香祖笔记 [M].济南：齐鲁书社，2007：4628.

首》则为《秋柳四章》的和诗，下面作简要分析。

王士禛《秋柳四章》：

其一

秋来何处最销魂，残照西风白下门。他日差池春燕影，只今憔悴晚烟痕。

愁生陌上黄骢曲，梦远江南乌夜村。莫听临风三弄笛，玉关哀怨总难论。

其二

娟娟凉露欲为霜，万缕千条拂玉塘。浦里青荷中妇镜，江干黄竹女儿箱。

空怜板渚隋堤水，不见琅琊大道王。若过洛阳风景地，含情重问永丰坊。

其三

东风作絮糁春衣，太息萧条景物非。扶荔宫中花事尽，灵和殿里昔人稀。

相逢南雁皆愁侣，好语西乌莫夜飞。往日风流问枚叔，梁园回首素心违。

其四

桃根桃叶镇相怜，眺尽平芜欲化烟。秋色向人犹旖旎，春闺曾与致缠绵。

新愁帝子悲今日，旧事公孙忆往年。记否青门珠络鼓，松枝相映夕阳边。

王士禛的《蚕尾续文·菜根堂诗集序》记述了此诗产生过程及影响："顺治丁酉秋（1657），予客济南，时正秋赋，诸名士云集名湖。一日，会饮水面亭，亭下杨柳十余株，披拂水际绰约近人，叶始微黄，乍染秋色，若有摇落之态。予怅然有感，赋诗四章，一时和者数十人。又三年予至广陵，则四诗流传已久，大江南北，和者益众。于是，秋柳社诗为艺苑口实矣。"[1]

王苹于康熙五十四年（1715）赋诗《寒柳四首》：

其一

婆娑几树与谁论，松灵烟霜水一村。长庆冬深坊角在，柴桑人冷宅边存。

凄迷急景偏搔首，憔悴啼乌最断魂。何许梅花此地少，垂垂无伴欲黄昏。

其二

叠到阳关朔吹新，巫山巫峡落前尘。但过太息攀条客，转忆风流好锻人。

板渚水丝疑入蜀，灞陵雪叶悔游秦。枝头半秃交柯老，也似东京学塾巾。

[1] 王士禛. 蚕尾续文集 [M]. 济南：齐鲁书社，2007：2004.

其三

汉殿梁园遇已稀，武昌踠地又成围。短长有恨侵霜晓，今昔含凄驻夕晖。

水净闲居闻烟尽，庭空残客见鸦归。不知何与东风事，腊里横吹向雪飞。

其四

残年断缕数高春，早自黄如岁酒浓。玉笛声中春盎盎，铜驼陌上雨重重。

蛾眉事往蹒跚梦，虎眼波新婀娜逢。寄语多情白刺史，冷吟无分若为客。

王苹《寒柳四首》的组诗是和王士禛的秋柳诗，从外在音韵上看，其一与其三韵脚与王诗都相同，其二与其四的韵脚有所不同。

虽然一个是秋柳，一个是寒柳，但在布局安排上基本是一一对应的，每一首诗都可以找到唱和的地方，但有些典故是打乱了位置用的。下面分别介绍：

第一首，开篇都以设问的形式来写：

秋来何处最销魂，残照西风白下门。（《秋柳四章》）

婆娑几树与谁论，松灵烟霜水一村。（《寒柳四首》）

渔洋以问答形式写南京秋柳最使人感伤。李白《忆秦娥》有"何许最关人，乌啼白门柳"之句，为诗意所本。此处似乎坐实，但诗后的意象跳跃，空间多次转换，就让人感到其实作者的言外之意是"秋来何处不销魂"。

王苹的"婆娑几树与谁论"，"几树"一词一下子将空间扩大开来，为后面的描写作了铺垫。那么，此处的"水一村"是指哪里？从颔联的"柴桑人"推断，当写的陶渊明的浔阳柴桑。而且陶渊明有《五柳先生传》"宅边有五柳树"，后面还说"何许梅花此地少，垂垂无伴欲黄昏"，意为梅花少，柳树多。

愁生陌上黄骢曲，梦远江南乌夜村。（《秋柳四章》）

凄迷急景偏搔首，憔悴啼乌最断魂。（《寒柳四首》）

渔洋诗写流离丧乱之感。黄骢曲出自《乐府杂录》："黄骢叠，唐太宗定中原所乘马，征辽马毙，上叹息，命乐工撰此曲。"乌夜村出自古乐府《杨叛儿》："杨柳可藏乌。"徐爰注：海盐南三里有乌夜村。王苹"憔悴啼乌"也就扣此来写，而且以"断魂"一词再次对应着《秋柳四章》的首句"秋来何处最销魂"，都是极度悲伤之意。

第二首，王苹扣合渔洋诗的典故：

空怜板渚隋堤水（《秋柳四章》）

板渚水丝疑入蜀（《寒柳四首》）

用隋炀帝筑板渚到淮海的御河，并于堤上种植杨柳的典故。

不见琅琊大道王。（《秋柳四章》）

但过太息攀条客，转忆风流好锻人。（《寒柳四首》）

用东晋桓温江陵北伐重过金城，见昔日所种杨柳皆今已十围，感慨万千，泫然流泪的典故。

第三首，王苹扣合渔洋诗的典故：

梁园回首素心违（《秋柳四章》）

汉殿梁园遇已稀（《寒柳四首》）

用汉代梁孝王修建梁苑之典。

东风作絮糁春衣，太息萧条景物非。（《秋柳四章》）

不知何与东风事，腊里横吹向雪飞。（《寒柳四首》）

这两句都用了东风，但有所不同，"秋柳"是由盛到衰，"寒柳"是由衰到盛。

扶荔宫中花事尽，灵和殿里昔人稀。（《秋柳四章》）

短长有恨侵霜晓，今昔含凄驻夕晖。（《寒柳四首》）

此处用典两个，都是说往日帝王宫中种植花柳，到今天都已物尽人空。一为扶荔官，在长安，据《三辅黄图》载：汉武帝元鼎六年破南越王，在上林苑中建扶荔宫，以植所得奇花异木。二是灵和殿，南齐宫殿名，《南史·张绪传》南朝齐武帝在太昌灵和殿栽种蜀柳数株，经常以柳喻自己宠爱的臣子张绪，"此杨柳风流可爱，似张绪当年时"。故王苹诗中称"今昔含凄驻夕晖"。

相逢南雁皆愁侣，好语西乌莫夜飞。（《秋柳四章》）

水净闲居闻烟尽，庭空残客见鸦归。（《寒柳四首》）

这里的典故是（《雁邱词》中情侣乌大雁与南朝无名氏所作的描写夫妻恩爱的五言绝句《西乌夜飞》中的乌鸦。

第四首，王苹扣合渔洋诗的典故：

桃根桃叶镇相怜，眺尽平芜欲化烟。秋色向人犹旖旎，春闺曾与致缠绵。（《秋柳四章》）

蛾眉事往蹒跚梦，虎眼波新婀娜逢。（《寒柳四首》）

王苹诗中"蛾眉事往"一是东晋王献之有爱妾名桃叶，妾妹名桃根。献之送别两人，作《桃叶歌》云："桃叶复桃叶，桃树连桃根。相连两乐事，独使我殷勤。"二是王昌龄《闺怨》："闺中少妇不知愁，春日凝妆上翠楼。忽见陌头杨柳色，悔教夫婿觅封侯。"

以下两处打乱了典故出现的篇章：

记否青门珠络鼓，松枝相映夕阳边。（《秋柳四章·其四》）

灞陵雪叶悔游秦（《寒柳四首·其二》）

用汉青门外霸桥折柳赠别的典故。

莫听临风三弄笛，玉关哀怨总难论。（《秋柳四章·其一》）

玉笛声中春盎盎，铜驼陌上雨重重。（《寒柳四首·其四》）

前句是用桓子野弄笛的典故，且笛声中还有《折杨柳》一曲。后句是用了西晋时的索靖之典，少有奇才，卓识远见，料定天下大乱后，宫廷会变成荒野，宫廷前的铜驼会没入荆棘之中。

若过洛阳风景地，含情重问永丰坊。（《秋柳四章·其二》）

寄语多情白刺史，冷吟无分若为客。（《寒柳四首·其四》）

永丰坊，在洛阳。白居易《杨柳枝词》："一树春风千万枝，嫩于金色软于丝。永丰西角荒园里，尽日无人属阿谁？"王苹诗后自注："白香山杨柳枝词无一语及寒柳矣。"此为人事意象。

除此之外，王苹《寒柳四首》诗中还用了一些与柳有关的典故：

其二，"叠到阳关朔吹新，巫山巫峡落前尘"，前句出自王维《送元二使安西》："渭城朝雨浥轻尘，客舍青青柳色新。劝君更尽一杯酒，西出阳关无故人。"后句典出刘禹锡《杨柳枝》："巫山巫峡杨柳多，朝云暮雨远相和。"

其三，"汉殿梁园遇已稀，武昌跷地又成围"，后句"武昌跷地又成围"是用"武昌柳"之典，据《晋书》卷六十六《陶侃传》中记载：西晋时，陶侃镇守武昌种柳，属下夏施盗移官柳，被他认出是武昌西门前柳。后人因此多把此事用作咏柳的典故，久而久之人们也就将这种树称之为武昌柳或陶公柳。

其四，首联"残年断缕数高春，早自黄如岁酒浓"，残年、断缕、高春，冬天即将过去，春天就要来临，柳枝就会再次淡黄细嫩，这岁月之酒浓写出了冬去春来的变化，这是自然意象。颈联"虎眼波新婀娜逢"引用了刘禹锡《浪淘沙九首·其三》的诗意："汴水东流虎眼纹，清淮晓色鸭头春。君看渡口淘沙处，渡却人间多少人。"

现在，我们再回过头来说自然意象和诗歌主旨。王小舒《神韵诗学》中指出，《秋柳四章》中有两组对应的意象：东风、春燕、春衣、桃根、桃叶、花事是春天的意象，绮丽繁华；残照、西风、衰柳、南雁是秋天的意象，残败萧条。诗句中表现出了这种盛衰对比，"他日差池春燕影，只今憔悴晚烟痕"与"东风作絮糁春衣，太息萧条景物非"，"在时间上抓住春与秋的盛衰对照，造成强烈的生命反差"[1]，"他日差池春燕影"本自沈约"杨柳垂地燕差池"（《阳春曲》），曾经的美好而今已经淡然消逝，在这种"他日""只今"的飞速变化中，唯有"憔悴、晚烟"相对，这种幻灭感让人无以承受，空留声声叹息，传达出无限的哀伤。

渔洋的诗意象纷呈、扑朔迷离，似乎主旨难辨。这首诗最初编在《阮亭诗选》中，其中有作者为这组诗作的序："昔江南王子，感落叶以兴悲；金城司马，攀长条而陨泣。仆本恨人，性多感慨，情寄杨柳，同《小雅》之仆夫；致托悲秋，望湘皋之远者。偶成四什，以示同人，为我和之。""江南王子"，指六朝时的梁简文帝萧纲，在他的《秋兴赋》里，有"洞庭之叶初下，塞外之草前衰"之句，以秋日凄凉的景色，烘托出悲哀的感情。"司马"，即前面提及的桓温之典。序文开头四句中，前两句意喻一年中的美好时光的消失，后两句意喻一生中的最美好时期已经过去。美消逝，美的幻灭，是组诗的主题。"仆本恨人"传达出的伤逝之感其实正是诗化了的明清易代之后郁结于人们心灵中的亡国之悲，诗歌因此带有强烈的时代意义。

《寒柳四首》同样也有两组对应的意象：东风、春盎盎、春雨、波新是春

---

[1] 王小舒.神韵诗学 [M].济南：山东人民出版社，2006：244.

天的意象，生机盎然；松灵烟霜、冬深、梅花、雪叶、腊里是冬天的意象，寒气逼人。其三中首联"汉殿梁园遇已稀，武昌踯地又成围"表现出了这种前后的变化，由"已稀"到"成围"正说明了柳树由冬入春的变化，一个"又"字说明了这种变化的年年更替。尾联"不知何与东风事，腊里横吹向雪飞"，也描写了在冬末东风来临时的"横吹"，凸显了春的生机与力量。其四中首联"残年断缕数高春，早自黄如岁酒浓"，前句说"残年断缕"写冬日之柳，就像其二中所言"枝头半秃"，"数高春"即盼望着春的到来，后句"早自黄"是说柳枝早已经径自悄悄地生出了嫩芽，变黄了，如同醇美的岁月之酒。这里暗含了岁月的更替，冬去春来。加之后面"盎盎"的春意和"重重"的春雨，虽然"梦"是"蹒跚"的，但"虎眼波新"且柳枝"婀娜"，所有的这一切都是欢欣快乐的，都是变化的、向新的，暗含了刘禹锡《浪淘沙九首·其三》的诗意："君看渡口淘沙处，渡却人间多少人。"

可见，《寒柳四首》就是追随着《秋柳四章》的脚步，转换着意象，但在主旨方面又有所不同。王苹的诗由《秋柳四章》韶华已逝的哀叹和巨大的幻灭感，转变成对冬去春来的期盼以及坚定的等待，是反其意而用之。虽然冬季有很多凄凉无奈，诗中有"憔悴、无伴、有恨、含凄、庭空残客、残年断缕"等语，但大自然的一切是盛衰交替的，历史在不断发展，新生的必然代替陈旧的事物。而且，王士禛以江南金陵的白下门之柳入题，王苹从浔阳柴桑的五柳宅入题，在第一首诗中盛赞陶渊明，更是表明了纵使是孤独无伴，仍要直面寒冬。之所以这样写，大概是因为王苹没有渔洋那样丰富的人生经历与社会体验，那种历史劫难中亲人的离去、所有美好的一切被毁灭的痛苦想必也是王苹这样一介寒士无法体会的。所以，王苹淡化了咏史之意味，反其意而写之也算是有所创新，不失为聪明之举。

正是因为王苹诗中的神韵之风，王小舒的《康熙朝的神韵诗派》将王苹划归到康熙朝的神韵诗派的第三个层次："那是指和士禛关系密切且创作倾向趋于一致的诗人，他们有的是士禛的亲属，有的是诗友，有的则是王士禛的门人。这个层面最接近神韵，也可称之为神韵诗派。"[1]

正如徐北文所说："王苹虽受田、王的'扶同'，但在创作上却是'了无依傍'。

---

[1] 王小舒．康熙朝的神韵诗派[J]．王渔洋文化，2009(1)．

从其作品中，不难看出，王苹虽自发地走向了神韵派，却并非是个具体而微的'小渔洋'，他自有其个性，有其独特的面目的。"[1]故清代诗人何家琪赞叹："边李坛高满赏音，隐居秋史亦孤吟。著书人去才名在，千秋萧萧黄叶林。"（《访二十四泉草堂》）

---

[1] 徐北文.济南诗风的演变与神韵派诗人王苹 [J].济南大学学报，1997（1）.

175

附录一　王苹诗选

秋居赤霞山庄感咏
柴门寂寂夕阳横，满地蓼花野水明。黄叶下时牛背晚，青山缺处酒人行。
因循丙舍身将隐，料理丁年志未成。搔首西风终瀌落，不知何日始躬耕。

南园
何处篠笒有敝庐，空存老树与清渠。乱泉声里谁通屐，黄叶林间自著书。
草色又新秋去后，菊花争放雁来初。菘畦舍北余多少，取次呼童一荷锄。

葺屋四首·其四
万竹园荒石气青，依然暗水带春星。百年竟落书生手，满郡犹呼阁老亭。
斫地乱云飞独树，牵萝新绿上闲庭。一番扫地焚香后，爱学中山自勒铭。

秋日杂师四首·其二
鞍山一拳耳，烟岚落高轩。遐睇沧溟墓，恍若石兽奔。缅怀嘉隆时，维公独立言。
牛耳群相推，虎气真无前。唯有华不注，可与共眠餐。岿然白雪楼，天地留诗篇。
高名配岱宗，阅时未及千。胡为馁叔敖，但余山风酸。会持桑落酒，披榛浇长眠。
回首注虫鱼，何事穷岁年。

客有询济南风景者示以四绝句
其一
湖边山乱柳氍氍，是处桃花雨半舍。七十二泉新涨暖，可怜只说似江南。
其二
春山泉响隔邻分，市口浮岚压帽裙。谁信出门如画里，不须著色李将军。
其三
吾家望水泉边宅，旧是平泉竹万丛。几缺土垣乔木下，半间茅屋菜花中。
其四
七桥无恙木鄰鄰，留着城南点黛新。不是遗山诗句好，谁知长作济南人。

访友人不值

通屐乱泉边，溪门满寒绿。幽人何处寻，正放几丛菊。延伫晚香余，黄叶下秋屋。

壬午三月怀泉上

不晴不雨半寒食，却忆东风廿四泉。几朵春山深竹里，半村野水乱花前。
闲分开士青精饭，戏看邻翁白打钱。尽是家后好风景，客中细数又经年。

寒夜读《池北偶谈》感题卷首

残客残书漫作缘，霜晨头白软红边。才名零落王黄叶，孤负尚书二十年。

客中题德州公集后四首·其二

杜韩俎豆自堂堂，坡谷风流复擅场。解得中间神韵在，后生方许读山姜。

望水泉上柳

池上长条水浸根，雪痕未了间霜痕。来看年少今头白，又历殷家几叶孙。

偶过湖上感咏

七桥何处柳毵毵，一带东风比汉南。放鸭阑空满寒绿，叉鱼船小破揉蓝。
湖边明月听箫冷，鬓底黄花记酒酣。只有鹊华如旧识，高城点黛许相探。

九月十八日与杭州客游千佛山，余不至是山者十四年矣

孤嶂孤花漫寂寥，山灵应笑发萧萧。僧残老树余双寺，佛冷空泉自六朝。
杖倚秋烟刚半起，袖携海气未全销。苍然华鹊斜阳外，可似西冷第几桥。

东方学博一峰为草堂作图

老屋三间破水东，日来正在菜花中。儿童自数新慈竹，门巷曾过旧醉翁。
乔木风霜如庚信，草堂岁月是卢鸿。凭君为写荒寒景，妨却吟窗几日功。

江宁留别吾宗安节

红叶正当秋寂寂，白门偶对去堂堂。与君旧雨来穷巷，为我新笆下短墙。
处世过于登剑阁，修名浑似闰黄柳。殷勤醉语笈天客，莫道狂夫归更狂。

题垂竿戴笠图

半竿落梅风，一笠花朝雨。试问捕鱼人，桃源在何许？

赵上舍宣四过访话旧二首并柬令兄香坡·其二

泉响如呼殷正甫，风多欲哭李沧溟。酒徒一半头全白，水槛中间柳尚青。

江宁张秀才僧持见访

岿然诗老乱泉间，遥望齐州烟未还。乌帽风酸知客味，白松霜冷见秋颜。
偏怜破屋空临水，细数斜阳不尽山。絮絮更传寒叟好，独将老学署松关。

济南先正咏十首

其一

万卷纵横峭水东，赏音当日有坡公。春来绿涨藏书处，也似名园在洛中。
（李博士文叔）

其二

忧时不数陈同甫，放浪湖山自激昂。一壑一丘聊寄耳，讵知俎豆在词场。
（辛承旨稼轩）

其三

丞相祠堂翠欲流，云庄十友散荒丘。只余一赋千金值，零落齐州白云楼。
（张文忠希孟居云庄，有奇石十，呼为十友。造白云楼，赋载《归田集》中）

其四

称诗吏部开边李，趺坐空山听柳泉。却被后生偷格律，气粗语大铄前贤。
（刘吏部函山）

其五

王康何李公勍敌，公子名家复擅场。试看沾衣林雨句，尚书诗法岂寻常。
（边尚书华泉次子习，字仲学，以诗名，有"淋雨忽沾衣"句）

其六

北地相承德靖年，华山游记到今传。残膏剩馥知多少，不及家门趵突泉。
（李廉使沧溟）

其七

相国风流学杜甫，堂堂不让李于鳞。自遭新郑归田后，来往论诗洗耳人。
（殷文庄棠川）

其八

合是诗人谪夜郎，青莲居士有辉光。黔中传诵梁园集，前辈何为独谤伤。
（许长史殿卿）

其九

白头名士峭湖边，时袖韩仓二十年。捻尽吟髭今已矣，犹存载酒袭生篇。
（袭学博克懋）

其十

名垂乐府刘郎在，勾四酸咸曲调工。谁识风流兼六法，湖边破墨画秋空。
（刘互部公严善画，工词曲，有《咸酸勾肆乐府》）

附录二　二十四泉草堂唱和诗选 [1]

1.唐梦赉(1627—1698)，字济武，号岚亭，别号豹岩。清济南府淄川县人。

题王秋史《二十四泉草堂图》

白雪楼倾北渚荒，问山亭子烟苍茫。

何人二十四泉上，甄毳高柳读书堂。

泉上词人号秋史，攫然把卷为余起。

此圃旧属殷文庄，十年筑屋来迁此。

济南名士去悠悠，卜邻边袤亦风流。

带经松下锄黄独，灌药阶前洗厕牏。

圃前活活青溪走，圃内石麟无恙否？

时时学士（阮亭）停巾车，往往中丞（纶霞）为载酒。

王子翻然来志壑，校书夜火青藜阁。

来日平陵雪正繁，归时金杏花初落。

归去明湖红树村，广川依旧不窥园。

稍待秋堂丹桂发，旗亭画壁又开樽。

清刻本《阮亭选志壑堂诗》卷二

2.杜首昌(1628—?)，字湘草。江苏山阳(今准安)人。

雪后访王秋史留酌今雨书屋

气懔空村岁欲殚，蓬门积雪乱堆残。

青衫白发来今雨，绿酒红炉结古欢。

泉石声添干叶响，冰霜路逼寒驴寒。

短垣依约雕墙傍，莫作袁闳土室看。

清稿本《绾秀园诗选》

过秋史二十四泉草堂

霞外幽人郭外家，清泉声里阅年华。

山愁雪压颦眉黛，径苦霜封怯草芽。

佳句耽吟忘老懒，寒驴驮醉任欹斜。

辋川新熟麻姑酒，日日来招杜浣花。

清稿本《绾秀园诗选》

（按：乾隆刻本《绾秀园诗选》"村童扶醉"作"寒驴驮醉"）

仲春十九，秋史入都，予先一日携尊过二十四泉草堂话别（二首）

一

一路春光好着鞭，浅红嫩绿笋舆前。

此行空尽千群骑，只是难抛廿四泉。

二

策马天街拂柳丝，帽檐醉插杏花枝。

陆机入洛年三十，君到长安也未迟。

清稿本《绾秀园诗选》

风流子·题王秋史二十四泉草堂图

名泉争带郭，偏生是，望水爱茅堂。恰开径对山，遥观岚翠，行田听水，近步沧浪。柴门静，优游随意适，来往任云忙。高坐一毡，拥书渔猎，横开双眼，玩世佯狂。

凋零遗片石，百年后犹呼，阁老林塘。长伴寒烟衰草，阅尽凄凉。笑书生点缀，芦帘纸窦，相公游戏，绣柱雕墙。看透循环妙理，兴废何妨。

清稿本《绾秀园诗余选》

3.王士禛(1634—1711)，字子真，一字贻上，号阮亭，又号渔洋山人。清初济南府新城人，清初诗坛领袖。

秋史孝廉二十四泉草堂变（在趵突泉西，殷文庄公园旧址）

草堂负西郭，闻是旧平泉。

将相邯郸枕，纷纭庆历年。（谓文庄同时新郑、江陵之事）

清溪带茅屋，古木剩寒烟。

惟有金舆色，朝朝落槛前。（华不注，一名金舆，园有金舆山房）《王士禛全集》诗文集之六 蚕尾续诗集卷六（按：乾隆《历城县志.古迹考一》《济南泉水志》录）

4.孔贞瑄(生卒年不详)，字璧六，号历洲，晚号聊叟。山东曲阜人。

题王秋史廿四泉草堂

半顷修篁一草庐，百泉潆带水云居。

元龙豪气今除未，借米分灯只著书。

清康熙刻本《聊园诗略》诗续集卷十四

5.黄谦(1644—1692)，字六吉，号麓碛，别号抑庵。天津人。诸生。

过王秋史七十二泉草堂

七十二泉上，王郎结草堂。

开窗空翠湿，到枕芰荷香。

山水容秋史，文章老异乡。

西湖元旧宅，风雨可相忘。

见清陶梁《国朝畿辅诗传》卷二十六

清道光十九年红豆树馆刻本

（接：七十二泉草堂，应为二十四泉草堂）

6.刘中柱(1641—1727)，字雨峰，号砥澜，又号渔山，料错道人。江苏宝应人。

题王秋史二十四泉图二首

一

济南山水称天下，君独构堂廿四泉。

堂有移时泉不动，喷珠溅玉自年年。

二

乘时□展济川才，那得闲吟泉上来。

写一幅图藏箧里，逢人指点好怀开。

清刻本《又来馆诗集六卷》卷六

7.王戬(生卒年不详)，字梦縠，一作孟縠。湖广汉阳(今属湖北武汉)人。

题二十四泉草堂图次新城公韵

海岳交流外，苗茨一水中。

池光长贮月，林影静摇风。

北渚来荷气，南山（历山）老桂丛。

相看乐鱼鸟，（《水经注》：泺水出历县故城西南便成净池，池上有亭，日对鱼鸟，水木明瑟，可谓濠梁之性，物我俱遭矣）

不是避墙东（《后汉书》避世墙东王君公）

清康熙刻本《突星阁诗抄》卷十三

（按：物我俱遭，《水经注》作物我无违）

8.李尧臣(1643—?)，字希梅，号约庵。清代济南府淄川县人，诸生。

题济南王秋史草堂

我闻济南郡，城南好崖谷。

名泉七十二，趵突天下独。

况兼沧溟公，名高配济渎。

自卧百尺楼，八荒一极目。

斯人今已矣，盛事难再复。

晚交王秋史，词锋不可触。

滚滚如涌泉，一泻百万斛。

家住泺源西，临流结茅屋。

小径绕危阑，短墙遮修竹。

老柳八九株，槎枒顶半秃。

仿佛嵇康煅，时曝郝隆腹。

宁甘抱膝饮，不学穷途哭。

我欲从君游，结邻傥可卜。

杖藜时相过，莫厌来不速。

清淄川孙氏稿本《般阳诗抄十一种》之《百四斋诗集一卷》

9.吴雯(1644—1704),字天章,号莲洋。原籍辽阳（今属辽宁省），占籍蒲州（今山西永济）。诸生。康熙十八年（1679）举博学鸿词。

二十四泉草堂图

江南陆慧晓，杨柳在池上。

此水即醴泉，此木即交让。

关西杨太尉，曾傍阿对泉。

三公何洁白，四世皆名贤。

吾子有草堂，二十四泉侧。

不祝发祯祥，但祝励明德。

清乾盛三十九年刻本《莲洋集》卷七

（按：乾隆《历城县志·古迹考一》《济南泉水志》录，"四世皆名贤"作"四世能名贤"，误）

10.王式丹(1645—1718),字方若，号楼村，室名鸿柯草堂。江苏宝应人，康熙四十二年(1703)一甲一名进士。

题家秋史二十四泉草堂图

赤霞山下吐冰雪，散落寒空迥清绝。

即看草木白蒙茸，一片玉光裹凹凸。

展卷疑有朔吹生，缟素千山墨云结。

直是营丘密雪图，岂但名泉写曲折。

泉上草堂手自苦，笆篱恰补云峦缺。

此中坚卧宜有人，萧萧丛薄歌声彻。

几年骑马客京华，触染缁尘转幽咽。

归寻望水照人清，洗出荷衣倍皎洁。

可怜胜迹已遭污，谁遣仙源变金穴。（草堂今为富室所得）

凋残通乐旧山阿，万竹亭台声影歇。

不见草堂见画图，俯仰荒寒独骚屑。

还应避俗长自携，雪色泉香无断灭。

飞身更上最高峰，碎嚼梅花啸孤月。

清雍正刻本《楼村诗集》卷十七

11.汤右曾(1656—1722),字西崖。浙江仁和(今杭州)人。

次新城先生韵，题王秋史《二十四泉草堂图》

七十二泉上，家泉望水泉。

由来著书地，不记种松年。

世外三亩宅，山南一朵烟。

诗人好邻并，白雪旧楼前。

清刻本《杯清堂集》卷十一

（按：《济南泉水志》录）

12. 汪士鋐（1658—1723），字文升，号退谷。江苏长洲人。汪琬从子。

题王秋史二十四泉草堂图并序

秋史家居望水泉上，于济南七十二泉中次居二十四，草堂因得是目。泉在趵突泉西，其东沧溟白雪楼在焉，故西厓少宰诗有诗人邻并之句。草堂旧址则明隆庆间殷文庄相国通乐园，文庄名士儋，与江陵新郑同时，渔洋师因有将相庆历之句。图中山则曾南丰齐州二堂记中历山也。秋史诗笔高古，丙戌成进士，出少宰之门，屈为成山卫学官，以艰于奉母，遂弃去。兹来京师，属题此图。

草堂在何处，七十二泉侧。庭际瀺灂鸣，沧波淼无极。

斯泉名望水，一望草堂色。中有吟诗翁，履行古先则。

其文如涌泉，其操甚殊特。微官薄不为，拂衣就家食。

肺肝陶冶灵，笔砚耕耘力。日夕对飞流，潇洒还自得。

升沉渺难定，荣盛时所值。缅昔文庄居，花木旧封殖。

于今草堂前，惟有高人轼。沧溟白雪楼，相映还在即。

朗咏来清风，于兹万虑息。

《秋泉居士集》卷九 清乾隆刻本

13. 金埴（1663—1740），字苑孙，号小郯、浅人。浙江山阴人。诸生。

答秋史

曩日登府颜子家，人琴有句不胜嗟。

那知廿载留君臆，记我春风陌巷花。

《不下带编七卷》卷三杂缀兼诗话

14. 朱缃（1670—1707），字子青，号橡村。山东高唐人。

题王秋史二十四泉草堂图

泉花十斛飞瑽琤，礧砢怪石当阶横。

千条绿玉压矮屋，佳人读易窗空明。

君才璠玙姿冰雪，目中久矣无诸伦。

谢诗任笔振风雅，针砭俗耳闻云谟。

昨者席帽走京国，秃尾驴小蕉衫轻。

秋风得意淡墨榜，如鹤初耇鸢初鸣。

归来三径辟榛莽，竹中高士空浮名。

草堂幽居地十笏，理琴读□多闲情。

披图令我忽神往，笔精墨妙腾光晶。

门门抱膝者谁子，一片黛色须眉清。

棠川风流蝉声细，满树红丝夜合开。

清刻本《观稼楼诗》卷二

15.顾嗣立（1665—1722），字侠君，号闾丘。江苏长洲人。康熙五十一年（1712）特赐进士，官知县。

趵突泉

廿四泉边意惘然，汯汯白浪欲摇天。

画楼昔日冯阑处，不信重来十八年。

道光刻本《秀野草堂诗集六十六卷》卷十八

题王进士秋史二十四泉草堂图

天遣诗人穷不死，一官报答王秋史。

廿四泉边筑草堂，日日看山弄清泚。

我年二十泛明湖，拄杖挑泉到望水。

茆屋疏篱碧半湾，历乱飞花扑芒履。

野禽下上奏哀弦，老树无风亦猗旎。

珍珠颗颗迸地脉，滴沥清音滑石髓。

济南名士古无双，眼中恨失王郎子。

十年挟策遇京华，妩媚如髯乍可喜。

裙屐缤纷李氏园，歌吟氍毹长安市。

一别星分参与商，雪点霜松已如此。

袖中示我一幅图，白石清泉略相似。

云庄别业啸枯篁，殷家水亭绊丛杞。

金源残碣草茫茫，朵朵鹊华自青紫。

为谁留此异代居，绝肖卢仝洛城里。

中厨无肉爨无烟，两手推敲吟不已。

读画题诗感囊游，卅年故旧皆老矣。

君虽得第未授官，还望何人相料理。

春树三间每过从，笑我拙如旋磨蚁。

摩诘手痕无间然，虎头丹青亦莫比。

行将貌入五湖滨，雪压空山白弥弥。

持尊历下问诗人，黄叶一堆眠未起。（秋史诗有"黄叶林中自著书"之句，时人号曰"王黄叶"）

道光刻本《秀野草堂诗集六十六卷》卷二十八

16.成文昭（1672—1707），字周卜，号过村。直隶大名人。诸生。

题王秋史二十四泉草堂图

泉非高士何容住，十年绝爱山姜诗。

七十二泉有梦到，恍见泉上人须眉。

慈仁僧寺真识面，孤松挺拔含奇姿。

名泉舍尔其谁属，释我梦后无穷思。

殷勤示我行看子，开卷一路清瑶吹。

185

半湾静似古环玦，几曲蟠若生蛟螭。
冰查徐启写山黛，宝刀旋淬寒人肌。
乍见月映清淮底，忽疑秋染湖江湄。
第二十四最佳处，厥名望水传金碑。
数株老树鬼屹立，三间矮屋舟连樯。
墙头幽草著雨乱，篱相杂花凌风披。
绳床不拂枕琴荐，丛书而外惟酒瓻。
四山寂寂白日永，有人斫地歌何悲。
朝歌暮歌兴不极，长歌短歌声相随。
渊渊正对西舂出，激越欲破青玻璃。
泉流歌串递酬答，呜呜瑟瑟鸣参差。
尔才抑塞岂能拔，尔癖膏盲难可医。
几年与泉作宾主，刊木堙井空嗟咨。
安得及君共携手，草堂无恙秋深时。
叶黄灯绿续佳唱，招魂举似侍郎知。
《谟觞诗集》二集卷一　清康熙刻增修本

17.任宏远（1677—？）字仔肩，号洓湄。清代济南历城人。
过王秋史先辈废宅为水漂没
翦烛西窗地，重来异昔时。
草堂荒廿四，流水咽泉池。
傲骨今人嫉，（先生不理于口）诗名奕代思。
通家怀旧德，独立意迟迟。
民国续修《历城县志·古迹考一》

18.于熙学（生卒年不详），字无学，号秋溟。清代莱州府文登县人。乾隆年附贡，官工部虞衡司郎中。为王苹弟子，曾为其师刻《二十四泉草堂集》十二卷，篇末附《刻二十四泉草堂集缘起》一文。
过王秋史先生故宅（二首）
一
后堂重到即西州，望水泉边望水愁。
荒草茫茫人去久，但余临水竹篁修。
二
分明宋玉临江宅，曾见诔茅庾信来。
今日萧条非异代，幕年诗赋转堪哀。（宅即明殷文庄通乐园地）
清钞本《铁槎樵语十卷》卷二

19.李予望（1681—1733），字岵瞻，号怡村。蔚州人。

同澹园家兄访王秋史二十四泉草堂（二首）

一

诗伯王黄叶，寻幽问水涯。

引泉通巷陌，种竹过邻家。

锐意辞轩冕，闲身管物华。

草堂延客处，春雨试新茶。

二

竹树寒泉上，冈扉启渌漪。

长盟鸥鸟伴，不负水云期。

图史娱身世，烟霞涴履綦。

辋川饶胜概，天遣此栽诗。

清乾隆三十五年李肇等刻本《宫岩诗集》卷四

20.毕霯（生卒年不详），字伊蔚，号澹园，山东文登人。

读秋史先生题草堂壁诗感忆旧游

曾过先生廿四泉，清池老屋匝寒烟。

可怜无复林园主，黄叶秋声向晚天。

清钞本《蠡勺诗删》一卷

21.于祉（1788—1869），字燕受，号澹园。山东潍县人。诸生。

论国朝山左诗人绝句·其十一王秋史

济南韵士有王郎，廿四泉中笔墨香。

羡煞青山黄叶句，风神真可比羚羊。

咸丰三年刻本《澹园诗选》

22.吴树梅（ 1845—1912），字燮臣，一作毓丞，济南人。光绪二年（1876）进士，授翰林院编修，官至户部左待郎。

齐河距省四十里耳，湖山在望，乡思盈怀，赋截句十章之十二十四泉

古迹苍茫白雪楼，渔洋感慨柳吟秋。

草堂艳说王黄叶，尚有泉名廿四留。

清光绪二十五年长沙督学使署刻本《新使纪程诗录》

（按：序号及小题目为编者所加）

23.冯浩（ 1719—1801）字养吾，号孟亭，浙江桐城人。

济南王秋史二十四泉草堂图屡传至方坳堂观察处，题四绝句

一

廿四泉边葺草堂，清寒片片雪飞扬（画为雪景）。

不知黄叶诗人趣（秋史有"黄叶声中自著书"之句，渔洋称为王黄叶），何似唐贤辋口庄。

二

渔洋题后又莲洋，珠玉纷投尽夜光（卷中多名流之作）。

此是人间一名迹，千秋艺苑播芬芳。

三

荻林德望真前辈（沈椒园前辈号荻林，与吾家世好），

西圃朋情亦古风（张东侯方伯，号西圃，守嘉杭时，与余交莫逆。此图曾在二公家）。

太息云烟皆一瞥，随人流转箧囊中。

四

戢影林泉我自嗤，何烦远道属题诗。

济南自昔多名士，白雪楼来又一时。

清刻本《孟亭居士诗稿》卷四

24.姚鼐（1732—1815），字姬传，一字梦谷，室名惜抱轩（在今桐城中学内），世称惜抱先生，安庆府桐城（今安徽桐城市）人。清代散文家，与方苞、刘大櫆并称为"桐城派三祖"。

王秋史二十四泉草堂图

济南南山立苍玉，珠散膏渟绕其足。

忆循秋水就荒陂，惟见昏烟挂乔木。

不见诗人旧草堂，百年图画展沧浪。

低佪翰墨前贤在，随卷云烟入渺茫。

《惜抱轩诗集》卷四

25.钱大昕（1728—1804），字晓征，又字及之，号辛楣，晚年自署竹汀居士，江苏太仓州嘉定县望仙桥河东宅（今属上海市嘉定区外冈镇）人。清代史学家、文学家、教育家，乾嘉学派代表人物。

题王秋史二十四泉草堂图方观察所藏

东秦名泉七十二，就中最胜称廿四。

琅琊王生昔卜居，传是前朝阁老第。

草堂已废只图存，点染依稀作雪意。

四时皆好独画雪，冷澹家风与谁说？

黄叶诗名海内传，刿溪游兴心中结。

一官蕉萃坐无毡，长物惟余书画船。

此图流传换几氏，藏弃今归方万里。

名流题咏尚宛然，须眉如见王郎子。

历下亭，白雪楼，文章但足垂千秋。

其人虽逝神长留，即令济南名士有公在，珍珠泉水终古无尽流。

《潜研堂集》诗续集卷六 清嘉庆十一年刻本

26.王文治（1730—1802），字禹卿，号梦楼，江苏丹徒人。工书法，以风韵胜。有《梦楼诗集》《快雨堂题跋》，清代书法家、诗人。

题王秋史二十四泉草堂图

济南自古多名士，诗卷今留廿四泉。

犹记明湖泛明月，刹那已是卅余年。

《梦楼诗集》卷二十一小止观斋三集　清乾隆刻道光补修本

27.翁方纲（1733—1818），字正三，一字忠叙，号覃溪，晚号苏斋，顺天大兴（今属北京）人。清代书法家、文学家、金石学家。乾隆十七年进士，授编修。历督广东、江西、山东三省学政，官至内阁学士。

二十四泉草堂图歌

七十二泉秋叶黄，当时同号崔与王（崔不雕号崔黄叶，秋史亦号王黄叶，皆渔洋所品目者）。

可怜通乐平泉宅，只剩城西一草堂。

泉上有堂三十载，金陵画派依然在。

热客何论学半千，名士从来邀北海。

翛翛亭屋写不多，无复北渚凌青荷。

亦无琴尊与主客，想见奇气横岩阿。

历山山翠满巾笥，苍然诗髓非文字。

澹白迢迢一线来，泺水分支二十四。

颇闻泉上二株柳，棠川手植犹存否？

万竹摧额几岁年，大石连蜷仍屋后。

珍珠错落玉珑玲，泉气相交石气青。

白雪楼头梦迥处，阮亭笑对复漪亭。

饥来驱人无定止，此卷频携走千里。

寂寞梁园风雪时，却忆家山画图里。

金陵二高难再得，历下今谁赏诗格。

落叶堆中自著书，空山牛背余横笛。

我和寒柳今八年，眼中得见金舆园。

挈窠犹认香泉笔，就中孰是水枝轩？

二十四泉草堂图后歌

王子草堂图屡作，今题第二暨第三。

第一图出王聚手，使我读记怀江南。

月村丹青噪畿辅，不载张庚画家谱。

此图构思在都门，王子握铅怀故土。

画泉画堂皆画雪，王子本不因人热。

吟来望水冻模糊，想值燕山雪时节。

酒酣高歌唾壶缺，拔剑斫地山石裂。

189

澹交几个心冰铁，喝取穿云泉上月。

书生屋即阁老亭，前朝事对尚书说。

尚书诗格传海右，秋柳婆娑到寒柳（予箧有秋史寒柳四首诗画册子）。

七十二泉黄叶秋，三百余年苍石友（园有麟游石，元行省平章张云章四友石之一）。

尚书昔访金舆房，鹊华飞翠神苍茫。

谁将澹泞诗中思，写入荒寒溪上堂。

何必平泉绿野庄，相业竟不如文章。

高楼白雪邻家墙，蚕尾鱼子谁低昂？

千古历城诗话在，他时更讯周书仓。

清乾隆五十八年刻本 《复初斋诗集七十卷》卷二十八晋观稿一

访王秋史二十四泉草堂遗址二首

一

趵突泉连望水泉，颓垣古树但荒烟。

诗名直接渔洋后，豪气犹追白雪前。

黄叶至今飞历下，金舆竟不属棠川。

寻源实欲论风雅，每溯遗闻励后贤。

二

烟雨莓苔九尺身，意中石是梦中人。

摩挲白下双图后，想象平章四友邻。

秋影畦蔬寒窈窕，夕阳沙水瘦精神。

我来题字酬颠米，要与苏齐对写真。

诗末记：草堂湖石一株，高九尺六寸，元赠行省平章张云章四友石之一也，今在趵突泉上，予为题字于侧并绘图记之。

清乾隆五十八年刻本 《复初斋诗集七十卷》卷四十四

再题王秋史《寒柳图》二首

一

泉上堂前二株柳，文章犹见百年人。

勿言数笔萧疏甚，多少渊源此问津。

二

老屋寒林廿四泉，我来重补月村禅。

只拈雪后昏鸦思，古木荒陂一钓船。

康熙壬午大兴方伸月村，为秋史写二十四泉草堂雪景卷，何义门题首，渔洋、山姜诸先生题句，此卷在历城方坳堂比部斋中，已毁于火。今拟乘湖上雪意，为补此图也。

清乾隆五十八年刻本 《复初斋诗集七十卷》卷四十四

题王秋史禅喜图二首

我读草堂画，复题寒柳图。

梦寐黄叶句，因来鹊山湖。

月村画仿佛，望水吟模糊。

苍然雪意中，万景一团蒲。

此帧六丁取，此梦西江俱。

己酉秋在南昌题坳堂所藏大兴方伸月村画二十四泉草堂图卷，今闻已毁于火。

重觅法乳处，尚留诗髓无。

湖云又欲雪，寂寥何自摹。

空欲补前轴，象罔探元珠。

离形而得似，庶几斯人乎！

渔洋图禅悦，蓼谷图禅喜。

作图尚强名，何况诗举似。

我写四友石，颇关三昧旨。

借问黄叶王，何似沧溟李。

还坐石帆亭，仍寻趵泉水。

孰云蓼谷禅，不即渔洋是。

清乾隆五十八年刻本《复初斋诗集七十卷》卷四十四

28.韩崶（1758—1834），字禹三，号旭亭、桂舲，别称种梅老人，元和（今江苏省苏州市）人。

题王秋史先生二十四泉草堂图并引

秋史名苹，济南名士，为渔洋先生侄，成康熙丙戌进士，以母老不赴选。所居草堂为明大学士殷文庄旧址，秋史养母著述其中，有"黄叶林间自著书"句，新城呼为"王黄叶"。此图不知落谁氏之手，履卿得之骨董肆中。图后有新城题五言律一首，即次其韵书后。

昔贤栖隐处，二十四名泉。

黄叶著书地，白华洁养年。

照人余水墨，过眼空云烟。

嗜古今吾弟，携看华鹊前。

清道光二十四年续刻本《还读斋诗稿续刻》卷五

29.潘如（生卒年不详），字乃平，号小鲁。乃康熙年间翰林院检讨潘应宾之孙。

过济南王秋史进士故宅

阁老亭空冷夕阳，书生故宅又荒凉。

几丝疏柳怀张绪，一派流泉咽杜康。

秋雨泥深黄叶径，西风梦断白云乡。

尚余数卷残书在，道是琅琊赋手藏。

《山东文献集成·国朝山左诗钞》

30.潘呈雅，潘如之子，字雅三，号秣陵山人，山东济宁州（今山东济宁）人，为乾隆年岁贡。

吊秋史先生故宅

乱林黄叶骑驴行，踏遍泉头怅客情。

满郡空闻呼阁老，青山犹是吊书生。

清刻本《潘氏三君集》

31.颜肇维（1669—1749）字肃之，号次雷，晚号漫翁，光敏子，恩贡生，官至行人司行人。

读乐圃壁间秋史、岸堂、小东、训昭、赞王诸君旧作有感，用秋史《过曲阜留别》韵

浪迹南兼北，归来夏复冬。

爱兹云物秀，不解宦情浓。

欲补窗间竹，闲删手种松。

作箴戒诸幼，三复是南容。

廿四泉间客，名成耻致身。

渐看前辈少，重把五言新。

田舍随波去，儿孙剩几人。

雪车才不朽，流景似风轮（秋史）。

扇底桃花曲，流传紫禁中。

诗同湖海阔，泪尽楷著红（岸堂）。

复忆青莲句，堪追白雪翁（小东）。

黄公（训昭）兼叶子（赞王），惆怅逐西风。

同游谁复在，寂寞旧西枝。

鱼鸟清如此，功名笑尔时。

先祠乘暇建，家诚至今垂。

补壁春泥暖，长吟历下诗。

《国朝山左诗钞》

32.管世铭（1738—1798），字缄若，一字韫山（因居室名为韫山堂，所以门下弟子都称他韫山先生，于是世人也多以韫山称之），小字兴隆。

为获鹿唐明府奕恩题《黄叶书林图》

廿四泉边好著书，空林黄叶正萧疏。

十年簿领无余禄，刚买诗人一亩居。（书林为诗人王秋史革故居，即二十四泉草堂也）

治绩行登报最书，菟裘已卜未全疏。

故人四十为郎晚，才向春明僦宅居。

《韫山堂诗集》卷十四

[1] 侯林，王文，编校.济南泉水诗全编[M].北京：线装书局，2022：443.

附录三 王苹林园散文选

王氏南园记

"王氏南园"者，明殷相国士儋之"通乐园"也，在趵突泉西，即《齐乘》所载之"万竹园"，望水、登州二泉在其内。明亡，鬻之姚秀才。秀才垦为菜圃。未几，转鬻于王氏，垂三十年矣。王氏无子，只一老孀妇，赖是园以活。

余年十九，移家园侧，距今十五年。而老孀妇于今年春，忽鬻于邢上舍。犹言"王氏南园"者，从余之始知是园名之也。

当园之属相国也，相传相国构"川上精舍"，集生徒讲学论文，服其教者咸得第去。至其斋阁之靓深，烟水之苍茫，泉石竹树，幽邃瑰诡之观，已无复能言之者矣。其属秀才，则日率老圃，从事畚锸，无所传说。其属王氏，光景风物之在三十年前者，亦不及知。而自余移家以来，此十五年中，昔人所谓仰而望山，俯而听泉，掇幽芳而荫乔木，风霜冰雪，刻露清秀，四时之景，无不可爱者，已备历之矣。亦不知是园之光景风物，其在三十年前，与在秀才相国之时，视此当何如也?今一旦而忽属上舍。夫是园之在相国以前者，岁久灭没，无从知其谁氏。即《齐乘》之云"万竹"，亦第因二泉而知其在元有是名耳。而自相国之后，不百余年，而是园顾四易主。上舍得之，其亦感人事之无常，物理之莫测。廓而新之，以上继相国。不然，而沟塍桔槔，以无失王氏之旧，皆无不可。

而余今年三十有四，每念移家于此已十五年，其所成就无加于昔。听比舍之泉声，对邻园之树色，方重自愧，而园又易主。则夫十五年间，天下事之兴废变迁、数易其主者，不独王氏南园也!而人生岁月，不堪把玩，即余移家园侧之初，其时亦何可再得乎?

于虖，余之有感于是园者多矣，因书之以为记。

王申

四月二十三日

今雨书屋记

丁巳秋八月，先君卜居泉上。居为屋十二楹，质之以四十金。先君居七月而卒，距今十七年矣。屋主人及其长子皆殁。郡俗质屋，类无为修者，而余复贫不能修。十年以来，摧残倾敧，所谓十二楹者，仅存其半。壬申岁暮，屋主人之幼子，乞增直以归余，余从其请。而于今年春，命工葺治，得屋十楹。屋工之值，皆取给脩脯，无助予者，其二楹，故余读书处，废圮略尽，力不能重构。乃于庖福之舍，分其一楹为弦诵地。既成，而树之楣曰"今雨书屋"四。盖取少陵与人书云"门前车马之客，旧，雨来；今，雨不来"之意也。

思余处破屋中，每岁霖雨，上漏下湿，侘傺非所，辄思弃去，固无人过而问之矣。及秋冬之际，落叶满门，泉声在侧，纸窗土锉，一灯荧荧，洛诵之声，每于屋隙达诸林表，不啻子瞻之"时于此间，得少佳趣"者，固已无人知之矣，抑或见诸诗歌。求助于人，以图葺治，而漠然之亲串，永叹之良朋，终无有分邸成之宅，而贻录事之赀者。迟之又久，始借束脩牟以供墍涂之用。则求助与人，不如自食其力。观于屋之葺否，而人信不可待也已！

然余性褊急，不能与时委蛇，病废以后，益不比于人数。有弃予之嗟，少朋来之庆。旧雨之客，不知当属何人？庶几今雨不来。而一室之内，偃仰啸歌，无殊于昔，以守先人之敝庐，而勉于自立。若少陵之刺讥车马，怨及朋友，则非余名屋之志矣。故记其卜居之颠委，葺治之不易，以及有取于今雨之义，既以自惕，且示儿洞，使其知所树立，于人无求，以上承祖宗堂构，而勿失余意也夫。

癸酉夏四月丁巳太原王芊谨记

二十四泉草堂图记

元于钦《齐乘》载金源人《七十二泉碑》云：历下名泉，有曰趵突、曰金线、曰皇华、曰柳絮、曰卧牛、曰东高、曰漱玉、曰无忧、曰石湾、曰酒泉、曰湛露、曰满井、曰北煮糠、曰北珍珠、曰散水、曰溪亭、曰濯缨、曰灰泉、曰知鱼、曰朱砂、曰刘氏、曰云楼、曰登州、曰望水。余居望水之上二十年，因取金碑所列水之次第以名吾堂，为"二十四泉草堂"焉。

于钦释碑，谓"望水在万竹园内"。《历城志》谓明殷文庄公通乐园即元之万竹，而土人至今谓余所居之地为殷家亭子。则余居所临之泉，其为望水信然矣！

园自文庄公后，数易其主。废为菜圃已六七十年，而而泉流如故。涛喷珠跃、金霏碧驶，以环周于短垣茅屋之外，余穴牖西壁，以收其胜。泉上老树巨石，离奇映带，水声禽语，幽幽应和。凡与吾耳目谋者，皆如子厚所记《钴鉧》《石渠》之胜焉。壬戌之夏，山水暴涨，吾堂以圮。其后再筑再圮，圮而不能复筑者十余年。而园忽为富人所有。平沟堑、斩乔木、埋山石，耕之以为田，而泉亦竭矣。岂昔之胜也以余故，而今之竭以富人欤？岂有其胜则必有其竭欤？何二十年之内，黛青膏濬，一旦而龟坼沮洳如此欤？余于兹泉，流连既久，不忍其光景之渐灭。去年客江宁，乃述其大概，属吾宗安节为图。图成而装潢之，将乞当世立言之士，作为诗歌以传之。使世之人知余于二十四泉之上，颓垣破屋，摇膝苦吟，以追维兹泉之风物，是则余作图之志也。若堂之修复何时，则非余所得逆计矣。

昔于钦撰《会波楼记》，谓：济南泉甲天下。盖他郡有泉一二数，此独以百计。在邑者潴市之半，在郭者环城之三，棋布星流，韵琴筑而味肪醴，不殚品状者，岁久湮没，陵谷变迁，求如金碑所载之数，已不可尽得，况钦之所谓以百计者邪！而其他名泉之在邑、在郭者，不幸而为富人俗子所有，不毁弃之以灭其迹，则甃凿之以丧其真。以望水之出于无用之地，尚不能自保其荒寒寂寞以全其天，而欲诸名泉之在邑、在郭者，不为人之毁弃、甃凿也，难矣。夫望水之泉，虽不遇于富人俗子，乃遇余而绘为图画，形为诗歌，视诸泉之在邑、在郭者，未必不为差胜。他日涓涓然、泠泠然以复其黛蓄膏濬之旧，而吾常或成，则余之记是图也，为不虚也。遂书之图末以俟之。

太原王苹记

参考文献

一、著作

1. 王士禛.带经堂集,康熙刊本.

2. 王士禛.池北偶谈[M].北京:中华书局,1982.

3. 王士禛.渔洋精华录集释[M].上海:上海古籍出版社,1999.

4. 田雯.古欢堂集,康熙刊本.

5. 田雯等.德州田氏丛书,清康熙乾隆间德州田氏丛书本.

6. 王苹.寥村集四卷,清乾隆三十八年桂林胡氏听泉斋刻本.

7. 王苹.二十四泉草堂集,康熙五十六年文登于氏刻本.

8. 李永祥.王苹诗文选[M].济南:济南出版社,2009.

9. 卢见增.国朝山左诗钞(卷四十八),清乾隆23年德州卢氏雅雨堂清刻本.

10. 袁行云.清人诗集叙录[M].北京:文化艺术出版社,1994.

11. 清代诗文集汇编[M].上海:上海古籍出版社,2010.

12. 裴世俊.王士禛传论[M].北京:中国戏剧出版社,2001.

13. 王钟翰.清史列传[M].北京:中华书局,1987.

14. 赵尔巽等.清史稿[M].北京:中华书局,1977.

15. 刘师培,程千帆,等导读.中国中古文学史讲义[M].上海:上海古籍出版社,2000.

16. 山东通志[M].上海:上海古籍出版社,1991.

17. 钱仪吉.碑传集[M].北京:中华书局,1993.

18. 中国地方志集成.山东府县志辑[M].南京:凤凰出版社,2005.

19. 丁福保.清诗话[M].北京:北图出版社,2003.

20. 郭绍虞.清诗话续编[M]上海:上海古籍出版社,1983.

21. 邓之诚.清诗纪事初编[M].北京:中华书局,1965.

22. 钱锺书.谈艺录[M].北京:中华书局,1984.

23.钱仲联.历代别集序跋综录 [M].南京：江苏教育出版社，2002.

24.钱仲联，主编.清诗纪事 [M].南京：江苏古籍出版社，1987.

25.钱仲联.梦苕庵诗话 [M].济南：齐鲁书社，1986.

26.王绍曾.山东文献书目 [M].济南：齐鲁书社，1993.

27.蒋寅.清诗话考 [M].北京：中华书局，2005.

28.钱实甫.清代职官年表 [M].北京：中华书局，1980.

29.章培恒，骆玉明.中国文学史（上册）[M] 上海：复旦大学出版社，1997.

30.沈德潜等.清诗别裁集 [M].上海：上海古籍出版社，1984.

31.张应昌.清诗铎 [M] 北京：中华书局，1960.

32.徐世昌.晚晴簃诗汇 [M].北京：北京出版社，1996.

33.沈德潜.古诗源 [M].北京：中华书局，1963.

34.韩寓群等.山东文献集成 [M].济南：山东大学出版社，第一辑，2006.第二辑，2008.

35.王士禛.王士禛全集 [M].济南：齐鲁书社，2007.

36.孟森.清史讲义 [M].北京：中华书局，2006.

37.济南市社会科学研究所.济南简史 [M].济南：齐鲁书社，1986.

38.安作璋，王志民.齐鲁文化通史（明清卷）[M].北京：中华书局，2004.

39.王志民.齐文化与鲁文化 [M].济南：齐鲁书社，1997.

40.严迪昌.清诗史 [M].杭州：浙江古籍出版社，2002.

41.朱则杰.清诗史 [M].南京：江苏古籍出版社，2000.

42.李伯齐.山东文学史论 [M].济南：齐鲁书社，2003.

43.乔力等.山东文学通史 [M].济南：山东教育出版社，2003.

44.陈伯海，蒋哲伦.中国诗学史·清代卷 [M].厦门：鹭江出版社，2002.

45.李伯齐.山东分体文学史·诗歌卷 [M].济南：齐鲁书社，2005.

46.郭英德.明清文学史讲演录 [M].桂林：广西师范大学出版社，2005.

47.蒋寅.中国古代文学通论·清代卷 [M].沈阳：辽宁人民出版社，2005.

48.张忠纲.山东杜诗学文献研究 [M].济南：齐鲁书社，2004.

49.朱亚非.明清山东仕宦家族与家族文化 [M].济南：山东人民出版社，2009.

50. 尚小明.清代士人游幕表 [M].北京：中华书局，2005.

51. 李世英.清初诗学思想研究 [M].兰州：敦煌文艺出版社，2000.

52. 蒋寅.王渔洋与康熙诗坛 [M].北京：中国社会科学出版社，2001.

53. 张健.清代诗学研究 [M].北京：北京大学出版社，1999.

54. 王小舒.神韵诗学 [M].济南：山东人民出版社，2006.

55. 蒋寅.古典诗学的现代诠释（增订本）[M].北京：中华书局，2009.

56. 石玲等.清诗与传统——以山左与江南个案为例 [M].济南：齐鲁书社，2008.

57. 张茂华，金敬华.齐鲁山水诗文大观 [M].济南：山东友谊出版社，2003.

58. 萧涤非.杜甫研究 [M].济南：齐鲁书社，1980.

59. 于年湖.杜诗语言艺术研究 [M].济南：齐鲁书社，2007.

60. 莫砺锋.唐宋诗歌论集 [M].南京：凤凰出版社，2007.

61. 莫砺锋.杜甫诗歌讲演录 [M].桂林：广西师范大学出版社，2007.

62. 王夫之.养一斋诗话 [M].上海：上海古籍出版社，1978.

二、学术论文

1. 裴世俊.王士禛主盟清初诗坛探因 [J].西北师大学报（社会科学版），2003(2).

2. 王小舒.论王渔洋的魏晋情怀 [J].山东大学学报（哲学社会科学版），1999(4).

3. 孙之梅，王琳.清初诗坛钱、王交替 [J].文史知识，1996(5).

4. 黄河.王士禛初登诗坛心态与诗学观念 [J].江海学刊，2001(1).

5. 王小舒.康熙朝的神韵诗派 [J].王渔洋文化，2009(1).

6. 孙纪文.王士禛与清初唐诗学 [J].宁夏社会科学，2008(2).

7. 宫泉久.从王士禛小说看其进步妇女观 [J].东岳论丛，2007(6).

8. 马大勇.世情已烂熟，吾道总艰难——论田雯的"疏离"心迹 [J].徐州师范大学学报（哲学社会科学版），2004(5).

9. 刘保今.田雯诗简论 [J].德州学院学报，2002 (1) .

10. 李景华.清初诗坛和诗人田雯 [J].首都师范大学学报（社会科学版），1994 (2) .

11. 张兴璠.才雄笔大 兼擅唐宋——试论田雯的诗歌理论及创作 [J].铁道师院学报（社会科学版），

1991（1）.

12. 李世英．论田雯崇尚奇丽的诗学主张和创作风格 [J]．天津商学院学报，1994（2）.

13. 徐北文．济南诗风的演变与神韵派诗人王苹 [J]．济南大学学报．1997（1）.

14. 石玲．田同之诗论与康乾之际山左诗学思想的嬗变 [J]．山东师范大学学报（人文社会科学版），2006（5）.

15. 石玲．清代初中期山左诗学思想述略 [J]．文学遗产，2007（2）.

16. 祁见春．王士禛神韵说的鼓扬者——田同之诗学观简析 [J]．德州学院学报，2002（1）.

17. 韩晓光．杜甫律诗对仗的语式变异 [J]．杜甫研究学刊，1997（4）.

18. 韩晓光．杜甫律诗对仗联之间的变化 [J]．景德镇高专学报，1999（1）.

19. 韩晓光．杜甫律诗的开篇艺术 [J]．井冈山师范学院学报（哲学社会科学版），2002（4）.

20. 黄金元．田雯行年简谱 [J]．德州学院学报（哲学社会科学版），2003（3）.

21. 黄金元．王士禛与田雯交游考论 [J]．山东大学学报（哲学社会科学版），2009（2）.

22. 蒋寅．读田雯诗论札记 [J]．南阳师范学院学报，2011（7）.

三、学位论文

1. 何成．新城王氏：对明清时期山东科举望族的个案研究 [D]．济南：山东大学，2002.

2. 宫泉久．清初山左诗歌研究 [D]．济南：山东师范大学，2009.

3. 张晓媛．济南诗派研究 [D]．济南：山东大学，2007.

4. 张勇．"济南诗派"研究 [D]．厦门：厦门大学，2008.

5. 张银娜．田雯研究 [D]．兰州：兰州大学，2007.

后 记

泉水的心愿

总是相信冥冥中自有安排，一切都有着千丝万缕、难以说解的巧合。

这个春日的扬州，重新翻看多年前的硕士论文，与那个生于江南名于济南的诗人对话。至今还记得初读其诗深陷其中的痛苦，我似乎化身那个寒士，奔波游历、坎坷人世。不啻一段脱魂的状态，以至于有次写作，儿子跑来同我说话，竟把我吓得大叫起来，那是坠入深渊的沉浸与恍惚。而今，博士论文《王船山诗乐思想研究》已经开题，身处江南，我又要开启一次艰难的旅程，是早于王苹的另一位伟人。

再次读王苹，研究旧文，才发现，彼时思绪纷扰混乱，那个泉畔的诗魂与诗骨我其实并没有完美呈现出来，更为遗憾的是，当年嘱我整理出书的导师王小舒先生已经不在了。先生的盈盈笑语仍在耳畔，深切期盼的目光常在眼前，那个阳光暖暖的午后，山大小树林旁，中文系小楼前，先生为我指点论文……后因其他事情，此书耽搁下来，一放就是六年！今又收拾起，先生已经仙逝。翻看论文，读到某处，时时忆及先生，曾提到该如何如何去修改，如今只能一个人面对，还想着请先生为书作序，还想着……

去年9月，我曾电禀考上扬州大学博士一事，先生已卧病在床，气息微弱，仍强撑以爽朗之声祝贺我。读博之处正是先生母校，有几位老师故交请我向先生问好，先生也嘱我去拜访文艺学的前辈姚文放先生等并听课。12月14日，我去上海探访，因先生病重未果，孰料三天后，先生就离开了。或许是天意，虽未得见，至少是靠近了先生，也算是道别。先生治唐宋明清诗学，后转审美文化研究，我考博由原来的古代文学跨到文艺学专攻古代诗学美学，初非预料，而今细细思量，其中缘由，当是先生潜在影响，悄然改变了我为学生涯的轨迹，像极了这山中默默开放的芙蓉花，静静地开且落，感知呼与吸，就这样，让一切发生，然后接受拥抱。长长来时路，长长未来路，长长地等待，不管怅然还是欣喜。是春长相依，木末芙蓉花。

增删修改此书，有师友质疑，"值得吗？放下手中研究，从博士论文中挤出时间？"我也问自己，值得吗？是的，从学术角度，王苹并不是一级诗人，于整个中国文学史的影响并不大，但是，在那个小小的济南城里，在百年之前，有那么多人被王苹的诗歌所感动，传唱并手抄，聚焦于二十四泉草堂，蔚然文化盛景，那是泉畔的生命之魂。易安居士是泉水的女儿，王苹亦是泉水的儿子，傍泉而居，听泉赋诗，我想留下他和泉水的故事，他和泉城的故事。他的诗，今天读来，我们依然能够共鸣于那奔波在塞途的生命坎坷，寄托于泉水的喜怒哀乐，因为，我们都是泉水的儿女。在每一个泉城人的灵魂深处，都会有一个泉水的意象寄托，它来源于我们的实际生活，因为朝夕相处，因为朴实无华，因为简单澄澈，它也就变成了精神栖息处。所以，就去做吧，了一个泉水和诗的心愿。

　　下午，坐在瘦西湖畔，阳光流泻、鸟声啁啾。悠闲的市民三五成群，纷纷扬扬的扬州话荡漾在空中，一句也听不懂。我捧着论文，沉浸在自己的世界中。此时的不懂成全了此时的所在、热爱与纯粹，我与他们，都是。

2018年3月25日于扬州大学廿四公寓

　　又五年过去，此书还在案头箧中，这次启动、不能后退了，总要有个交代。感谢硕士导师王小舒先生冥冥中为我开辟此路；感谢未曾谋面的著名学者徐北文先生，先生所撰王苹之文受教良多；感谢济南文史学者李永祥先生、先生所著《王苹诗文选》是研究过程中的指路明灯；感谢山东师范大学文学院教授、古代文学研究名家李伯齐老师大病初愈，不顾身体之恙，一一纠正拙文错漏，并赐序鼓励；感谢济南文化学者、泉水诗学专家侯林老师放下手中书稿，腾出时间，高屋建瓴、纵横捭阖、史论兼顾、倾尽心力为学生作序；感谢心斋师在出版的各类事宜中倾入的巨大心力，尤其是建议并设计清代诗人书画家何绍基的集字作为题名；感谢博士导师苏保华老师在我修改彷徨时的指引迷津；感谢国画家杨鹈老师于其绘本创作间隙，完成《二十四泉草堂图》及书中小插画，还原那个狂狷桀骜、生于江南居于济南的清代书生形象；感谢学校李海平书记多年来的鼓励支持；感谢刘海峰校长精心题篆于封底；感谢张涛老师、盛建东老师在封面、书稿等方面提供的宝贵建议；感谢家人支持完成此书研撰。以上点滴，铭刻心间。

此书初稿距今十年，重新捡拾，万般滋味：

书生何处遇黄叶，廿四草堂空抚琴。

长梦山灵邀约去，十年终得林泉吟。

2023年6月10日于济南嶻谷山房